뿔뱀

함양군 주관 5천만원 고료 연암문학상 수상작

표성흠 장편소설

뿔뱀

1판 1쇄 발행 ｜ 2011년 4월 10일
1판 2쇄 발행 ｜ 2011년 4월 20일

지은이 ｜ 표성흠
펴낸이 ｜ 김태석
펴낸곳 ｜ (주)천년의시작
등록번호 ｜ 제300-2006-9호
등록일자 ｜ 2006년 1월 10일

주소 ｜ (우110-034) 서울시 종로구 창성동 158-2 2층
전화 ｜ 02-723-8668
팩스 ｜ 02-723-8630
홈페이지 ｜ www.poempoem.com
전자우편 ｜ poemsijak@hanmail.net

ISBN 978-89-6021-153-7 03810

• 이 책은 연암문화사업 운영주체인 함양군의 지원으로 제작되었습니다.

뿔뱀

연암 박지원 안의에서의 4년

표 성 흠

장편소설

천년의시작

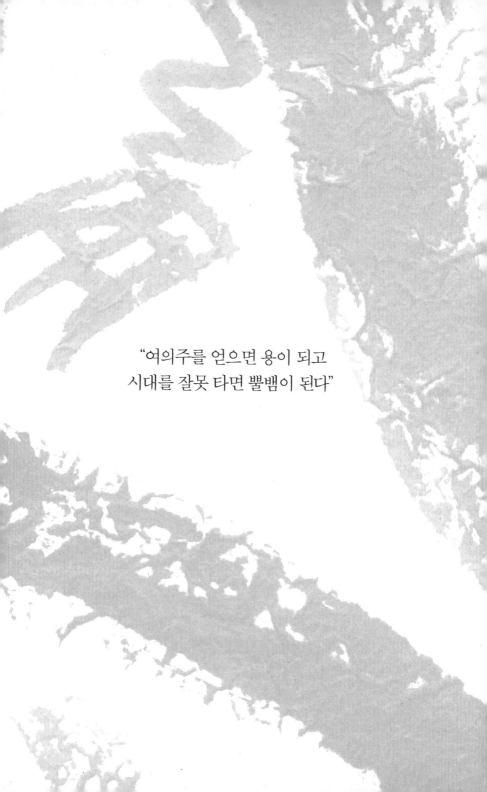

"여의주를 얻으면 용이 되고
시대를 잘못 타면 뿔뱀이 된다"

| 차 례 |

나비 꿈

1792년(정조 16년) 정월.

경상도 안의현(安義縣)에서는 신임 현감을 맞이할 준비가 한창이다. 온 마을엔 황석산 멧돼지를 잡아 삶는지 구수한 고기 냄새가 등천을 한다. 객사 마당엔 아침부터 차일이 쳐졌고 개울로 내려가는 금천 방죽엔 물동이를 인 아낙들의 발걸음이 종종댄다.

개울 건너 한들 타작마당에는 돼지오줌보에 바람을 불어넣어 공을 차는 동네 조무래기들의 환성이 잔치 분위기를 더욱 북돋운다.

그러나 일하는 사람들이나 노는 사람 모두, 너나없이 배가 고프다. 이런 때라야 솥전 두른 국물이라도 한 바가지 얻어 마시고 헛헛함을 채울까하여 아전들의 식솔은 물론, 구실아치(관원 밑에서 일을 보던 사람)가 아니더라도 잔솔가지를 들고 불 때는 일을 거드는 척 음식 장만하는 찬방 주위를 맴돌고 있다. 주인을 따라온 개들조차도 땅바닥에 코를 끌며 어슬렁거린다.

임시로 찬방을 차린 현사(縣舍) 뒷마당에는 남원댁이 음식 장만하는 일을 설두하고 있다.

"보리개떡 가지러 간 부뜰이년은 아직도 함흥차사가?"

"보리개떡은 뭐할라꼬요?"

"시금장이라도 만들어 볼라고 그러네."

"개떡 빻아놓은 거는 우리 집에도 있는데요?"

심부름 간 부들이가 안 와 일을 못한다면 우선 가까운 자기 집 개떡이라도 가져다 쓰는 게 빠르지 않겠느냐는 호방의 마누라 월림댁이 한마디 거들다가 본전도 못 찾는다.

"개떡이라고 다 같은 개떡인가?"

보리개떡은 보리등겨를 반죽해 볏짚이나 왕겨불에 슬쩍 구워 말렸다가 가루로 내 메줏가루와 섞어 된장에 버무린다. 그러면 보리개떡장이 된다. 양반님네 집이나 되어야 맛보는 장이다. 보통 집에서는 보리개떡을 짚불에 급히 구워 말리지만 부잣집에서는 왕겨불로 천천히 구워낸다. 그러니 그 맛이 같을 리 없다는 남원댁의 으스댐이다.

보통 집에서는 강된장을 먹고 좀 살만 해야 보리개떡장을 먹는다. 대갓집 살림 정도는 되어야 보리개떡장에다 갖은 채소를 썰어 버물린 야채 시금장을 만든다. 그러면 된장의 짠맛도 가시고 보리등겨의 구수한 맛과 시원한 채소 맛이 가미된다. 넣는 야채에 따라 그 맛이 달라져 새콤달콤하면서도 쌉쓰름한, 오묘함을 자아낸다. 여기다 바다 매생이나 민물 신기를 넣으면 상큼한 바다 맛까지 내는 매생이 시금장이 되는 것이다. 이건 아주 부잣집이라야 만들어 먹는다. 그러니 보리개떡만 있어 되겠느냐, 매생이도 함께 가져와야 한다는 뜻이다.

"그란데 시금장은 엇따 놀라구요?"

"돈육에는 매생이 시금장이 찰떡궁합이야."

산에서 큰 멧돼지와 바다에서 자란 매생이가 만나야 음양이 조화된다. 모처럼 만에 먹는 고기라고 마구잡이로 소금을 찍어먹거나 초장을 맵게 해 먹으면 물을 켠다. 대개 잔치 끝에 배탈이 나는 까닭도 여기에 있다. 양념장을 너무 맵고 짜게 해서는 안 된다는 남원댁이다.

"경상도 사람들은 음식을 너무 짜게 해 먹는 게 탈이야…."

남원댁은 용추계곡 입구에 큰 음식점을 하고 있다. 안의 용추가 어떤 곳인가? 팔도 한량들이 다 찾아드는 유원지다. 덕유산, 백운산, 계관산, 황석산 같은 백두대간의 빼어난 정기를 타고 흘러내리는 화림동 계곡은 한양 고관들은 물론 청나라 사신들까지도 꼭 한번쯤은 들러보고 싶어 한다는 피서지다. 여름 휴가철이 오면 으레 지나가는 인사로나마 '올 여름엔 화림동 한번 가보세나.' 한다는 바로 그곳이다. 그런 곳에서 큰 음식점을 해 식객들을 알겨먹은 남원댁이다. 어쩌다가 하 진사댁으로 아예 엉덩이 들여 앉긴했지만, 그 관록으로 오늘도 가방을 차지하고 앉아, 음식솜씨를 한껏 뽐내보고 싶은데, 손발이 척척 잘 맞질 않는다. 심부름 간 계집애가 꿩 꿔먹은 소식이니 심사가 뒤틀릴 수밖에 없다. 그런 심사를 달래기라도 하듯,

"한양 양반이 그런 음식 궁합을 알기나 할까요?"

이방댁이 그러한 보비위를 맞추기 위해 한마디 거든다.

"골 현감쯤 되어 오는 양반이 똥인지 된장인지 그거 못 가리겠나? 듣자하니 꽤나 명망 높은 인물이라던데?"

"한량이시라면 기생집 출입깨나 했을 테고…."

그렇다면 먹는 입맛엔 도가 텄을 터이니 음식 까탈이 심하지 않겠느냐, 그런 양반 입맛을 더쳐놓으면 두고두고 오금 살 것이 아니냐. 처음부터 음식 맛으로 확 끌어당겨 상투 끝을 휘어잡아야 한다. 그래야 운신하기가 수월해진다. 지금까지 오는 수령들이 전부 첫날부터 술독에 빠져 허우적대다 정신 차려 깨어날 때쯤이면 한 일도 없이 떠나가곤 했으니 대대로 이 고을의 수령이란 토호들 손에 놀아날 수밖에 없는 허수들이었다. 안의 막걸리 맛이 좀 좋은가? 이왕이면 목구멍이 스르르 녹는 안주를 요리조리 장만해 바쳐야 앞으로 하는 모든 일들이 술술 풀릴 터. 그런데, 하필이면 이렇듯 긴요한 때에 심부름 보낸 계집애가 오지 않으니 성질이 날 수밖에 없다.

"이년이 이거…."

남원댁이 운을 떼자 그 말에 고물 묻을 새라 월림댁이 한 수 더 떠 마무리를 짓는다.

"오기만 해봐라. 다리 몽디를 확 분질러버릴 끼다."

부들이는 통인 박상효의 조카딸이다. 그 애비 대부터 대대로 아전으로 잔뼈가 굵어온 집안이었지만 부들의 애비 상일이 갑자기 세상을 뜨자 그 어미조차 시름시름 앓다가 따라가고 조부모 슬하에 근근이 지내고 있는 아이인데 사람 복장거리 하나는 넉넉히 시키는 천덕꾸러기다. 아이가 아니라 이제는 머리채가 치렁치렁한 데다가 봉긋하니 젖가슴이 터져 나오고 볼이 제법 복숭아꽃 같은 계집 티가 돌아 가끔씩 사내들이 뒤불러 세우는 걸 본 남원댁인지라, 이 철없는 것을 아무도 없는 자기 집으로 심부름 보낸 그 자체가 후회스럽고 가증스럽다. 시간이 지날수록 숫제 의심으로까지 내번져 간다. 지난번에도 무슨 심부름을 시켜놓았더니 볼일은 까마득하게 잊어버리고 사랑방에서 난을 치고 있던 영감 손에 붙들려 먹물을 갈며 노닥거리고 있었던 것이다. 애야 뭘 알아서 그랬을까만 이제 수염이 허연 노인네가 어린 계집애를 데리고 시시덕거리는 꼴이란 차마 두 눈 뜨고 볼 수 없어 계집애를 한 대 때렸더니, 시아버지 되는 하 진사는 눈이 허옇게 까뒤집혀 애먼 애한테 그게 무슨 손찌검이냐며 화를 버럭 냈다. 문득 그 생각이 먹물 스미듯 머릿속으로 번져 오자 일이 손에 잡히지 않는 남원댁이다. 오늘은 그 시아버지가 아니라 그 시아버지의 아들이 혼자 방구들 지고 누워 있질 않는가? 이런 날이면 의당 나와서 행사 준비를 지휘해야 할 막중한 책임이 있는 호장(戶長)의 자리에 있으면서도 지지리 못난 인간이 무엇 한다고 아랫것들 시켜도 될 사냥에 따라 나섰다가 멧돼지한테 떠받쳐 다리에 부목대고 드러누워 버려, 자기가 잡은 살코기 한 점 못 먹이는 것만 해도 마음이 쓰이는데, 계집애라면 사족을 못 쓰는 위인이 아무도 없는 빈집에서 또 무슨 수작을 걸어 애를 희롱하고 있을지 모른다는 생각이 고개를 쳐들자, 의혹의 눈덩이까지 겹쳐 부아가 바윗덩어리처럼 굴러, 가슴을 내려짓누르는 남원댁이다.

"이거 기다렸다간 원님 지나가고 나팔 부는 꼴 되겠다. 자네가 가봐라. 이년이 오데 가서 뭘 하고 자빠졌는지."

"예, 마님."

동구어멈이 재빨리 손을 털고 일어선다. 그러잖아도 몰래 빼돌려 집동 사이에 감추어둔 고기살점을 아이들에게 갖다 먹였으면 싶어 기회를 엿보던 참이다.

동구어멈이 나가고 나자 이방댁이 분위기를 바꿔보려고 신임 현감에 대한 이야기를 늘어놓는다. 어디서 들었는지 신임 현감은 혼자 몸이라 했다.

"홀아비요?"

"설마하니 총각은 아닐 테고…."

"총각이라니, 나이가 쉰다섯이나 된다던데."

"그러면 짝 잃은 외기러기 신센가베?"

이방의 아내 이전댁이 어디서 들었는지 이번 현감은 절대 여자한테는 한눈을 팔지 않지만 술은 잘 먹는 한량이라 한다. 이전댁이라면 믿을 만한 소식통이다. 시숙이 한양을 자주 오가는 경저리(京邸吏 고려, 조선 시대에 지방 관청이 서울에 파견하던 관리)를 맡고 있다. 지방 토호들이 다 그렇듯 한양에 연줄이 닿아 있어야 발 빠르게 움직일 수가 있어, 누구나 손쉽게 부려먹을 수 있는 만만한 경저리를 앞잡이로 내세운다. 남보다 먼저 움직여야 돈을 벌고 출세한다. 이제는 농사만 지어 가지고는 살 수 없다. 진상품을 만들어 팔아야 한다. 상권을 남보다 먼저 잡자면 한양 물정을 잘 알아야 한다. 하여 경저리는 지방 토호들의 입맛에 맞는 인물을 뽑아 올리

뿔뱀

는 것이 상례인데, 이전댁의 시숙이 바로 그런 인물이다. 이번에
도 신임 현감에 대한 정보를 제일 먼저 입수해 내려 보냈다.

"술 잘 마시는 한량이라면 여자 마다할 리 없을 테고."

"일 없네요. 그런 명망 높은 한량이 자네나 내 차지가 될 것 같
나?"

월림댁이 퉁을 준다.

"그런 게 아니라, 걱정이 돼서 큭카지요."

"걱정이라니? 자네가 무슨 걱정?"

"행님은 참…."

남자 혼자 오면 그 수발을 누가 들겠느냐? 일개 샌님도 아니고
바깥출입 잦은 한 고을의 수장이 움직이자면, 갓끈이다 맹근이다
저고리 동전은 고사하고, 버선발에 속옷은 또 어쩌고…, 그 뒤치
다꺼리가 얼만데 그 일을 누가 다 감당할 것이냔 말이다. 그렇게
된다면 의당 여자가 필요할 것이고, 여자가 필요하다면, 그저 여
염집 아낙이나 상것들 가지고 되겠느냐, 그래도 그 신분에 걸맞은
여자를 찾아 대령해야지 않겠느냐는 이야기다.

"딴은 그렇기도 하네요. 허지만 그런 염려들은 딱 붙들어 메이
소. 애들은 다 컸고요, 그 양반 성질 괴팍해 제 손으로 제 밥 해먹
고 여자는 거들떠보지도 안 한다 카데요."

호방이 코를 씰룩거리며 들어와 적 넙데기를 하나 집어 두꺼비
파리 채듯 입속으로 슬쩍 집어넣으면서 하는 말이다. 호방은 장거
리 값을 출납하는 관계로 여자들과는 허물없이 농하고 지내는 터
라 불알 단 사내답잖게 예사로 찬방을 들락거리며 아낙네들과 어

울려 수다를 뜨는 인물이어서 여자들도 스스럼없이 농지거리를 한다.

"그 영감쟁이는 그 일도 여자 없이 혼자서 하남?"

"마누라 없을 땐 나도 혼자서 하는데 뭘?"

호방의 너스레에 여편네들이 까르르 넘어간다.

"못하는 소리가 없어."

월림댁은 이럴 때마다 제 남편을 내쫓곤 했지만 어쩐지 이날만은 살짝 눈만 흘기고 만다. 목구멍에 낀 때라도 좀 벗겨서 내보내고 싶은 심정인 게다. 워낙이 못해 먹여 깡마른 어깨뼈를 볼 때마다 불쌍한 남편이다.

가뭄 아니면 물난리로 내리 삼년을 농사가 안 되고 거둬들이는 세수가 모자랐다. 그러니 떨어질 고물이 있을 리 없었다. 이럴 때 고기라도 좀 먹여 몸 보충 좀 시켰으면 싶은데 차마 보는 눈들이 있어 살코기를 건져주지는 못하고 속이 탄다. 이왕 눈치 보며 집어먹는 거 영양가 있는 산적이라도 골라 먹었으면 싶은데 그러한 여편네의 속맘을 아는지 모르는지 호방은 뜨건 기름에 단 고구마적에만 손이 간다. 그래도 그 무례를 얼버무리려고 신임 현감은 부인을 사별한 후 다른 여자는 거들떠보지도 않는다느니, 알 수 없는 문장을 쓰는 소설가라느니, 자식은 둘이나 있지만 혼자 부임할 거라느니, 깐엔 나름대로 수집한 소문들을 꺼내놓는 데 여념이 없다.

"억씨기도 사랑했능갑다."

"짜다라 사랑해서가 아니라 마누라 고생을 너무 시켜서 미안해 그렇다더만."

지금은 현감 자리라도 꿰차고 내려오지만 마누라 숨 거둘 때까지만 해도 벼슬자리는커녕 끼니 해결도 제대로 못하는 백수건달로 지내던 인물이라 한다. 자세히는 모르겠지만 풍문에 의하면 '괴짜 중의 괴짜'라서 과거시험을 보러 가서도 일부러 낙서만 하고 벼슬자리를 주어도 탐탁찮게 생각하고 그 소설인가 뭔가를 쓴답시고 집안일에는 청맹과니라는 이야기다. 게다가 여기 내려오기 전까지만 해도 종 5품 한성부 판관이라는 경아전(京衙前)의 벼슬을 지냈었는데, 종 6품밖에 안 되는 안의현감 같은 외아전(外衙前)으로 밀려난 건 무언가 잘못이 있어도 큰 잘못이 있었을 것이라는 억측까지 내놓는다. 더욱 중요한 사실은 정시 과거 출신이 아니라 음서(蔭敍)라는 것까지 들먹인다.

"안 그라머 여까지 밀려오겠나? 이번 현감도 뻔할 '뻔' 자네."

"극카마 안 되지. 사람도 안 보고."

"사람은 되게 유명하다던데….."

"유명하면 뭐하나? 실세가 있어야지."

그러니 음식 장만 대충해도 되지 않겠느냔 것이다. 그런 인재가 여기 와서 무슨 일을 할 것이며 있어 봐야 얼마나 오래 버틸 것인가.

"음서건 양서건 여서 얼마나 살 것 같노?"

길어봤자 올 연말까지다. 아니면 내년 봄? 이미 창고는 비었고 가을이 돼 그걸 채우지 못한다면 무슨 재주로 더 버틸 것인가? 아직 수해복구도 채 끝나지 않았고, 올 농사 역시 기대할 수 없는 입장이고 보면 그 책임이 난감하다 할 것이니, 임기 채우기 전 좌천당할 것임이 뻔하다는 예측이다.

지지배배 여편네들 수다에 시간 가는 줄 모르는데 풍로에서 펑! 하고 불꽃이 치솟고 쨍그랑 그릇 깨지는 소리가 난다.

"아이구야. 저게 뭐꼬?"

"지붕 위 불구경하다가 바짓가랑이 태운다고…, 내 정신 좀 봐라."

메줏가루를 먼저 풀어 따뜻하게 데워놓는다는 것이, 그 물이 다 졸아 옹배기 아가리가 터져버렸다. 옹배기를 깨버렸으니 이것으로 시금장 만들기는 틀렸는가 싶은데, 이번에는 짚신발도 내던 저버린 부들이가 헐레벌떡 뛰어 들어오며 숨이 넘어가는 소리를 한다.

"마님, 마님…"

"야, 이 지지배야. 어디 갔다 인제 와서 호들갑이냐?"

"왔어요. 왔어."

"오긴 뭐가 와. 이년아."

가지고 오라는 보리개떡은 안 가져오고 빈손으로 헤벌쭉거리는 부들이를 나무라려는데 이번에는 동구어멈이 헐레벌떡 뒤따라 들어와 손에 든 보리개떡을 내밀며 숨 찬 소리를 한다.

"현감이 당도했지라요."

사또 행차라면 동구 밖에서부터 나팔을 불고 한바탕 시끌벅적 난리법구가 났을 텐데, 이렇듯 조용히 오는 사람이 어디 있단 말고? 도무지 말도 안 되는 소리다.

"참말이라니까요. 내가 모시고 왔다니까요?"

"뭐. 네가?"

"웬 머리 허연 노인이 물어요. 애야, 안의 관아가 어디냐?"

점잖게 그렇게 물어서 '예. 저쪽 대밭 산 밑인데요?' 하니까 '네가 날 그리로 안내해다오' 하더란다. 그래서 그 손님을 모시고 오느라 심부름도 잊었단 말이냐? 호되게 꾸짖으려는데 '그분이 바로 신임 현감님이라지 뭐예요.' 그래서 부들이 '거짓말 마라, 할아버지가 현감이라면 난 공주요' 했더란다. 그런 높은 사람 행차라면 일산대 받쳐 들고 말구종 잡힌 하인들과 함께 나팔 불며 온다 했더란다. 저번에 왔던 현감도 그렇게 와서 그렇게 갔다 했더란다. 그리고 '나는 지금 사또 상에 오를 찬 준비를 위해 보리 개떡 가지러 심부름 가는 길' 이라 했더니 '그런 음식 장만은 안 해도 된다며 그냥 돌아가자' 해서 따라왔단다.

"허어 참, 어째 이런 일이?"

호방은 마누라가 여러 사람 눈치코치 봐가며 몰래 한 점 떼다 주는 살코기를 받아 챙겨 우물우물 씹으며 두루마기 안자락에 손을 쓱쓱 문질러 닦고는 갓 매무새를 고쳐 쓰며 한달음에 객사를 향해 달려 나가는데 그 걸음새가 꽁지 빠진 수탉 같아서 모두 다 하하하 웃었다.

"웃긴 왜 웃네?"

"그래도 꼴에 지 서방님이라고….'

"그것도 없어봐라. 추야장장 기나긴 밤에 누가 등허리 긁어 주노?"

"하기야 방구들 지고 누웠어도 남자는 없는 것보다 있는 게 낫다니까."

"그나저나 신임 현감이 어떻게 생겼는지 구경하러 가자."

구경은 무슨 구경? 하였지만 주르르 앞다퉈 나가는 여편네들이었다. 어디 숨어서 먼빛으로라도 문제의 홀아비 현감을 한번 보고 싶은 것이다. 여편네들의 수다와 호기심 덕분에 부들이에 대한 꾸지람은 물 건너 가버렸다.

연암은 이날 아침나절 일찌감치 남계서원에 도착했다.

아무도 그가 신임 현감이라는 걸 못 알아차릴 정도로 평범한 차림이었다. 신임 현감 부임이라면 어사화에 일산대 받쳐 든 수레를 타거나 말구종 잡힌 하인들이 이끄는 말 잔등에 올라앉아 거들먹거리며 나팔 소리도 요란하게 거창한 행렬을 이루었어야 할 터인데도 연암은 혼자서, 그것도 삐쩍 마른 말을 타고 와 하마비 앞에 내렸다. 말안장에는 작은 책함과 갓집이 달려 있었고 괴나리봇짐 같은 옷 보퉁이가 하나 매달려 있을 뿐이다. 게다가 몰골은 이게 뭐냐? 족제비 털로 만든 휘양을 쓴 위에 머리 정수리에서 목까지 깁으로 만든 풍차까지 휘휘 둘렀으니 영락없는 시골 노인 행색이다. 그렇게 하지 않고서는 도저히 추위를 견딜 수가 없는 건강상태다. 아까 말을 바꿔 탄 사근역에서도 그는 군이 자기가 부임 차들리는 신임 현감이라는 이야기는 하지 않았다. 역졸들도 마패를 내밀어 보이는 그에게 아무 말이나 바꿔 타고 가라 이르고는 윷놀이를 계속했다. 설 명절 끝이니 그럴 만도 하다. 개의치 않았다.

'드디어 여길 왔어. 왔다고….'

연암은 남의 눈에 비칠 꼬락서니야 어찌됐건 혼자 기꺼워하며 말에서 내린다. 꼭 한번 와보고 싶어 일껏 벼르던 곳이었다. 하여 설을 지나자마자 즉시 길을 떠나 대령을 넘어 달려오는 길이다. 그 덕에 고뿔까지 얻어 걸려 온몸이 으스스하긴 했지만 평소 흠모하던 인물의 서원이고 보니 무람하기 그지없다.

남계서원은 문헌공 정여창을 위하여 세웠다. 풍기군수 주세붕이 세운 죽계서원보다 10년 뒤의 일이니, 조선조 두 번째 서원이다. 청나라까지 갔다 온 연암이었지만 아직 팔도 명산이라는 지리산을 보지 못했다. 그러니 말로만 듣던 지리산 연봉 아래 위치한 남계서원이라 항상 맘속으로 그려오던 터다.

'그래, 드디어 왔어.'

태극문양이 그려져 있는 삼문 위에 전도(奠道)라는 현액이 걸려 있다. 절 드릴 '전' 자라…. 그렇다면 절을 드리러 가는 길이라는 뜻이겠다. 아니면 절을 먼저 드리고 들어가라는 뜻인지도 모르겠다. 그는 현액에 쓴 글이 하라는 대로 고개 숙여 넙죽 절을 하며 혼자 히죽히죽 웃어본다. 이 때문에 뜻글자인 '한자가 좋은' 것이다. 그는 애써 자신이 언문을 배우지 않고, 언문으로 글을 쓰지 않음에 대한 변명을 이 넙죽 절로 대신한다. 그러면서 삼문의 정중앙 길로 당당히 걸어 들어온, 일부러 저지른 결례에 대해서도 생각해 본다. 사당이나 절간에 드나들 때는 오른쪽 문으로 들어와 오른쪽 문으로 나가야 된다고들 한다. 삼문의 중앙 문은 임금과 귀신만이 드나드는 통로다. 누가 그런 얼토당토않은 규정을 만들었는가? 그 걷는 방향에 따라 뭐가 달라진단 말인가. 오른쪽으로 걷건 왼쪽으로 걷건 드나드는 방향이 중요한 게 아니다. 보다 중요한 건 그곳에 모셔져 있는 선인의 참 정신을 기리는 일이다. 그가 어떤 자리에서 어떻게 무슨 일을 했으며 무얼 남겼는가, 그걸 어떻게 받아들일 것인가, 그걸 깨달아 아는 게 중요하다. 그리고 그러한 그를 숭모하는 마음이 관건이다. 한 인간의 삶과 죽음을 통하여 남겨진 교훈이 이 자리를 있게 만든 게 아닐 것인가. 그렇다면 그 가르침을 찾아내 배우고 그 덕목을 실천해야 한다. 그런데도 그 알맹이는 어디다 빼 던졌는지 흔적조차 없고 사람들은 그 겉껍데기 같은 형식에만 얽매어 있다. 연암은 스스로 그 법도를 깨뜨려버리고 사는 데 이미 이력이 나 있었음에도 자신의 이러한 경거망동을 누가 지켜보기라도 할 새라 삼문 밖을 뒤돌아본다.

다행히 아무도 보는 눈이 없다.

"거기 가거든 이제 두루 뭉실하게 살게."

친구 양호맹의 부탁이 귓전을 맴돈다.

양호맹은 연암이 제비바위골에 은거해 살 때 개성 유수 유언호가 꿔준 돈을 몰래 갚아줄 정도로 절친한 친구다. 왜 갑자기 양호맹의 말이 떠올랐을까? 거기엔 목줄을 감고 있는 현안이 있었을 터, 진득하게 붙어 있어야 녹봉을 타고 녹봉을 모아야 빚을 갚을 수 있을 것이라는 은근한 뜻이 내포돼 있지 않았을까.

'그래, 걱정 말게.'

연암은 혼자 중얼거리며 여기까지 오게 된 지난날들을 되새겨본다.

지지리도 가난한 세월이었다. 그런데도 벼슬해서 돈 벌 생각은 않고 소설 나부랭이들을 썼다. 운이 좋아 청나라 고종 황제 칠십 수 천추절 사은사를 호종해 청국을 다녀온 후 제비바위골에 들어가 쓴 『열하일기』라는 책이 인기를 얻었다. 연암(燕巖)이라는 호도 그 제비바위골에서 따온 이름이다. 연암은 『열하일기』로 인해 일약 장안의 인사가 되었고 자연히 그의 문명을 따르는 문사들이 생겨 주변에 걸출한 인물들이 모여들었다.

이후 지인들의 천거로 정조 임금의 눈에 들어 관직에 올랐지만 늘 그 빚이 마음에 걸렸다. 봉록을 받았으면서도 빚을 갚지 못했던 한양생활이었다. 그 돈은 목에 가시 같은 것이었다. 그런데 왜 갑자기 호맹이 떠올랐을까? 그 말 속에 혹시라도 이번에 가는 자리는 좋은 자리이니까 한몫 잡아 꾼 돈을 갚으라는 뜻이 담겨져 있지 않았을까. 그러자면 진득하게 붙어 있으라는 충고였을 것이다. 그래, 그렇지. 이제 정말이지 여기 와서는 원만하게 처신해야지. 이 자리가 어떻게 생긴 자리인데, 그동안의 여러 가지 고달팠던 과거사들을 생각한다면 이제부터는 남의 눈 밖에 나지 않게 평범하게 살아야 하리. 다짐이 새로워진다.

그러나 마음은 뻔한데 몸이 따르지 않는다. 이미 그는 금단의 문인 삼문의 중앙문턱을 넘어섰고, 그것도 일부러, 그러한 격식을 깨버리며, 쾌감을 느끼며, 누가 볼 새라 뒤돌아보는 얌체 같은 짓까지 서슴없이 한다. 대저 성인이란 무엇인가? 혼자 있을 때도 부끄러운 짓을 하지 않는 게 성인이요 군자이다. 맹자는 인간을 본시 선한 것이라 보았지만, 선의 본체와도 같은 '이(理)'가 움직이면 선을 흩는 감정의 '기(氣)'도 따라 움직인다는 이기호발론도 있다. 이 두 가지 알 수 없는 마음의 갈피 사이를 갈팡질팡하는 연암을 늙은 말이 마주보며 이빨을 허옇게 드러내고 웃다가 들켜, 등짝에 붙은 파리를 쫓는 척 꼬리를 두어 번 내려치며, 먼데 하늘을 한번 올려다 본 후, 목을 아래로 늘어뜨려 마른풀을 뜯는 척한다.

'저놈의 말이?'

연암은 간사한 자기 두 가지 속맘을 다 들킨 것 같아 '저놈의 말'을 한번 때려주고 싶은 생각이 들었지만 발길은 벌써 삼문 안으로 들어서 좌우로 고졸하게 파놓은 연당 가운데로 곧게 난 길을 걷고 있다. 양옆에 동쪽으로 의방재와 유예헌이 있고 서쪽으로는 경진재와 애연헌이 있다. 바로 맞은편 눈앞에는 키보다 높이 쌓아 올린 섬돌 위에 올라앉은 당우가 날개를 단 듯 치솟아 있는데 처마 끝이 하늘을 찌를 듯하다. 광거(廣居)라는 현액이 걸려 있다.

'이런 곳에 이렇게 큰 서원이 있다니?'

연암은 새삼 놀란다.

광거에 오르니 퇴계의 시를 새긴 현액이 눈에 들어온다.

당당한 천령은 정공의 고향이리.
백세청풍 추모함도 꽃다웁구나.
서원에 높이 모셔 더럽힘 없으니
어찌 호걸이 문왕을 따르지 않으랴.

퇴계 선생이 언제 여기를 다녀갔는가? 그 바쁘신 양반이 예까

지 와 '백세청풍'을 기렸다. 그럼으로 따를 자가 어찌 없을 것이
냐 하였지만 '백세청풍', 그 백세청풍이 도대체 무어란 말인가?
물론 백이숙제의 고사에서 따온 깊은 뜻이 있다는 것은 알겠지만,
말 잘하는 양반님네들이 부르짖는 말로만의 '청풍'이 그는 마음
에 들지 않는다. 그 옆으로 강익과 김진상의 시를 내건 현액이 있
다. 한결같이 누군가를 무조건 떠받드는 칭송 일변도의 시구다.
막상 그가 언제 어디서 무슨 일을 어떻게 해 칭송을 들을 만한 일
을 했는지에 대해서는 구체적 사실이 없다. 글이 이렇듯 뜬구름
잡는 것 같은 허문(虛文)이어서야 되겠는가?

글은 보다 구체적이고 사실적이어야 한다.

"선생님 거기 내려가시거든 이제 제발 객기 같은 건 부리지 마
세요."

갑자기 박남수의 말이 생각난다. 이제 그곳이 마지막 쉴 곳이라
생각하고 여생을 편하게 지내라는 뜻이었을 게다. 내가 가는 데마
다 객기나 부리는 사람인가? 말은 그렇게 했지만 자신의 가장 정
상적인 행동이 다른 이들한테는 가장 이단적인 걸로 비친다면 누
구에게 문제가 있는가. 그렇게 하는 주체에 있는가 아니면 그렇게
보는 객체에 있는가?

그는 남수를 떠올리며 다시 한 번 뱀 대가리처럼 치켜드는 자신
의 성질머리를 다독거려 누른다. 이제 생활인이 돼야 한다. 그러
자면 남의 허물을 들추어내지 말아야 한다. 남수의 말도 비평가에
서 생활인이 되란 부탁이었을 것이다.

남수는 하마터면 애터지게 쓴 『열하일기』를 태울 뻔한 후배이

자 제자다.

남수의 집 '벽오동 관'에서 연암은 술에 취해 자신이 쓴 『열하일기』를 낭송하고 또 하기를 되풀이하였다. 아마 그 새로운 문체에 자아도취해 기고만장 하였을 것이다. 이덕무와 박제가는 묵묵히 듣고만 있었지만 남수가 불쑥 하는 말이,

"선생님의 글은 훌륭하기는 하지만 경학의 본도에 맞는 고문체가 아니고 이야기책 식의 글인 바 이 『열하일기』 때문에 우리나라 문장이 모두 고문을 버리고 이야기책 식이 될지 모르니 큰일입니다."

하였다. 그래도 못들은 척 연암이 계속해서 책을 읽어 내려가자 술에 취한 남수가 급기야 『열하일기』를 뺏어 불에 집어넣으려 한 일이 있었다.

남공철이 말려서 무사하였지만 연암은 화가 나 자리에 누워버렸다.

그러나 다음날 아침 연암은 남수를 불러,

"남수야, 나는 이 세상에서 뜻을 펴지 못하고 궁한 지 이미 오래다. 마음속의 크고 작은 불평을 모두 문장에 의탁하여 제멋대로 쓴 것일 뿐이다. 난들 그런 글을 쓰는 게 기쁠까 보냐. 너와 공철이처럼 젊고 재질이 풍부한 사람들은 문장을 배우더라도 내 것을 닮지 마라. 너희들은 정학의 진흥에 힘써 나라에 이바지하도록 해라."

하며, 간밤의 광기에 대해 사과했다. 말은 그렇게 해 제자들을 달랬지만 분명 무언가 큰 문제가 있었음은 확실하다는 생각을 했

었다.

왜 갑자기 그 일이 또 떠올랐을까? 문체 때문이다. 남들이 나같이 쓰지 않는다고 해서, 남들이 내 생각과 다르다고 해서, 저들의 글을 하찮게 여기면 될 것인가? 이제 여기서는 그런저런 일들을 모르는 사람들을 만날 것이다. 문체는커녕 글조차도 모르는 사람들과 더불어 살아야 할 것이다. 그러자면 이 성질머리를 버려야 할 것이다. 무지렁이들과 머리싸움을 해서는 안 된다. 이제 알량한 글 같은 건 잊어버리고 현실로 돌아온 생활인이 되어야 할 것이다.

연암은 조용히 자신을 되돌아보며 사당에 절을 올리며 묻는다.

"글은 왜 쓰는 것입니까?"

글은 왜 쓰는가? 할 말이 많아서다. 할 말이라는 것도 따지고 보면 한이 쌓였거나 불만이 많기 때문이다. 배부른 돼지는 말을 하지 않는다. 유쾌한 새는 노래를 할 뿐 울지 않는다. 이제 울음이건 웃음이건 입을 열 필요가 없다. 입을 연다고 누가 들을 것인가. 그 말하고 싶은 대로 뜻을 펼쳐 보이면 될 것이다. 이제 그런 세상을 얻지 않았는가? 크고 작고 간에 한 고을을 얻어 다스리게 되었다. 이젠 불평불만을 늘어놓는 글 대신 세상을 경영하는 일이 남았다. 그 주어진 일에 진력해야 할 것이다.

"이제 글 같은 건 집어던지게."

"그럴까요? 착실한 생활인이 될까요?"

자문자답을 하는 연암이다.

'나무달마살래….'

연암은 조용히 머리 숙여 '나무를 닮아 살겠다'고 염원한다. 나무는 맘대로 움직이지 못해도 사방 천지 씨앗을 뿌려 번성한다. 숲을 만들어 그늘을 주고 꽃을 피워 열매를 준다. 그는 이제 그렇게 살고 싶다. 불평불만보다는, 개혁을 위한 개혁보다는, 그렇게 행동해 실천해 보고 싶은 것이다.

때마침 정조 임금은 개혁정치를 부르짖는 인물인 만큼 미력하나마 나라를 위해 보은하고 싶은 충심도 생긴다. 따지고 보면 그 자신이 이런 자리에 오를 수 있었던 것 자체도 그 개혁정치의 은덕이다. 그는 몇 차례 과거시험에 낙방을 한 적이 있었다. 그러한 연암을 음서로나마 등용해 관리로 채용한 것은 개혁이 아니고서는 불가능한 일이었다. 그러한 복록을 입고서도 계속해서 불만을 토로한다는 것은 있을 수 없다. 이제는 글을 써도 치세의 글을 써야 하리라.

'연암, 일신우일신해야 할 것이야…'

마음을 다지고 서원을 나오는데 웬 노인이 말고삐를 잡고 문 앞에 서 기다리고 있다.

"이 말이 영감님 타고 온 말인가요?"

"예. 그렇습니다만…"

"아, 이놈이 주인을 두고 혼자 달아나려 해서 잡아왔습니다."

조급한 마음에 고삐를 매지 않고 말을 그냥 두었단 생각이 든 연암은,

"아이고 이거 송구하게 됐습니다. 이놈이 남의 보리밭에 해라도 안 끼쳤습니까?"

하고 미안해한다.

"해를 끼치진 않았습니다만…."

무언가 잘못을 저지른 건 분명한 것 같은데 노인은 다음 말을 머뭇거린다.

이러구러 두 사람이 서로 예의와 체면을 차리고 상면 인사를 하려하고 있을 때 갈색 털을 입은 말이 한 마리 다가온다. 얼른 보기에도 젊고 혈기왕성한 말이다. 마상에 앉아 꺼떡꺼떡 흔들거리는 말 탄 이도 혈기 찬 젊은이다.

"안의가 여기서 얼마나 남았소?"

말을 붙들어온 노인이 손가락을 들어 가리키며 '저 모퉁이만 돌아가면 된다'고 일러준다. 그런데도 젊은이는 떠나지 않고, 휘양을 쓴 연암의 아래위를 훑어보고는 고삐를 잡고 선 말을 또 한번 넌지시 내려다본다. 늙은 하등마를 빌려 탄 걸 보니 별 거 아닌 사람으로 보이는 모양이다. 연암도 아까 저 갈색 말을 보고 이 말을 골랐다. 바쁜 일도 아닌데 젊은 상등마를 빌어 타고 바삐 달려갈 필요까진 없었던 것이다.

"역참의 말이 아니오?"

"예. 그렇소이다만 …."

연암이 어쭙잖게 대답한다.

"나랏말을 얻어 타고 다니시는 걸 보니 이곳 사람은 아닌 듯하오?"

"예. 그렇소이다만….

연암은 젊은이를 내심 살피며 예의를 지켜 대답한다.

"그 피마가 영감님 체중을 이겨내겠소?"

무례하다. 말을 끌고 왔던 노인네가 오히려 무안해 연암의 눈치를 살핀다. 그러나 연암은 아무 내색 없이 말을 타고 갈 요량으로 하마비 옆에 있는 디딤돌 위로 올라선다.

"그 디딤돌 무너지겠수다?"

연암의 비대한 몸집을 보고 놀리는 젊은이의 빈정거림이다.

"…."

젊은이는 이 한마디를 남겨놓고는 휑 하니 박차를 가해 사라져간다. 이 무슨 야료인가. 연암은 기가 막혀 아무 말 못하고 만다. 이를 지켜보던 노인도 마찬가지 벌어진 입을 다물 수가 없다. 사람은 누구나 그 '탈것'이나 '입성'을 보고 상대를 평가한다. 때문에 출입옷이 따로 있고 말에도 치장을 한다. 그러나 연암은 그런 일에 등한하다. 등한한 게 아니라 '옷이 날개'란 건 알지만 그런 치장을 할 여유가 없다. 그래도 한결 나은 것은 강바람을 맞고 말을 타고 오느라 족제비 털을 덧대 귀마개를 한 모휘양 위에 풍차까지 두르고 오던 꼬락서니를 들키지 않은 게 오히려 다행스럽다. 말에 오르려던 연암은 젊은이의 무례에 오히려 자기가 민망해하는 노인장에게 묻는다.

"저 젊은 분은 이곳 사람이 아닌 모양이지요?"

"예, 나도 첨 보는 사람입니다."

그러나 노인은 말하는 짓이며 꼬락서니를 보니 감사나 관찰사가 보낸 사령이 아닌지 모르겠다 한다. 지방관서장이 상급기관이라면 벌벌 기니까 사령까지 저런다는 것이다.

"내려보내는 사령이 한 둘이어야지요."

이런 행정체제를 알고 있는 걸 보면 노인도 보통 인물은 아닌 것 같아 연암이 다시 묻는다.

"내려보내는 사령이라니요?"

"목사다 관찰사다 모두 현감을 똥딱개로 아니 사령들조차 저 모양인 게지요."

노인은 아무렇지도 않게 설토한다. 길을 닦아라, 제방을 쌓아라, 성축을 해라, 무슨 일이건 힘든 노역은 촌사람들을 다 잡아다 시킨다는 것이다. 현감들은 군소리 한번 못하고 부역꾼들을 징발해 보낸다. 그러니 뒤치다꺼리나 하는 똥딱개가 아니고 무엇이냔 말이다.

"그건 또 무슨 말이오? 금상께서는 그 지방 체제에 맞는 여러 가지 개혁정책을 쓰고 있지 않소?"

"임금이 혼자만 부르짖으면 뭐해?"

여기까지 그 소리가 들리겠느냔 반문이다. 상명하달은 안 된다. 무엇이건 자발적이지 않고서는 안 된다는 이야기다. 모든 것이 마음속에서부터 우러나와야 한다. 그 마음을 움직이는 기운이 솟아야 한다. 그걸 깨우쳐주는 일이 지방 관아의 수장이 할 소임일 텐데 이런 산골짝에 내려오는 인물들은 한결같이 일신상의 영달만 꾀하지 나랏일은 뒷전이라는 것이다.

연암은 드디어 자신이 처한 현 위치를 본다. 발목이 푹푹 빠지는 진흙구덩이 속에 한 발을 담갔다는 느낌이다. 갑자기 홍대용의 말이 떠오른다.

─세상은 학문으로만 되는 게 아니더라고….

막역한 친구이자 스승인 홍대용은 '의심이 없는 자는 깨달음도 없다' 라며 실용적인 학문을 주창했다. 너무 앞서 가다가 결국엔 제 명대로 살지 못하고 말았지만 그 초지는 단단했다. 그와 어울려 지내는 동안 '북학' 의 새바람을 일으키는 데 일익을 담당했던 연암이었다. 연암은 재야에 묻혀 있으면서 썩어빠진 양반을 힐난하는 『양반전』과 『호질』을 쓰고 부정부패로 부자가 된 세도가들의 허례허식을 몰아세우는 『마장전』과 『예덕 선생전』 같은 글을 써, 글을 통해서나마 사회개혁을 부르짖었다. 부정부패한 인물들에 대한 난도질을 서슴없이 했다. 그런가 하면 홍대용은 제도권 안에서 균전법에 따라 전국 토지를 기혼 남자에게 각 2결씩 나눠 농사짓게 하라고 주장하는 한편 놀고먹는 사람을 벌주고 재주와 학식이 있으면 신분의 고하를 막론하고 중직에 임명할 것을 주창하고 실행하려 했다.

정조 임금은 실제로 이러한 뜻을 받아들여 개혁정치를 폈고, 어느 정도 실현되고 있다고 믿어왔었다. 그러나 여기까지 새바람이 미치기엔 아직은 요원한 것을 본다. 디딤돌을 디디고 겨우 말에 오른 연암이 묻는다.

"노인장은 이 동네 사시오? 존함이라도 좀…."

"…."

그런데 이건 또 어찌된 일인가. 설레발치는 말을 겨우 진정시키고 뒤돌아보니 노인은 어디론가 사라지고 없다. 정말 이런 일이 있었던가, 싶을 정도다.

그러고 보니 아까 그 젊은이조차도 정말 만났었는지 안 만났었는지 알 수가 없다.

머리가 횅하니 돈다.

그는 필시 장자의 나비 꿈을 꾸고 있다는 착각을 한다. 장자는 꿈속에서 본 나비가 정말 자기인지 자기가 정말 나비인지 모르겠다는 '호접몽'이라는 이야기를 만들어 세상을 어리둥절하게 만든 적이 있는데 지금이 꼭 그 상황이다.

바위와 계란

정당(正堂)은 정면 여섯 칸, 측면 네 칸에 주심포 팔작지붕을 인 장중한 건물로 다가설수록 뒷산을 오히려 낮춰보게 만들었다. 그 옆에 헌사가 있다. 그 약간 뒤편 서쪽에 관사가 자리 잡았다.

연암은 굳이 관사로 들어갈 필요가 없었다. 딸린 식솔들이나 가지고 온 짐 보따리가 없었기 때문이기도 하였지만 내당 쪽에서 피어오르는 연기와 더불어 실려 오는 고기 냄새가 오히려 역하게 느껴져 발길을 돌리게 만들었다.

"어험. 어험."

연암은 일부러 헛기침을 몇 번 하고는 동헌 마당을 한 바퀴 돌아본다. 그대로 방치된 듯한 담장 옆 돌배나무는 그 가지를 엉성하게 내뻗었고 마당은 비질도 되어 있지 않았다. 그런데 섬돌을 오르내리는 석계 아래 한쪽 부분만은 반들반들하게 닳은 흔적이 보인다.

맨땅바닥이 닳다니? 사람 키만큼의 간격을 두고 네 개의 나무

뿔뱀

기둥이 놓였던 흔적도 보인다. 무슨 기구를 두었던 듯싶은 느낌이다. 동헌 앞마당에 네 발 기구를 두었다면 분명 형틀일 것이다. 애꿎은 촌민들을 불러 추달하던 곳인가. 상상이 여기에 미치자 동헌 섬돌 밑이 반질반질한 곳은 송사가 많은 관아라던 유언호의 말이 떠올랐다.

"섬돌 밑을 조심해야 하네."

백성들이 섬돌 밑에 서 있어선 안 된다는 말이다. 송사가 잦은 고을은 결코 잘 사는 곳이 못 된다는 뜻이다. 송사가 없어지려면 공정해야 한다. 그리고 백성들을 한결같이 긍휼히 여겨야 한다. 오랜 관직생활을 거친 친구의 조언이었다.

"지금까지 맡아 했던 선공감 감역이나 평시서 주부, 한성부 판관 같은 일과는 다를 것이야."

유언호는 안의현은 현민을 다 합해 봐야 5천 명밖에 안 되는 작은 고을이지만 그곳을 한 나라로 생각하고 다스려 보라 했다.

"안의는 이제 전적으로 자네 세상인 게야."

안의 사람들이 잘살고 못살고는 오로지 현감 하나 하기에 달렸다 했다. 한 나라를 경영하는 거나 한 고을을 경영하는 거나 다 같다는 유언호의 말을 떠올리며 연암은 마당에 박힌 돌부리를 툭툭 건드려 차본다.

'들어온 놈이 동네 놈 쫓아내려 그러느냐?'

돌이 혀를 끌끌 차며 웃는다.

'허, 이놈. 돌이 다 말을 하네?'

연암은 마당에 쭈그리고 앉아 박힌 돌을 뽑아낸다.

이러한 연암의 하는 짓을 지켜보고 있던 아이 하나가 광풍루를 향하여 쪼르르 달려가 이른다.

"아부지, 아부지…."

신임 현감을 마중하기 위해 광풍루 앞에서 대기하고 있던 아전들은 아연실색하여 동헌 앞으로 몰려들었다. 언제 어느새 어디로 잠입해 들어왔는지 이미 동헌 앞마당을 왔다갔다하는 신임 현감을 보고 저들은 할 말이 없다. 사실은 그러려고 그런 게 아니었는데 길 안내를 자청해 맡은 계집애를 따라오다 보니 자신도 모르게 뒷문으로 들어와 버린 꼴이 되어 버린 연암 역시 할 말을 잃기는 마찬가지였다. 그런데 거창서 온 박지항이 먼빛만으로도 그를 선뜻 알아보고 성큼 다가와 인사를 건넨다.

"어찌 여기서 이러고 계십니까?"

"어허, 일이 공교롭게 그리됐습니다."

박지항은 한양에서 술을 함께 마시기도 했고 대종중 향사 같은 때 이미 몇 번 만난 사이로 합천에 배향되어 있는 선조 야천(冶川) 박소(朴紹)의 묘소를 관리하는 반남박씨 먼 족벌로 집안 아저씨뻘 되는 사람이다. 그는 연암이 현감으로 부임한다는 소식을 듣고 일부러 찾아와 이제나 저제나 기다리고 있던 참이라고 했다.

연암은 타고 온 말이 가는대로 따라오다 어떤 계집애를 만나 길을 물었더니 뒷문으로 안내하는 바람에 이렇게 되었다고 어쭙잖은 변명을 한다. 따지고 보면 이것도 돈이 없는 탓일 수도 있겠다. 귀양을 가도 돈 있는 죄인은 수레를 타고 돈 없는 사람은 걸어서 간다. 하물며 부임 행차에 있어서야 두말 할 것도 없을 일이다.

"유유상종이라 했던가요?"

일행이 일제히 소리가 난 쪽을 바라보니 거기 웬 낯선 이가 서 있다.

아까 서원에서 만났던 그 젊은이다.

"부임하는 현감 나리께서 하필이면 심부름이나 하는 계집애를 길잡이로 택하시다니요?"

노골적으로 야유를 퍼붓는 젊은이의 행동은 아까와 마찬가지로 무례하기 이를 데 없다. 우묵한 눈에 남을 깔보는 버릇과 의구심이 꽉 차 있다.

"우리는 이미 구면이지요?"

"예, 그런 것 같소만?"

연암은 젊은이의 속내를 알 수가 없어 어정쩡 대답했다.

"부임 차 들리시는 관리가 차림새가 그러니…."

왜 관복을 입지 않았느냐는 힐난인 것 같다. 연암은 한성부 판관으로 재직한 지 5년여 동안 관복 한 벌, 시복 한 벌로 버텨 옷소매가 너덜너덜해 그냥 둘둘 말아 괴나리봇짐에 싼 채 말안장에 매달아놓기만 했던 것인데, 그리고 형편이 펴지면 한 벌 지어 입을 작정이었는데, 이 작자가 용케도 그걸 물고 늘어진다.

"임관일은 아직 시간이 남았으니까 관복은 그때 입어도 늦지 않을까 싶어서요."

연암의 말은 간단명료하다. 비록 임명을 받고 오기는 했지만 아직은 이곳의 신임 현감에 취임한 몸이 아니니 관복을 입어 예를 갖추지 않아도 된다는 뜻이겠다. 사실이지 오늘은 안의현감의 신

분이 아니질 않은가? 이 무슨 기상천외한 선문답 같은 말인지? 주
변 사람들은 두 사람의 얼굴을 서로 번갈아 살핀다. 한 고을을 다
스리는 수장이 왔다면 무조건 굽실거리며 아첨을 떨어야 하는 게
일반적 통례일 텐데 이 젊은이의 태도는 전혀 다르다. 안하무인이
다. 한양에는 이런 도전적인 젊은이들이 간혹 있다. 그들은 패기
만만하고 새로운 꿈에 젖어 개혁을 논한다. 연암은 이미 그러한
젊은이들과 논쟁을 즐겨오던 터였으므로 대수롭잖게 받아넘기는
데 주변 사람들이 오히려 일촉즉발의 위기감을 느낀다.

"자, 그만 듭시지요."

박지항이 두 사람 사이를 막으려 한다.

그러나 연암은 차츰 젊은이에 대한 호기심이 발동하기 시작
한다.

"이보게 젊은이, 나는 여기가 첫길이라 잘 모르겠는데, 여기 어
디 침모가 있는 곳이 있겠는가?"

"침모라니요? 혹여 그 관복이라도 다려 입으려고요?"

"다려 입는 게 아니라 좀 기워 놓으려 한다네."

"아하. 단벌옷 껴입고 홀홀단신 내려와 새 옷 지어 입고 가시겠
다는 궁심이시군요?"

젊은이의 말도 명료하다. 그러나 그 속엔 가시가 박혀 있다. 떳
떳하게 관복을 입을 처지가 못 되는 가난뱅이에다가 음사(蔭仕)가
아니냔 것이겠다. 정조 임금은 왕위에 오르자마자 개혁정치를 단
행하여 노비제도를 없애고 서얼들에게 벼슬길을 터주었다. 이에
기득권을 쥐고 있던 노론벽파들은 전국의 사림들을 총동원해 이

를 저지하고자 하였지만 결국 새로운 경장의 물결을 막지 못하고 있는 중이다. 그렇다면 이 젊은이는 정조의 개혁정치에 반기를 드는 패가 분명하다.

그렇다면 더욱이 이를 그냥 지나칠 연암이 아니다.

"그렇습니다. 이왕 벼슬길에 올랐으니 관복 한 벌은 벌어 입어야지 않겠습니까?"

"관복? 그 좋은 말씀이지요. 이 나라 이 땅 어디 가도 개혁과 자유를 외치는 자들의 관복이 늘어났지요."

도대체 이 자의 정체가 무얼까?

"그렇지만, 오늘은 날이 아닌 것 같습니다."

연암은 내일 날짜부터 안의현감이지 오늘은 아니라며, 오늘은 자유인이니만큼 공적인 일로서의 추달이나 사적인 일로서의 비아냥 따위는 일체 사양이라고 잘라 말한다. 그가 누구이건 상관없이 제 하고 싶은 대로 치고받는 연암이다. 까짓 벼슬자리 치우면 어떠랴? 연암은 아까같이 두루뭉술하게 살겠다고 다짐했던 자신과의 약조를 깨고 점점 날이 선다.

"할 말이 있으심 내일 다시 하시지요."

개인적인 면담은 사절이라는 이야기겠다. 내일 어떤 어려운 공무를 맡을지언정 오늘만큼은 자유롭고 싶다는 연암의 말은 오만불손하기 짝이 없는 젊은이를 내몰기에 충분했다.

"그렇게 합죠. 내일 다시 뵙도록 하지요."

"도대체 저 작자가 누구지?"

두 사람의 어이없는 대거리를 지켜보던 관속들은 고개를 절레 절레 내흔들기 시작한다. 이 정도 대찬 현감이라면 꼼짝없이 부복할 수밖에 없을 일이다. 관속들은 그저 자기 상관이 이래도 흥, 저래도 흥, 하는 홍시감 같은 사람이 좋다. 하루를 있다 가더라도 좋은 게 좋은 그런 사람을 원했는데, 웬걸, 기가 세기를 대쪽 같다.

"여기서 이럴 게 아니라 광풍루라도 한번 올라보시지요."

진찬을 차릴 동안 잠시 광풍루 구경이라도 하고 오자는 이방의 말이다. 사람들이 그리로 마중 나가 있다 한다.

"내 공연히 길을 잘못 들어 여러 사람 고생시키는구려."

연암은 아까 젊은이를 대할 때와는 달리 시원시원하다.

관아를 나서자 우뚝 솟은 광풍루의 누각이 한눈에 들어온다. 그 위세가 하늘을 찌를 듯하다. 누각의 그림자가 비치는 곳에 얼어붙은 강이 있고 얼음 더께 속으로 흐르는 물소리가 들린다. 어쩌면 이렇게 제비바위골과 닮았는지 모르겠다.

"어서 오세요."

"감축 드립니다."

이 사람 저 사람 인사를 받으며 연암은,

"과연 화림동이로군요?"

하고 동문서답을 한다.

한양 사람들은 무더운 여름날 화림동 계곡에 발 담그고 족탁 한번 해보는 것이 소원이라고들 한다. 그러나 지금은 여름이 아니다. 골골이 골짜기들이 쏟아낸 물은 한파를 만나 바위를 붙들고 얼어 터졌고 겨우 몸을 빼내 숨을 쉬는 물 가운데 바위 위로는 무심한 물새가 꽁지를 깝죽대며 바람을 맞고 있다. 연암은 자신이 꼭 저 물새 같다는 생각이 든다.

부임 첫날부터 바위에 계란을 치는 꼬락서니가 되어 버렸으니 도대체가 이 실수는 어디에서 어떻게 생긴 것일까? 이유는 간단하다. 남들처럼 거창한 행차를 준비하지 않았기 때문이다. 보통 사람들 같았으면 한 고을의 수령으로 부임해 내려갈 때 으리으리한 행차를 준비, 과시용 인원들을 동원해 말구종 잡히고 일산대 받쳐 위엄을 드높이게 했을 것이다. 그러자면 돈이 있어야 한다. 문제는 돈이다. 황희 정승은 소를 타고 임지를 향해 간 일화로 유명하다. 일부러 그런 흉내를 내려고 작정한 건 아니지만 일이 그렇게 꼬이고 말았다.

누대에 오른 연암은 사방 경치를 두루 일별한 다음 광풍루 창건 중수기에 눈길을 준다. 이조 태종 임신년에 현감 전우(全遇)가 창건한 것을 다시 성종 갑인년에 일두 정여창이 경창하여 광풍루로 개칭하였다고 적고 있다. 광풍(光風)이라면 빛과 바람이다. 빛은 만생명의 근원이다.

연암은 일두 선생이 이 누마루에 올라 무엇을 구상하고 세상을 어떻게 경영하고 싶어 했는지를 알 것 같다는 생각을 한다. 백성들은 풀뿌리다. 풀에게 있어 빛은 필수적이다. 빛이 없으면 풀은 살 수 없다. 그렇다면 그 빛이란 어디서 어떻게 오는 것인가? 위로는 임금으로부터 아래로는 고을 수령에게 이르기까지 백성들보다 한 층 위에 있는 관리자가 할 몫이다. 이런저런 상념에 사로잡혀 있는데 음식상이 준비되었다는 기별을 받은 이방이 자리를 옮길 것을 권한다.

"이제 내려가시지요."

대충 보아 스무나무 명 정도의 사람들이 앞서거니 뒤서거니 골목길을 휩쓸고 지나간다. 일행이 당도한 곳은 매죽헌이란 당호가 붙은 집이다. 이미 진연이 차려져 있는 방안엔 군불을 땠는지 훈기가 돌았다. 그러나 오래 비워 두었다가 불을 때서인지 그을음 타는 냄새가 매캐하다.

"오늘 이 먹거지는 하 진사 어른께서 마련하였습니다."

이방의 말이다.

"차린 건 변변찮습니다만 흡족하게 드십시오."

하 진사의 인사말이다. 그러면서 하 진사는 연암을 자기 곁에 앉으라, 자리를 권한다. 훤칠한 키에 이마가 넓고 코가 날카로운 것이 기품이 있어 보이는 인물이다.

"고맙소이다. 저 같은 사람을 이렇듯 환대해 주시다니요. 반남 박씨 박사유의 아들 박지원입니다. 안의현감으로 부임하게 되었습니다. 안의를 위해 힘껏 일하겠습니다. 그러나 오늘은 다 같은 동무로서 누구나 '야', '자' 하면서 허심탄회하게 술이나 마시고 놀았으면 합니다."

연암이 이렇게 인사를 하자 하 진사도 이게 아니구나 싶었는지,

"안음하씨 하연수의 아들 하윤식이올시다. 대대로 이곳에 세거(한 고장에 대대로 삶)하는 토박이인지라 안음에서는 저를 모르는 사람이 없을 것입니다. 어려운 일이 있으면 부탁하십시오. 제 자식 놈이 예방으로 있지만 멧돼지한테 다리를 떠받쳐 다치는 바람에 애비가 대신 자리를 마련했으니 차린 건 없지만 즐겁게 드십

시오." 하고는 정식으로 다시 인사를 한다. 말로 연암을 누를 기세다.

이어 좌중의 모든 인물들이 자기소개를 한다.

술이 한 순배씩 돌고 옆자리에 앉은 사람끼리 서로 술잔을 주거니 받거니 취흥이 돋는데,

"제가 한 말씀 여쭤 봐도 되겠습니까?"

지금까지 묵묵히 앉아 있던 저쪽 끝의 도포자락이 자리에서 일어서며 일갈한다.

"신임 현감께선 음사를 입었다고 들었소. 맞소이까?"

"그렇소."

"소설도 썼다고 들었소. 맞소이까?"

"그렇소."

"그 소설에 양반을 사고팔았다고 들었소."

결국 그 이야기였구나. 연암은 질문자가 잠시 멈칫거리는 사이 그의 말을 받아 이렇게 말한다.

"그 글을 한번 읽어보신 적이 있으신지요?"

"이야긴 들었소."

"글은 남의 이야기만 들어선 잘 모르는 법입니다. 읽으면서 느껴지는 게 글입니다. 들어서 아는 것은 이야기이고 읽어서 느껴지는 게 소설이니까요."

"허참, 소설은 이야기인데 들으면 족하지, 눈 아프게 읽을 것 뭐 있습니까?"

또 이 무슨 뜬금없는 논쟁인가? 누군가 이 사태를 수습해야겠

다고 생각해 박지항이 나서려는데, '밥은 먹고 돌아서면 또 배가 고픈데 뭣하러 자꾸 먹느냐'며 연암이 오히려 이를 즐기는 듯하다. 박지항은 잠시 지켜보기로 한다.

"소설의 참뜻은 행간 속에 숨어 있어 좀체 잘 드러나지 않습니다. 그러니까 글을 차근차근 음미해서 읽어보지 않고 남의 이야기만 들었다간 말 전하는 사람의 편견에 빠져들게 마련이지요."

연암의 소설들은 『열하일기』에 수록돼 있지만 이를 읽고 재미있다고 베껴 쓴 필사본뿐으로 이런 시골까지 그 진짜 글이 전해졌을 리 없다. 그렇다면 그 이야기만 대충 전해졌을 것이고 '양반을 사고팔았다'는 줄거리 자체만으로 괜한 트집을 잡을 태세가 틀림없다.

"도대체 소설이란 게 뭡니까?"

"소설은 말 그대로 작은 이야기지요. 진나라 때에는 저잣거리에 흘러 다니는 쓸데없는 이야기라고 금서로 취급한 황제도 있었지요."

연암은 분서갱유를 이야기한다.

"『사기』를 다 읽을 시간도 없는 사람들한테 어째서 그런 시시한 이야기까지 읽으라 했겠습니까? 그건 당연한 처사이지요."

전면공격이다. 연암이 소설가라는 걸 알고 일부러 준비해온 논쟁거리인 것 같다.

"소설에서는 양반을 사고판다면서요?"

"거긴 양반만 사고판 게 아니라 도적질로 부자되는 타락한 선비 이야기도 있습니다."

박지항이 연암을 옹호하려 말 사이를 비집고 든다. 한양의 젊은
이들은 연암의 소설에 대해 전적인 지지를 하고 있다. 정조 임금
께서도 연암의 새로운 글에 대해 전폭적 지지를 아끼지 않았다.
구신들의 강력한 반발에도 불구하고 연암의 이러한 사상을 이 나
라 이 백성들을 살리는 강력한 개혁의지로 받아들이기까지 한 정
조 임금이다. 연암이 이런 자리를 차지할 수 있었던 것도 그러한
사상을 널리 심고 오라는 성지가 아니었을까? 박지항은 이 우물
안 개구리들에게 연암의 위치를 알려야 한다고 생각하였지만 쉽
게 알아듣길 만한 말이 떠오르지 않아,

"한양에선 연암의 소설이 열화와 같다는 걸 모르십니까."

라고 할 뿐이었다.

"여기는 한양이 아니라 안의요. 실례가 될 줄 압니다만 연암께
서는 연세가 어떻게 되셨소?"

그 사이 또 한 두루마기자락이 엉뚱한 말을 끄집어낸다. 아마
나이로 눌러버리고 싶은 모양이다. 장유유서 앞에서는 꼼짝 못하
는 게 이 나라 유교사상이다.

"정사년 생입니다만….."

"으흠! 정사년이라… 아직 희년(일흔 살을 이르는 말)도 안 됐네
그려."

두루마기자락은 헛기침을 하며 연암을 나이로 깔아뭉개려 든
다. 그러나 연암은 오히려 이런 장난을 즐긴다.

"그렇지요? 이제 공직을 맡은 지 채 6년도 안 되는 걸요."

"출세했소. 그 짧은 사이 고을 수령이 되다니."

"손을 잘 비볐나 보지."

노골적인 비아냥거림도 있다.

─그저 꽉 움켜잡아야 돼. 조그만 틈새만 보여도 기어오른다 니까.

홍국영의 말이 떠오른다. 홍국영은 정조가 보위에 오르는 것을 적극 도왔다. 그러나 누이를 후궁으로 넣고 마음껏 전횡을 휘둘러 세도정치를 폈다. 그의 정치이론은 강압에 의한 지배체제였다. 그렇지 않으면 어리석고 무식한 인간들의 욕심을 감당할 수 없다 했다. 그러한 그를 정면공격하는 글을 썼다가 눈에 털이 박혀 제비바위골로 피신까지 했었던 연암이다. 자객까지 뒤쫓게 했었다. 그런데 왜 갑자기 그 홍국영이 떠올랐을까? '한번 눌리기 시작하면 그걸로 끝장'이라던 홍국영의 힘의 논리 때문이다. 홍국영은 정치를 소싸움에 비견했다. 소싸움에선 한번 밀리면 만회하기 어렵다. 처음부터 저돌적으로 밀어붙여야 한다고 했다.

그러나 연암은 소와 사람은 다르다 생각한다. 허허실실이란 것도 있다. 아직 공적인 일을 맡기도 전인데 벌써부터 기 싸움을 할 필요는 없을 터, 오늘은 그저 '야, 자' 하고 놀기로 했으니 농담 따먹기나 하고 놀고 볼 일인 것이다.

"내 오다보니까 신선이 한 사람 있더이다."

갑자기 내던지는 연암의 해괴한 이야기에 사람들의 이목이 쏠린다.

"신선이라니요? 그「김신선전」이야기 말씀입니까?"

박지항이 거든다.

연암은 금강산 유람을 하고 난 뒤 「김신선전」이란 소설을 쓴 적이 있다. 거기 등장하는 김홍기라는 사람은 신선이 되기 위해 아내를 멀리하고 벽곡(辟穀)을 한다. 그런데 그 마지막을 보면 참으로 애매하다. 이렇게 되어 있다. '본래 벽곡한다고 그 사람이 반드시 신선이 되는 것은 아니다. 결국 뜻을 이루지 못해 울적해하는 사람일 것이다.' 이게 신선이다. 세상에 뜻을 펼치지 못한 사람이 세상을 등지는 것이 신선이라는 이야기다. 그러면 세상으로부터의 도피 아닌가? 세상으로부터의 도피가 신선이라면 자기 스스로의 이야기는 아닐 테고 또 누군가를 만난 게 틀림없다.

"그래, 그 신선도 벽곡을 하더이까?"

"아니오."

"아니라면?"

"말을 붙들어 오더이다."

이 무슨 선문답 같은 소리들인가? 옆에 앉았던 사람들은 또 두 사람 이야기에 화두를 빼앗겨 귀를 기울일 수밖에 없다. 여러 사람들이 모인 좌중에선 화두를 낚아채는 기술도 있어야 한다. 이는 목소리만 크다고 되는 것이 아니다. 아는 것이 있어야 한다. 아는 게 없으면 남의 말 중에 끼어들기도 어렵다. 그래서 아는 것이 힘이다.

"내 오다가 남계서원엘 들렀지요."

"허어, 오며가며 유람하는 버릇은 여전하시구려?"

연암은 남계서원에서 만난 노인 이야기와 아까의 그 젊은이 이야기를 함께 겸해서 한다.

"그런 노인이 거기 계시더이다. 혹시 누구신지 짐작이 안 가십니까?"

이방이 아는 체를 한다.

"혹시 승안사 경윤 스님이 왔던가?"

경윤 스님이라면 무학대사의 후손이라고 스스로 떠벌리고 다니는 괴승이지만 정작으로 분명한 건 하나도 없는 허풍도사라 한다. 무학대사는 태조 이성계가 말년에 들어 실정을 하고 인륜을 저버렸다하여 안의 용추계곡으로 은거해 숨어버렸다. 몇 번이고 지엄한 어명을 내려 환궁할 것을 종용하였지만 그때마다 전령을 따돌려 영영 종적을 감추었다. 그때 숨어 지내던 은신암이 지금도 용추계곡에 있고, 어지를 가지고 내려온 전령의 거동을 알려 매파 노릇을 해주던 수리매가 바위로 화했다는 매바위 전설이 전해져 내려온다. 실제로 그 매바위가 지금도 용추계곡 입구를 지키고 있지만, 믿거나 말거나한 이야기이고 그때 무학대사가 장수사 비구니를 품어 때늦게 후사를 두었다는데, 그 아이가 또 아이를 낳고 또 그 아이가 아이를 낳아 이 경윤까지 대를 이어 내려왔다 하나, 이 일에 대해서도 확실한 건 하나도 없다. 그런데도 경윤이라는 이상한 중이 있어 본인 스스로 그렇게 주장한다는 이방의 이야기다.

"허허, 그 양반 말을 타고 돌아보니 온데간데없이 사라져 버리고 없더이다."

연암은 남계서원에서의 일을 이야기하고, 그 젊은이를 찾아 술을 한잔 권하려 했으나 그 역시 홀연히 자리를 뜨고 없다.

"재미있는 세상이지 않습니까?"

연암은 술이 거나하게 올라 환상을 보았는지 정말로 그런 일이 있었는지를 알 수가 없다고 말한다. 그렇지만 아까의 그 젊은이는 여기 있는 좌중들도 다 본 사실이다.

"이런 게 바로 소설이란 놈입니다."

연암은 문득 도깨비한테 홀린 기분이라는 이야기를 계속한다. 안의 땅에 첫발을 내디뎠을 때부터 계속해서 도깨비놀음이 계속된다. 아니면 한양을 떠나 내려올 때부터 그랬었는지도 모르겠다. 친구들이 그랬다. 이제 거기 내려가거든 거기 사람들과 잘 어울려 신명나게 살라고. 신명나는 생활이란 무엇인가? 어울리라는 것이다. 지금까지의 삶이 물 위의 기름 같았으니까 이제 흐르는 물처럼 살라는 말이다.

"이 알 수 없는 것들이 인생사고 이 인생사가 바로 소설이란 거죠. 아니 그렇소?"

연암은 벌써 술이 취하는 느낌이다.

술이 취하니 처남 이재성의 말이 귓전에 내려앉는다.

"이제 좀 편안하게 사서야죠. 형님."

처남은 아예 인생을 정리할 작정하고 거기 눌러앉을 거처를 마련하라 하였다. 산천 경계 좋은 지리산 밑에 아예 머리 누일 자리를 잡으라는 거였다. 정말 그럴까? 나는 처남이 말하던 대로 그런 사람일까? 벼슬에는 관심 없고 글줄이나 읊고 사는 것을 지상 최대의 낙으로 삼는 자유인일까? 연암은 자신의 깊숙한 가슴속을 들여다보며 고개를 내젓는다. 그건 아니다. 나도 살고 싶은 사람이고, 나도 권세를 휘두르고 싶은 사람이고, 기회가 없었을 땐 몰라도 일단 기회가 주어졌을 때는 그걸 놓치고 싶지 않은 사람이다. 공맹(孔孟)이라 해도 마찬가지다. 저들 역시 살길을 찾아 헤맸던 사람들이다. 그게 안 될 때는 덕을 명분으로 내세우지만 주어진 기회를 스스로 버린 사람은 없다. 면산에 들어가 나물 먹고 물 마시던 개자추(介子推) 역시 그렇다. 불타 없어짐으로써, 자신을 더없이 불쌍하게 만듦으로써, 자신을 저버린 문공의 가슴을 영원히 죽을 때까지 쓰리고 아프게 했다. 그게 복수다. 무엇에 대한 복수인가? 부조리한 세상에 대한 복수다. 소설가는 이 복수를 위하여 태어난다. 그러자면 주어진 기회를 잘 살려야 한다. 기회란 무언가? 능력을 발휘하는 일이다. 결국 배운 자가 못 배운 자를, 더 많이 가진 자가 못 가진 자를 이용해 사는 것, 그게 처세다. 세상을 요리하고 싶지 않은 사람은 아직 세상을 만나지 못한 사람이다. 제 세상을 만나면 누구나 처세를 하고 싶어 한다.

연암은 갑자기 혼란스러워진다. 주어진 권세를 휘둘러야 할지 접어두어야 할지 판단이 서질 않는다. 이 두 마음을 잘 다스리는 자가 군자다. 적어도 이론상으로는 그렇다. 그런데 막상 당하고 보니 혼란스럽다. 아직도 도(道)가 부족한 탓인가. 뱀 대가리처럼 쳐들고 꼬리를 흔들어대는 상념을 떨치려고 일부러 큰소리를 낸다.

"우리 재미있는 놀이 하나 할까요?"

연암은 문득 여흥을 돋우는 척 본심을 숨긴다. 인간의 저 깊은 가슴 속에는 숨겨진 속마음이 있다. 눌려 있던 이 감정은 어느 순간 눈을 번쩍 뜨고 나타나기 마련이다. 이 속마음이 사람을 지배하는 것이다. 사람의 마음속에는 이(理)가 있고, 기(氣)가 있다. 이가 승하면 이성에 기대게 되고, 기가 승하면 감정에 치우치게 된다.

"그게 무엇입니까? 설마하니 글짓기나 하자는 건 아니시겠지요?"

"왜 아니겠습니까? 선비가 모이면 의례히 시를 지어야지요."

연암은 자신도 모르게 자신의 장기인 글짓기를 택한다. 모인 좌중을 강타하는 길은 이 길밖에 없다. 배운 도둑질이라지 않는가? 연암은 일단 이들을 사로잡을 계책을 세운다. 순식간에 떠오르는 재기가 발동한다.

"오늘은 연구를 지었으면 하는데 어떻겠습니까?"

칠언율시라면 어려워하는 사람들도 있을 테니까 연구(聯句)를 하자 제안한다. 연구라면 한 사람이 시를 읊으면 거기 맞춰 대구(對句)를 하면 되는 가장 쉬운 돌림 시 짓기다. 글을 잘 짓는 유능한 선비들의 놀이인 시회에서라면 먼저 시체와 제목을 정해 운자를 떼, 글 솜씨를 뽐내겠지만 이런 자리에서 그렇게 했다간 남아 있을 사람이 없을 것 같아 격을 한 수 낮추었다. 그런데도 단박에 불평이 나온다.

"이런 먹거지에서 먹물 냄새를 풍겨요?"

"그러면 꼭 기생이라도 불러야 술맛이 나나요?"

글짓기를 하자는 사람도 있고 기생을 불러 모든 여흥을 저들에게 맡기자는 사람도 있다.

"그러면 기생도 부르고 시도 지으면 되겠군요?"

이럴 때는 꾸물거리면 안 된다. 기생도 부르고 시도 짓자, 기생들을 부르라 했다. 그것까지 옹졸하게 할 필요가 무어 있겠는가. 벌써 대기해 있었던 듯 기생들이 쪼르르 들어와 자리를 차지하고 앉는다.

연암이 운자를 멘다.

"자, 그러면 제가 먼저 운자를 떼겠습니다."

"아니오, 잠깐만. 벌칙도 정해야 하지 않습니까?"

"벌칙이야 뻔하지 않소? 벌주나 마시는 거지, 시 못 짓는다고 땅문서를 갖다 잡히겠소, 마누랄 잡히겠소?"

정해진 시간 내에 시를 짓지 못하면 벌주를 받기로 한다.

"오늘의 주제는 술입니다."

―술술 잘 넘어가는 안의 막걸리

안주도 좋아라. 황석산 멧돼지.

"운자는 멧돼지 '지' 자가 되겠습니다."

연암이 우스갯소리를 하자 옆에 앉았던 이가,

"멧돼지 '지' 자가 아니면 어떻습니까? 따 '지' 자를 쓰건 알 '지' 자를 쓰건 그게 무슨 상관이겠습니까?"

하면서 읊는다.

―촌사람 섣불리 보지 마소

안의 사람들 정말 무섭지.

"언중유골이로군요. 다음이 제 차례인가 본데 소인은 본시 문자 속이 깊지 못해 되잖은 왈짜를 읊어보겠습니다. 용서들 하시오."

―아무리 짝사랑이라도 목은 왜 매냐

벗겨나 보든지 한 번 대어나 보고 죽지.

연암은 술이 확 깨는 것을 느낀다. 안의 사람들의 글 가지고 노는 풍류가 이 정도라면 앞발 뒷발 두 손 다 들었다. 한양 친구들과도 이런 풍류 시는 못 지어 봤다. 보통 사람들이 아니다. 자신보다 한 수 윗길을 걷고 있는 풍류객들이다. 아니면 일부러 글 잘 짓는 인사들만 골라 뽑아온 건가.

"이러다간 술이 고파지겠소."

시들을 너무 잘 지어 벌주 마실 일이 없으면 술장사 어떻게 하겠느냐며 연암은 자기가 시체를 잘못 내었다며, 이번에는 오언절구나 칠언율시를 짓는 게 어떻겠느냐 제안한다.

"그야 원님 맘대로겠지만 술맛 떨어지는 일은 그만하고 명월이 노래나 한 곡 들어봅시다."

"그게 좋겠어요."

"과거시험도 아니고, 이런 날 기분 잡치게 시는 지어 뭐하겠소?"

연암이 과거를 통해 정당하게 벼슬길에 오르지 않은 음사임을 비꼬아 하는 말이 아닌지 모르겠다. 모골이 송연해지는 재치들이다. 연암은 안의 사람들의 재기발랄함에 새삼 기가 질린다.

그러나 굳이 힘으로 기선을 제압하려 들지 않는다. 함께 어울려 노는 것이다. 놀다보면 물 절로 산 절로 풀려나갈 일이다.

"그래, 명월이 어디 있느냐?"

연암은 명월을 부른다. 어디나 명월은 있게 마련이다.

"명월이 대령이오."

드디어 팔랑거리며 들어온 명월이 노래 한 곡조를 뽑기 시작하
는데 생전처음 들어보는 가사다.

오르랑 내리랑 잔기침 소리는
자다가 들어도 우리 님 소리리.
얼시구 가 갔으면 갔지 제가 얼마나 갈소냐

용추폭포야 네 잘 있거라.
명년 춘삼월 또다시 만나자.
얼시구 가 갔으면 갔지 제가 얼마나 갈소냐

임의 생각을 안 할라 해도
저 달이 밝으니 저절로 나노라.
얼시구 가 갔으면 갔지 제가 얼마 갈소냐

오동추야 달이 밝은데
임의 생각이 절로 나노라.
얼시구 가 갔으면 갔지 제가 얼마나 갈소냐

춥나 덥나 내 품에 안겨라.
벨 것이 없거든 내 팔을 베거라.
얼시구 가 갔으면 갔지 제가 얼마나 갈소냐

노세 노세 젊어서 노세
늙고 병들면 못 노나니라.
얼시구 가 갔으면 갔지 제가 얼마나 갈소냐

처절하다. 노랫말도 그런데다 뽑아내는 가락 또한 사람을 애상
에 젖게 한다. 노래라는 것은 사람의 감정을 사로잡아 어딘지 모
를 곳으로 이끌어간다. 이 노래가 바로 그런 애상곡이다.

"이게 무슨 노랜가?"

연암은 명월이 노래하는 사이 옆사람에게 가만히 물어본다.

"질 굿 내기라는 안의 노래입니다."

"안의 노래라?"

각기 그 지방에는 그 지방의 노래가 있기 마련이다. 그런데 안
의에 하필이면 왜 이런 노래가 생겼을까? 궁중에는 궁중정악이 있
고 지방에는 지방대로 지방요가 있게 마련이다. 노래가 생긴 데에
는 반드시 그 연유가 있을 터. 연암은 또 그게 궁금하다. 모든 것
이 글감으로 생각되는 그는 마음속으로 노랫말 속의 주인공을 눈
사람으로 만들어 굴리고 또 굴리고 있다. 마침내 이야기의 시작과
끝이 보이고 하나의 소설이 만들어진다. 이처럼 재미있게 마시고
노는 자리에서까지 마음과 마음속의 또 다른 마음이 따로 노는 자
신과 같은 소설가를 그는 천형 받은 인물이라고 스스로 평한 적이
있다. 모든 것이 관찰의 대상이 되어 주변 분위기에 몰입하지를
못하는 것이 소설가다. 보고 듣고 느끼는 그 모든 것을 글로 나타
내고 싶은 욕구가 소설가를 외톨이로 만드는 것이다. 그는 노래

속에 나오는 사연을 좀 더 구체적으로 기억의 저장고에 보관해두기 위해 옆사람에게 묻는다.

"용추폭포는 어디 있는가?"

"용추계곡에 있습죠."

연암은 한동안 은거해 살던 제비바위골을 생각한다.

제비바위골에도 제비폭포가 있었다. 제비가 두 날개를 펴고 날아오르듯 물살이 두 갈래로 난 쌍폭이었다. 처음엔 혼자 들어가 글을 썼지만 나중에 홍국영의 화를 피해 피신해 있었을 때는 아예 가솔들을 전부 거느리고 가 살았던 적이 있다. 얼마나 굶주렸었나. 그 쓰라림을 생각하면 지금 눈앞에 차려진 산해진미가 목구멍을 타고 도로 올라오는 느낌이다.

연암은 모여 앉은 먹거지에서도 잠시의 쉴 틈도 없이 생각을 굴리고 또 굴리는 머리와 가슴을 두고 작가의 상상력은 저주받은 천형의 물건이라고 말했었지만 지금처럼 맹렬하게 그 불덩어리가 달아오른 적은 없었다는 느낌을 꾹꾹 눌러 덮는다. 처음으로 얻은 세상, 이 새로운 삶의 터전에서 일어나는 하나하나가 글감으로밖에 생각되지 않으니, 그리하여 방외자의 입장밖에 되지 않으니 이래가지고 어떻게 이들과 어울려 지낼 수 있을 것인가. 여기와선 모나지 않게 살려고 했던 자신이 아니던가.

"얼쑤, 좋다."

연암은 갑자기 술에 취한 듯 자리에서 일어나 두루마기자락을 펄럭이며 춤을 춘다. 우람한 체구에 떠밀리듯 뱃살이 출렁거린다. 이제 다시는 글 같은 건 쓰지 않으리라. 글 나부랭이를 쓰다가 사랑하는 아내가 가는 줄도 몰랐다. 집안 꼴이 어떻게 돌아가는지도 몰랐고 식솔들이 먹는지 굶는지도 몰랐다. 이제 그 복수를 해야 한다. 살아야 한다. 배불리 먹고 잘 살아야 한다. 혼자서라도 그 말 하며 잘 먹고 잘 사는 게 복수다.

　—얼시구 가 갔으면 갔지 제가 설마나 갈소냐.

후렴구까지 연창을 하면서 연암이 춤을 추자 비딱하게 갓을 옆으로 돌려쓴 신명꾼 하나가 따라 일어나 수건을 두루마기 등짝 밑에 밀어 넣어 곱사등이를 만들고선 멋들어진 춤사위를 보이며 흥을 돋운다. 갓끈에 삐딱하게 매달린 그의 갓이 마미립인 것으로 보아 상당한 인물의 후손인 것 같은데 놀기도 잘 논다. 한눈에 보기에 한량임이 분명하다.

갓은 갓싸개에 따라 종류가 나누어지고 신분에 따라 달리 착용한다. 따라서 갓은 쓰고 있는 사람의 신분과 계층을 나타낸다.

진사립은 왕이나 귀인이 착용하는 최상품으로 머리카락보다 더 가늘게 다듬은 죽사로 갓모자의 양태를 네 겹으로 엮고 그 위에 촉사를 한 올 한 올 입혀서 칠을 한다. 진사립 밑에 등급은 음양사립인데 갓모자는 말총으로 곱게 엮고 양태만 죽사에다 촉사를 올려 옻 칠을 한다. 그 다음 등급으로는 음양립을 꼽는데 양태 위에 촉사 대신 생초를 입혀 옻 칠을 한다. 그 다음인 포립은 총모자와 죽사로 엮은 양태로 돼 있고 양태 위에는 명주나 베를 입혀 옻 칠을 한다. 당상관 이상의 벼슬아치들이 쓰던 마미립이란 것이 있는데 말총으로 갓모자와 양태를 엮어 만들었다. 지금 이 작자가 쓴 갓이 바로 마미립이다.

정조 임금이 새로운 개혁을 시도하기 전까지는 이 갓 하나로 그 사람의 신분을 가늠하였다. 벼슬의 높낮이에 따라 갓의 사용 범위를 정했었기 때문이다. 지금 마미립을 쓰고 있는 사람들은 대개 윗대 어른들이 당상관 이상의 벼슬을 하다가 돌아가시고 그 갓을 물려받은 자들이다. 은근히 자신의 출신을 자랑하려고 이런 자리에 나타날 때는 갓끈을 삐딱하게 메고 나와 춤판을 벌리기도 하지만 대개는 또 불평불만이 많은 사람들이기도 하다. 경장(更張) 이전에 누리던 특권을 빼앗겼기 때문이다. 그러니까 노론에 속했던 유생들이거나 나라의 복록을 받아먹다가 끊어진 사람들로 노예를 잃은 사람들이 이 갓을 쓴 부류다.

지금 이 사람이 마미립을 삐딱하게 둘러쓰고 연암과 어깨를 나란히 하고 춤을 추는 것은 신임 현감에 못잖은 신분이라는 것을 과시하기 위해서거나 무언가 꼬투리를 잡기 위해서일 것이 틀림없을 터.

—갔으면 갔지 제가 설마 갈소냐.

연암은 수많은 사람들의 마음 저 깊숙한 곳을 드나드는 소설가다. 사람의 행동거지 하나만 봐도 기침 소리 하나만 들어도 그 자의 심중을 읽을 수가 있다.

소설가는 일종의 독심술사다.

"영감 춤도 잘 추십니다."

아니나 다를까? 한바탕 엉덩이춤이 끝나자 자리에 앉아 술잔을 들며 그가 하는 말이다.

"춤은 댁이 고수이신걸요?"

"허허, 그 무슨 빈 말씀이십니까?"

"빈 말씀이라니요? 전 진정으로 하는 소리입니다. 갓끈에 달린 마노만 봐도 이미 알만하잖습니까?"

갓이 그 신분을 나타낸다면 갓의 장식 끈에 달린 여러 가지 장식품들은 그 재산 정도를 나타내는 부의 척도가 된다. 장식 끈에 꿰어진 구슬은 호박, 산호, 수정, 밀화 등 여러 가지 보물들이 있는데 대개가 청국에서 수입해온 것들로 비싼 것은 구슬 하나에 쌀이 몇 가마씩 하는 것도 있다. 부자들은 철 따라 이 장식들을 바꾸어 치장함으로 돈 자랑을 한다. 여름철에는 차가운 느낌이 드는 대모, 수정, 금패, 연밥 같은 장식들을 사용하는데 이 자의 구슬 갓끈은 이미 겨울철임을 염두에 두고 따스한 빛이 도는 마노와 호박이 주가 되도록 바꾸었다. 은근한 자기과시인 것이다.

"수정이야 영감 갓끈에도 주렁주렁 달려 있질 않습니까?"

철이 어느 때인데 아직도 여름철에나 하는 수정을 달았겠느냔 비아냥거림이 숨어 있는 말 같았다.

"이거요?"

연암은 자신의 갓끈에 달린 장식을 쓰다듬으며 청국에 갔을 때 몇 개 얻어 달았을 뿐이지 이것도 돈이 있어 사 단 게 아니라 한다.

그러니 아래위를 훑어보던 그가 말한다.

"청국을 갔다 왔다고요?"

"예."

그는 연암이 청국에서 직접 갓끈에 단 구슬을 얻었다는 말에 기가 질리는 모양이다. 청국을 갔다 온 사람하고 안 갔다 온 사람하고는 격이 다르다.

"청나라 고종 황제의 이른 살 만수절 사은사를 따라 갔었지요."

홍대용, 박제가, 이덕무 등 이미 청나라에 갔다 와 쓴 기행문을 읽고 부러워하던 박지원은 3종형인 박명원이 마침 사은사의 정사로 발탁돼 청국을 가는 덕분에 청국 구경을 할 수 있었다. 청국을 다녀온 후 연암은 『열하일기』를 썼고, 그 덕분에 장안에 화제인물이 되었고 오늘에 이르렀다.

두 사람이 갓에 대한 이야기를 조곤조곤 나누는 것을 보고 박지항은 문득 '갓에 대한 연구'를 떠올린다. 한양의 문장가들인 박지원, 이득무, 이덕공 이 세 사람이 연상각에 모여 갓을 두고 사회상을 풍자한 시회를 연 일이 있었다. 갓의 변천사를 통해 현 사회를 꼬집는 연구(聯句)를 읊었던 것인데 유득공의 『아정집』, 이득무의 『아정유고』를 통해 이미 세상에 알려진 글이다.

그때 이들은 갓을 두고 각기 뭐라 읊었든가?

벼슬아친 뺨 양쪽에 산호 매달았고
선비는 턱 양쪽에 비단 끈 드리웠네. -연암

옻칠 말리는 건 비 오고 구름 낀 날 틈타고
아교를 붙이는 건 불기운 빌려야지. -이득무

제 혼자 단정히 쓰면 영락없는 일산이요
나란히 서게 되면 마주 대한 상위 같네. -유득공

큰길에서 걸핏하면 서로 부딪치니
백성들 시비하느라 물 끓듯 하네. -연암

시는 곧 그 사람이다. 다른 두 친구의 시가 갓에 대한 직접적 묘
사인데 비해 연암의 시에는 갓과 인간사가 함께 녹아들어 있는 직
접적인 사회상이 풍자되어 있다. 이게 글인 것이다. 문장가라고
다 같은 문장가가 아님이 여기에 있다. 이제 그러한 대문장가가
안의에 왔다. 그런데 그를 맞이하는 안의 사람들의 태도는,
 "영감 제 술 한 잔 받으시지요."
 그저 벼슬아치 영접에 불과하다. 대문장가로서의 대우는 없다.
 그러나 연암은 그러한 저들과 죽이 맞아 잘 놀고 있다. 놀고 있
는가? 그러는 척하고 있는 것이다. 갓으로 신분을 과시하고 타고
다니는 말로 인간의 높낮이를 재고, 입고 다니는 옷 하나로 재산
을 가늠하는 세상이니 거기 맞춰 놀아줘야 할 일이다. 그게 생존
법이라는 것을 잘 알고 있는 연암이다. 그렇다고 그게 자부심을
꺾는 일은 아닐 것이다. 긍지는 가지되 외톨이는 되지 말자.
 연암은 세상이 이럴수록 절치부심, 살아야겠다, 다짐을 한다.

 연암은 이 모든 일들이 계란으로 바위 치기인 줄 알면서도 이게
곧 현실임을 직시한다. 그리고 끈 떨어진 매처럼 되지 않기 위해
이들과 어울린다. 정치란 어울려 함께해 나가는 것이지 혼자 독단
으로 하는 것이 아니다. 과연 이러한 안의 생활이 순탄할까? 모꼬

지(놀이, 잔치 따위의 일로 여러 사람이 모임)로부터 흘러나오는 노랫가락이 취하면 취할수록 연암의 정신은 더 말똥말똥해진다.

뿔벱

와잠과 오리숲

아침 일찍 잠에서 깬 연암은 개울로 내려가 세수를 한다.

물은 맑고 깨끗한데 지난여름 홍수 때 떠내려 온 듯한 온갖 잡동사니들이 아직도 개울가 나뭇가지에 걸려 있다. 그 수위의 높이를 보니 온 들판이 잠기고도 남을 듯하다.

앞뒤 산들은 온통 벌거숭이이고 치산치수의 흔적이라고는 없다.

개울 저 아래쪽 들녘을 보니 모래가 산더미처럼 쌓여 있다. 아마도 홍수에 떠내려 온 토사가 밀려 쌓인 것 같다.

'제방을 쌓아야 해.'

그는 혼자 중얼거리며 광풍루를 다시 올라가 본다. 밤이 이슥토록 취하고 떠들어댄 탓인지 아직도 머리가 무겁다. 무엇이 그토록 아등바등 서로 지지 않으려는 기 싸움을 벌이게 했는지 모르겠다. 막판에 어떻게들 헤어져 돌아갔는지 잘 기억이 나진 않지만 곱게 돌아가지는 않았던 것 같다.

그러나 한 가지 분명한 기억은 있다.

'안의는 대대로 지방 토호들의 터전이네.'

그러니 그들을 자극하지 말라는 박지항의 당부였다. 지방에 내려와 지방 토호들을 이기려 들면 다치는 수가 있다는 말이겠다. 그는 향안(鄕案)을 주고 갔다. 적어도 이 사람들 눈 밖에 나서는 안 된다는 은근한 위협이기도 했다.

'내 그렇게 대꼬챙이처럼 살진 않네.'

말은 그렇게 했지만 정말 그렇게 두루뭉술하게 살아갈 수 있을지 모르겠다.

광풍루를 내려와 관사를 향하고 있는데 어제 길을 가르쳐 준 계집애를 만났다. 계집애는 물동이를 이고 간들간들 춤추듯 걷다가, 점잖은 양반 팔자걸음을 흉내 내고 걷다가, 토끼처럼 깡충깡충 뛰다가 갑자기 나타난 연암을 보자 기겁을 해 돌담 옆으로 비켜선다.

"괜찮다. 내 이미 네 걸음걸이를 다 보았느니라."

연암이 너털웃음을 날린다.

"죄송하구먼이라요."

"너도 양반이 되고 싶은 게로구나?"

"아, 아닙니다요. 그저 장난으로 그래본 것뿐입니다요."

이때 골목길을 쓸며 나오던 한 남자를 만났다. 머리에 수건을 질끈 동인 것으로 보아 힘깨나 쓸 듯하다. 남자는 연암을 보자 얼른 고개를 숙여 인사를 한다. 그러면서 계집애를 향해 소리를 지른다.

"아직까지 그러고 있냐? 네 숙모 눈이 빠질라, 얼른 가봐라."

"예, 삼촌."

남자는 연암을 보자 다시 고개를 주억거리며,

"소인 통인 박상효라고 합니다."

하고 인사를 한다. 통인이라면 심부름꾼이라는 이야기다. 관아의 심부름꾼인가 아니면 어느 부잣집 노복인가? 어쨌든 간에 좋다. 연암은 계집애에게 부탁할 일이 있다.

"그래, 네 이름이 뭐라 했느냐?"

연암은 자리를 피해 달아나려는 계집애를 붙잡고 묻는다.

"부뜰이라 합니다요."

부뜰이는 생기기는 복스럽게 생겼으나 어딘지 모르게 얼빠진 듯한 데가 있다. 무언가 안정이 안 돼 눈 둘 바를 모르는 그런 서성거림이다. 첨 만났을 때는 말 위에서 내려다봐서 그랬든지 조그만 아이로 봤는데 홀쭉 큰 키에 앞가슴이 봉긋하니 제법 계집 티도 난다.

"혹시 명경을 가진 게 있느냐?"

"제건 없습니다만, 마님에게 말씀드리면…."

"그래, 좀 빌려다 다오."

연암은 머리를 빗겨줄 사람이 없으니까 스스로 명경을 보며 상투를 틀어 올려야 할 것 같다는 이야기를 한다. 왠지 모르게 이 아이에게는 스스럼없이 모든 이야기를 해도 될 것 같다는 느낌이 든다.

"상투라면 저도 틀 줄 아는데요?"

"그렇지만 남녀가 유별하지 않으냐?"

그러나 그 다음 말은 입 밖에 내지 않았다. 어린 아이를 두고 별소리 다한다 싶기도 하였지만 아침부터 골목길에서 이게 무슨 수작인가 스스로 생각해도 볼썽사납다.

"그만 가보아라."

사택으로 돌아온 연암은 가지고 온 미숫가루를 물에 타 마심으로 아침식사를 해결했다. 제비바위골에 있을 때부터 거식증을 치료하기 위해 시작한 생식이다. 생식은 끼니 걱정으로 여러 사람 괴롭히지 않아도 되고 몸이 가뿐한 것은 물론 마음도 맑아진다. 벌써 자취생활에 이골이 난 연암이다.

생식을 하고부터 눈 밑에 자리 잡기 시작했던 와잠도 차츰 가라앉기 시작하였고 화기도 사라졌다. 와잠이 윤택하면 처자의 복이 많아 행복하다고들 하지만 윤택하건 마르건 와잠은 없는 것이 좋다. 와잠은 몸의 기운을 나타내는 잣대다. 담이 좋지 않으면 와잠이 부풀어보이고 소화 장애가 있으면 그 색깔이 어두워 보인다 했다.

연암은 요즘 와서 건강이 부쩍 좋지 않아 가슴이 벌렁벌렁 뛴다든지 눈꺼풀이 붓는 풍습증까지 생겼다.

연암이 계집애에게 거울을 빌려 오라 한 것은 이 와잠의 상태를 보기 위함이었다. 상투야 까짓 그냥 손가락빗으로 틀어 올려 탕건을 눌러쓰면 될 일이지만 와잠은 직접 눈으로 확인해 보지 않고서는 알 수가 없다. 간밤에 그렇게 술을 마셔댔으니 그 변화가 보고 싶은 것이다.

연암은 너무 많은 세월 동안 빈속에 술을 마시는 버릇이 있어 속이 곯았다. 이제 살만하니까 허로와 내상이 찾아왔다. 이제마의 사상체질에 의하면 보이지 않는 속병을 내보이게 하는 것이 바로 얼굴 색깔이라 하였다. 기맥은 전신을 하나로 통하게 관류하는 흐름으로 눈에 보이는 곳을 관찰함으로 안 보이는 속을 들여다볼 수 있다. '얼굴에 쓰여 있다'는 말은 그래서 생겼다. 사람의 얼굴을 자세히 들여다보면 건강 상태는 물론 기분까지도 알 수 있고 더 나아가서는 그 인격까지 볼 수 있다. 옳은 말이다.

연암은 간밤에 너무 많은 기분을 냈다. 정말 좋아서 낸 기분이 아니라 억지 기분이었다. 초대면하는 사람들 기분을 맞추기 위해 낸 기분이었으니 당연히 화기가 뻗쳤을 것이다. 이제 그 화기가 어떻게 와잠에 나타날 것인가가 궁금한 연암이다.

"부디 건강을 유념하세요. 소자 따라가 모시지도 못하고….."

왜 갑자기 아들들이 떠오르는지 모르겠다. 작은아들 종채는 이제 겨우 열두 살이다. 큰아들 종의는 스물일곱이라지만 전염병으로 아내 잃은 지 얼마 되지 않아 아직까지 마음 붙여 의지가지 할 데 없을 나이들인데, 이런 것들을 떼어놓고 왔다.

간밤에 먹었던 음식 중에 고기를 찍어먹으라 내놓았다는 시금장 생각이 나서였을까? 연암은 고기를 찍어먹으라 내놓았다는 그 시금장 맛을 보고는 갑자기 아들을 떠올렸던 것인데, 큰아들 종의는 된장에다가 풋고추를 찍어먹어 보는 것이 소원이라던 때가 있었다. 얼마나 밍밍한 음식을 먹였으면 그런 소리를 다했을까? 하기야 소금 살 돈이 없었으니까 간장을 담아본 일이 없었고 간장을 못 담았으니 된장인들 먹을 수 있는 살림살이가 아니었다. 이제 된장 고추장 다 담을 수 있을 만큼 나라의 봉록을 타먹는 관리가 되니까 그걸 함께 먹을 사람이 없어졌다.

'대체 현감의 녹봉은 얼마나 될까?'

연암은 내심 그런 생각을 하며 아침식사를 때우고 관복을 꺼내 손질한다. 비록 낡고 허름하긴 했어도 책을 넣어 돌돌 말아온 덕분인지 다림질을 하지 않아도 입을 만해 보인다.

"나으리."

이때 명경을 빌려온 부들이가 이 광경을 보고는 얼른 관복을 빼앗아 챈다.

"이대로는 못 입어요. 다림질을 해올 테니 잠시만 기다려 보세요. 나리."

관복을 빼앗긴 연암은 명경을 들여다보며 혼자 웃는다. 눈 밑에 와잠이 시커멓게 독을 품고 있다. 때문에 흰머리와 수염이 더욱 희게 보인다. 건강에 적신호가 들어온 것이다.

'내 이럴 줄 알았지.'

남 비위 맞추다간 이런 일이 생긴다. 단호하게 거절할 것은 거절해야 한다.

연암은 자신에게 철저하지 못했던 지난밤을 후회한다. 불혹을 넘어 지천명에 이순을 바라보는 나이인데도 아직까지 주위 상황에 현혹됨을 뿌리칠 수 없는 자신이 졸렬하게 느껴진다. 이제 남의 시선을 의식하지 않을 나이도 되지 않았는가. 그렇지만 독야청청할 수는 없는 일이다. '그것이 문제로다.' 타협과 비타협, 어울

66
뿔뱀

림과 못 어울림, 연암은 명경 속에 드러난 자신의 얼굴에서 이 두 가지 그림자를 발견한다. 하나는 눈동자에 있고 또 다른 하나는 눈꺼풀 밑에 내려붙은 와잠에 있다. 눈은 먼 곳을 바라보고자 하고 와잠은 이를 끌어당겨 낮춘다. 눈꺼풀이 무겁다는 말은 이래서 생긴 것이다. 와잠 속에는 두꺼비 같은 현세의 욕망이 숨어 있다.

'이 두꺼비를 잘 다스려야 할 텐데….'

연암은 오늘 할 일에 대해 생각해 본다. 생전처음으로 해보는 고을 수령관의 직무다. 한 고을을 다스리자면 무언가 그에 따른 지침이 있어야 할 터인데도 어디서 무엇부터 해야 할지 가르쳐준 사람이 없다.

공자는 덕치를 설했지만 사실상 그 덕치라는 게 무엇인가? 마르고 닳도록 읽은 덕치이지만, 구체적으로 언급해 놓은 게 없다. 안의현 사람들을 위해서는 이러한 것은 이렇게 해야 한다는 규정이 있느냐 말이다. 그 규범을 만들어 시행해야 하는 게 현감의 할 일이다. 그러니 일을 하려면 한없이 많은 일이 생길 것이요, 안 하고자 한다면 아무 일도 없을 터다. 그렁저렁 살다보면 세월 가고, 세월 지나면 녹봉 나올 테고. 그렇게 살면 안 될까? 그렇지만 자신을 이 자리에 임명한 것은 그 일을 능히 해낼 수 있다고 생각한 금상의 뜻이 있었을 터, 문득 고신(告身)을 하고 직첩을 받을 때 외운 '수령칠사'가 생각난다.

군·현의 수령에 제수되면 임지로 떠나기 전에 임금에게 하직 인사를 하러간다. 임금이 특별히 전(殿)에 오르라하고 승지가 직관을 아뢰면 '아무 벼슬 신 아무개'라 한다. 다음에 칠사(七事)를 아뢰게 하면, 사항을 바꿀 때마다 일어났다 엎드리면서 '농상성' (農桑盛 농상이 성하다) '호구증' (戶口增 호구가 증가하다) '학교흥' (學校興 학교가 흥하다) '군정수' (軍政修 군정이 닦이다) '부역균' (賦役均 부역이 고르다) '사송간' (詞訟簡 소송이 드물어지다) '간활식' (奸猾息 간활이 사라진다)을 왼다.

이 일곱 가지가 고을 수령이 지켜야 할 소임이다.

농상이 성하다는 말은 농사와 길쌈을 장려하라는 뜻이 아니라 반드시 그 결과를 그렇게 하라는 뜻이다. 호구를 늘리고, 학교를 흥하게 하고, 군정을 닦고, 부역을 고르게 하고, 소송이 드물어지게 하고, 간활을 사라지게 하라는 것도 임금이 고을 정령(政令)에게 요구하는 절대적 임무다.

'아, 이제 생각난다.'

수령칠사란 그저 형식으로만 그치는 게 아니라 고을 수령들이 실행해야 할 행동강령인 것이다. 생각이 여기에 미치자 연암은 이제 자신이 해야 할 일이 뚜렷이 보이는 것 같다.

그렇다면 무엇부터 먼저 해야 하나? 농상과 부역과 호구다. 이세 가지 일을 어찌 우선해야 하는가? 서경에 이르기를 '부유하게 살아야 착하게 행동 한다'고 하였다. 우선 농상이 성해 배가 부르지 못하면 학교도 일으킬 수 없고 송사를 없애고 간활을 사라지게할 수도 없으며 군정도 닦을 수 없다. 먼저 먹고사는 민생고부터 해결해야 한다.

'이제야 알겠어.'

무엇 때문에 그 쓸데없는 칠사를 외게 했는지를 이제야 깨닫는 연암이다.

연암은 임금으로부터 특별한 성은을 입었다. 음사로 발탁돼 턱없이 높은 직급을 제수 받았고 지금은 비록 좌천이기는 하지만 이것도 아무에게나 내려지는 벼슬이 아니질 않은가? 일종의 특혜다. 생각이 여기에 미치자 불현듯 말할 수 없는 충심이 살아나는 것 같아 저도 모르게 자리에서 일어나 임금님 계신 곳을 향해 큰절을 올린다.

'전하! 소신 오늘부터 안의 현민의 안녕과 번영을 위해서 성심껏 일하겠습니다.'

북향재배를 한다.

이때 관복을 손질해 들어오던 부들이가 이 광경을 보고 헛치고 웃는다. 연암의 엉덩이가 앞산만큼 크게 보였기 때문이기도 하였겠지만 명색이 틀어 올렸다는 상투가 풀어져 산발한 모습이 되었기 때문이다.

"이래 가지곤 안 되겠어요."

부들이는 연암에게 머리를 내밀라 한다.

아침마다 할아버지 상투를 틀어 올리는 일을 했다는 부들이의 말에 연암은 하는 수 없이 머리를 내맡기고 앉는다. 부들이는 묻지도 않은 말을 재잘재잘 잘도 해댄다. 자기 집안은 대대로 통인 일을 맡고 있어 여러 현감을 모셨다는 이야기며 현감 중에는 어진 이도 있고 나쁜 이도 있더라는 이야기며, 할아버지 돌아가시기 전 마지막으로 머리 빗겨준 이야기며, 별의별 이야기들이 물처럼 쏟아진다.

"할아버지는 손자들 없어요?"

스스럼없는 이 아이가 연암은 좋다. 명색이 현감을 앞에 놓고 할아버지라고 말할 수 있는 이 아이는 도대체 어떤 심성을 가진 아이인가? 벽이 없는 아이다. 장벽이 없는 아이라는 것은 순수하다는 뜻이다.

연암은 모처럼 만나는 이 순수한 아이에게 호감이 간다.

―아무도 어린아이 같지 않으면 그 나라에 들어갈 수 없다.

연암은 갑자기 천주학쟁이들의 서학 책이라고 몰아붙이던 『성경』에 나오던 한 구절이 떠올라 섬뜩함을 느낀다. 이 애가 바로 '이래야만 천당에 들어갈 수 있다' 던 그 천진무구한 사람의 속성을 가진 아이다. 맹자는 본시 사람의 천성을 선하게 보았다. 다만 물욕으로 인하여 악하게 변해 간다 했다. 그런데 성경 역시 그 천성을 잃지 않은 사람만이 천당에 갈 수 있다고 가르치고 있다. 그렇다면 그 서학도 맹자와 상통하는 것이 아닌가? 생각이 여기에 미치자 『성경』을 읽어보라 하던 다산(茶山) 정약용이 떠올랐다. 다산은 활차와 거중기를 이용하여 화성을 쌓겠다는 야심 찬 꿈을 펼쳐보였다.

'바로 그거야.'

이제부터 할 일은 바로 '그것' 인 것이다. 사람의 힘으로 안 되는 일은 기계의 힘을 빌리면 된다. 방천 둑을 쌓는 일에 그 활차를 이용하면 힘을 몇 배나 얻을 수 있다. 갑자기 오늘의 할 일이 생각난 연암은 머리 빗어 상투 트는 일을 대충 끝내게 한다.

"고맙다."

"뭘 예. 아, 참…. 마님께서 아침진지 드시러 오시라던데요?"

부들이는 그제야 생각난 듯 아침 먹으러 오랬다는 말을 전한다. 그런 걸 보면 앞뒤 순서를 모르는 약간 모자라는 아이 같기도 한데, 어쨌건 연암에겐 부들이 입안의 혀다.

"내 아침은 먹었느니라. 걱정하지 말라고 일러라."

연암은 부들이 다려다 준 관복을 갈아입고 조례를 준비한다.

집무실로 나가니 아직 아무도 등청하지 않았다. 너무 이른 시각이라 그런가? 그 사이 잠간 산책이라도 할 겸 그는 뒷산을 오른다. 높은 곳에 올라 관아를 한번 내려다보고 싶다. 안의가 어떻게 생겼는지 그 지형이라도 한번 살펴봐야 구체적으로 할 일이 생각날 것 같아서다.

관아를 나와 돌담길을 따라 도니 뒷산으로 오르는 오솔길이 나 있다. 목탁소리가 들리는 것으로 미루어 절이 있는 듯하다. 참으로 호젓한 시간이다. 연암은 이런 시간을 즐길 수 있는 이곳이 차츰 마음에 든다. 한양의 아침은 부산하다. 집 앞 오방거리는 장사꾼들의 우마차로 북적거렸고 피맛길까지도 첫새벽부터 밤중까지 행인들의 발길이 끊이질 않는다. 그 시끄러움 속에서도 글을 쓰며 살았다.

"시골은 조용할 테니 공기 좋은 데서 좋은 글이나 많이 쓰게나."

이렇게 위로하는 친구도 있었다.

그중에서도 유득공 박제가, 이덕무 등은 친구이면서도 제자였고, 제자이면서도 동생과 같았다. 글 쓰는 사람에겐 좋은 글 남기는 게 가장 보람 있는 일이라며 내려가 자리 잡으면 한 번 보러갈 테니 그때까지 읽을 만한 소설을 하나 써놓으라 부탁하던 저들이었다.

그러나 연암은 이제 소설 같은 건 쓰지 않으리라 다짐한 지 오래다.

'관리가 된 이상 관리로서의 일을 철저히 해야 해.'

그는 녹봉을 받아먹고도 어영부영 일을 소홀히 하는 관리들이 싫다. 그러니 관리가 글 쓰는 일에 힘을 쏟는 것도 찬성할 게 못된다. 나라의 일을 맡았으면 나라 일에만 충실해야 할 노릇이다. 글을 써도 이용후생에 보탬이 되는 글을 쓰리라.

풀섶에서 산꿩이 푸드덕 날아올라 창공을 가로지른다. 장끼다. 나르는 장끼의 찬란한 빛깔의 날개와 목덜미를 보자 문득 전립을 쓰고 영우원(永祐園)을 현륭원(顯隆園)으로 옮기던 정조 임금이 떠오른다. 왕이 아버지의 묘소를 이장하면서 전립을 써야 할 정도로 삼엄한 경계를 펴야 하는 정국이었다.

그때 정조는 비밀리에 연암을 불러 화성천도의 뜻을 내비쳤고 실제 공사는 정약용에게 맡겼다. 새로 설치해 왕의 개혁정치를 실질적으로 담당하게 한 규장각 신진들이 전부 연암의 제자들로 구성돼 있었기 때문이기도 했겠지만 일찌감치 연암을 눈여겨보고 있었던 금상이었다.

"지행이 합일해야 하네."

아는 것과 행동이 일치해야 한다고 했다. 그게 바로 양명학이다. 사람은 본시 양지를 타고 났으나 물욕이 가로막아 성인과 범인이 구분된다 했다. 이 물욕을 물리칠 때 비로소 지행합일이 이루어지는 것이라 하였다.

그러한 인물을 좌천시켜 안의현감으로 내려보낼 때부터야 거기 가서 더 좋은 구상을 해오라는 암묵적인 뜻이 있었을 것이라 보는 연암이다. 그렇지 않더라도 번잡함을 싫어하는 연암의 성격으로 안의는 더없이 좋은 곳이다. 뒷동산 같은 야트막한 대밭 산에 올라보니 더욱 그러한 느낌이 든다. 앞으로는 들판이 펼쳐져 있고 그 사이로 강물이 흐른다. 저 물만 잘 이용하면 농사는 걱정 없을 일이겠다. 사방 산들이 높아 가뭄 걱정은 없을 듯하다. 거기다가 약간의 돈만 풀면 되겠다.

산을 올라갔다 내려오며 연암은 줄곧 새 안의 건설을 꿈꾼다.

'오늘부터는 술은 절대사절이다.'

연암은 출근길에 산책을 하고 내려올 수 있는 이 시골생활이 좋아질 것 같다는 생각에 사로잡혀 다시 집무실로 들어간다.

아직도 너무 이른 시간인가? 아니다. 해가 뜬 걸 보면 벌써 등청을 하고도 남을 시간이다. 그런데도 아무도 나와 있질 않다.

"여봐라, 아무도 없느냐?"

호령을 내려야 할 자리인데도 불러낼 사람이 없다.

'오늘이 쉬는 날인가?' 그렇지도 않다.

오늘은 분명히 부임 첫날이고 시무식을 해야 할 날이다. 그런데도 현청에 관헌들이 없다는 것은 무언가 잘못돼도 대단히 잘못된 일이다. 혹시 어제처럼 광풍루에 모여 있는 것이 아닌지 모르겠다.

연암은 집무실을 나와 광풍루를 향한다.

"나리, 어디로 가십니까?"

아침에 골목길에서 비질을 하던 통인 박상효다.

"집무실에 갔더니 아무도 없기에 광풍루로 간다."

"사람들은 거기 있지 않습니다."

"거기 있질 않아?"

"예. 제가 뫼시겠습니다."

부들이년한테 아침진지 드시러 하 진사댁으로 오시라 한 것이 아직 안 전해진 것 같다며 송구해하는 통인을 연암은 나무랄 수가 없다. 그 말을 분명 듣긴 들었고 마음대로 거절한 것은 연암 자신이다.

"저는 아직 나설 차비가 덜 되신 것으로 알고…."

부들이가 관복을 다려 들어가는 것을 보았기에 옷 갈아입는 데 시간이 걸리는 줄 알고 기다렸다는 통인의 말을 듣고 보니 그게 또 그랬던가 싶기도 하다. 어제부터 줄곧 무언가 아귀가 잘 안 맞는 것 같은 느낌인데, 한양에서 내려오는 길에서도 매양 이런 착각에 사로잡혔었다. 허심중인가? 아니면 그놈의 깜박깜박하는 '망기'가 동하는 것인가.

연암은 통인을 따라 큰길로 나선다. 거기 빈 수레가 한 대 서 있다.

"오르시지요."

"어딜 가려는 거냐?"

"하 진사댁에서 모셔오라는 분부이옵니다."

"싫다."

연암은 딱 잘라 거절하고 싶었지만 이 일이 어디까지 연장되는지 그 끝 간 데를 한 번 보고 싶다는 생각으로 수레에 오른다.

'너들의 오만방자함을 끝까지 지켜보리라.'

부임 첫날 있을 부임인사까지 사가(私家)에서 받게 하겠다는 수작이라면 지금까지 온 현감마다 이렇게 취급해 주물럭거렸을 것임이 틀림없을 일일 테고, 좋게 생각하자면 혼자 있는 영감쟁이 아침 한 끼 따뜻하게 먹여 일 할 수 있도록 보살피겠다고 마음먹었을 수도 있겠다.

그러나 연암은 오래도록 혼자 산 버릇이 남아선지 이 모든 일들이 버성기다.

수레는 그 바퀴를 한참 삐거덕거린 후에야 커다란 은행나무 밑에 닿았다.

고래등걸 같은 집이 몇 채 연이어 줄을 섰다.

뒷산이 아담한데 향교가 보인다. 홍살문이 드높은 정려도 있다. 향교와 정려문이 나란히 선 곳에 이르러서야 수레는 멈춰 선다. 대대로 향교를 등에 업고 산 토호임에 틀림없을 일이겠다.

연암은 힐긋 한번 주변을 둘러보고 수레에서 내려 안으로 들어간다.

여러 사람의 가죽신과 짚신이 아울러 나뒹구는 방문 앞에 술상이 들락거리는 행랑채를 지나자 덜렁하게 높이 놓인 누마루가 보인다. 댓돌 위에 가죽신 몇 켤레가 눈에 띈다.

통인이 현감의 내방을 통기하자 방 안에서 팔자걸음으로 나오는 이가 있다.

"어서 오세요."

이런 누추한 곳까지 오라해서 미안하다는 하 진사는 정자관을
쓴 채로다. 정자관은 갓 대신 맨상투를 면하기 위해 집안에서나
쓰도록 돼 있어 손님맞이용은 아니다. 이는 마을의 양반이나 스승
들이 자신의 위엄을 나타내기 위해 쓰는 것이지 윗사람에 대한 태
도는 아닌 것이다. 사람 사는 일에 아래위가 없다지만 그래도 고
을 수장을 초대하는 인사치례가 이건 아니지 않은가?

'안의 사람들…'

연암은 간밤에 한 박지항의 말이 새삼스럽게 떠오른다. 왜 안의
'양반'들 하지 않고 '사람'들이라 했을까, 그때는 몰랐었는데 이
제 알 것 같다.

"어험,"

연암은 헛기침을 한번 하고 섬돌을 오른다.

방 안의 사람들이 일어나 자리를 내준다.

한결같이 집무실에 있어야 할 육방관속들이 전부 여기 모였다.

"집무실이 이래 따로 있을 줄 몰랐습니다."

연암이 먼저 입을 열었다. 좌중이 약간 동요한다. 이게 무슨 말
인가? 들어서자마자 집무실 이야기를 꺼내는 걸 보니 당혹스럽다.

그러나 하 진사의 거동은 연암의 말에 개의치 않는 듯하다. 아
니면 말귀를 못 알아들었는지도 모르겠다.

"내 먼 길 오신 영감께 조찬이라도 함께할까 하고…."

"간밤에 모꼬지도 이 댁에서 마련하셨다 들었는데 조찬까지요?

그 황감한 말씀입니다만 전 벌써 조식을 끝냈습니다."

"듣자하니 선식을 하신다고 하던데 그것 가지고 되겠습니까?"

"벌써 몸에 배었습니다."

"그러면 약주라도 한잔 하시지요."

마침 인삼주 담근 게 있는데 귀한 술이니까 그걸 한잔 하자고 한다. 다른 때 같았으면 술 욕심이 났겠지만 이마저도 끊은 연암이다.

"낮술은 하지 않습니다."

"해장술이잖습니까?"

"해장은 오히려 몸을 해치지요."

연암이 하 진사의 말을 중간에서 끊어 일축한다.

연암은 예방이 하 진사의 아들이라는 것과 멧돼지 사냥에서 다리를 다쳐 운신할 수 없다는 것을 들어 알고 있다며, 호장(戶長)이 출근할 수 없으니 현감이 이리로 출근했다는 말을 한다. 시무식 같은 형식뿐인 절차는 생략하고 곧바로 직무에 들어가자 하는 연암이다.

"자, 그러면 무엇부터 시작할까요?"

연암은 집무실을 옮겨 일을 볼 수도 있다는 말로 밥상머리에 앉은 좌중을 서늘하게 만든다.

"장소가 무슨 상관이 있겠습니까? 이런 뜨끈뜨끈한 방에서 조례를 하니 참 좋습니다."

이런 곳에서 집무를 보면 낮잠도 잘 수 있고 얼마나 좋으냐는 연암의 넉살에 혼비백산한 육방관속들은 서둘러 신발을 찾아 신었다.

연암의 현감생활은 이렇듯 엉뚱하게 출발했다.

"기다렸습니다."

집무실로 돌아온 연암은 판관(判官)과 맞닥뜨렸다.

어제 남계서원에서 처음 만났고 광풍루에서의 대면에서 설전을 벌였던 바로 그 젊은이였다.

"이제 일을 시작해도 되겠소이까?"

젊은이는 관찰사의 명으로 온 판관이라고 자기를 정식 소개한다. 판관이라면 종오품으로 종육품인 현감보다는 품계가 높다. 연암도 여기 내려오기 전까진 한성부 판관으로 재직했던 터라 그 권위와 신분의 아래위를 따질 줄 안다. 게다가 관찰사를 대행해 제반 행정 및 사법사무를 관장할 권한이 있으니 큰소리 칠만한 젊은이라 생각한다.

그러나 연암도 당당하게 맞받는다.

"시작할 일이 있으면 시작해야지요."

"지난번 올린 신공에 관한 일입니다."

아직 업무 보고 하나 제대로 받은 적이 없는 연암에게는 '지난번 올린 신공' 문제라는 건 난제가 아닐 수 없다. 도대체 지난번에 무슨 문제가 있었던가? 그렇다고 아직 업무를 제대로 파악하지 못했으니 다음에 하자는 말은 할 수 없다.

"신공이라? 신공이라면 노예들에게 부과되는 세금을 말하는 것이 아니요?"

"그렇소이다."

"노예제도가 폐지된 지 얼만데 이제 와서 그런 세금을 운운하시는 겁니까?"

연암은 일단 이렇게 말미를 잡아본다.

"나라님이 혼자 폐지시켰다고 그게 없어지는 건가요?"

"지금 나라님이라고 했소?"

연암은 짐짓 화가 난 듯 탁상을 친다. 말로만 듣던 신공 문제가 첫날부터 대두될 줄은 생각지도 못했던 일이라 미리 단속을 하자는 연암이었다.

그러나 판관도 녹록치 않다.

"그럼 금상이라 하리까?"

이번에는 연암이 딴전을 핀다.

"나라에서는 신공 문제를 없애려 애쓰고 있는데 어찌 아직까지 그런 문제를 거론한단 말이오?"

"신임 현감께서 뭘 잘 모르시는 모양인데, 저는 지금 신공을 거두러 온 게 아닙니다. 이미 거둬서 떼어먹은 신공을 되찾아 돌려주자는 것입니다."

일이 그렇게 되었던가? 그런 일이 있었던가, 연암은 아직 거기까진 알고 있질 못했다. 연암은 솔직히 업무 파악이 안 돼 그 문제는 시간이 필요하다 털어놓는다.

연암이 워낙 솔직하게 나오자 판관도 일단 다음 문제를 끄집어 낸다.

"다음은 부역 문제요."

"부역이라니요? 부역은 또 뭐요."

"진주성 보수공사를 위해 인력이 필요하다 하오."

"노임은 넉넉히 주오?"

"노임은 무슨 노임?"

연암은 수원의 화성을 쌓는데도 일꾼들의 노임으로 닷 전 두 푼씩을 꼬박꼬박 지불하고 있음을 상기시킨다.

"이제 징발과 강제노역은 나라에서 금하는 일이 되었다는 것을 어찌 모르시오?"

"그래서 상급기관의 일에 협조를 못 하시겠다?"

진주성의 일은 진주 사람들이 할 일이고 안의에는 안의에서 할 일이 따로 있다 한다. 그렇지 않고서는 노임을 지불해야 일꾼을 대겠다 한다.

연암의 말을 들은 젊은 판관은 얼굴이 붉으락푸르락 화가 치밀어 견딜 수가 없다. 그렇다고 세금을 억지로 거둬 짊어지고 갈 수도 없는 일, 억지로 사람들을 모아 노역장으로 끌고 갈 수도 없는 일, 이 막무가내의 현감을 윽박질러 더 이상의 유쾌한 답변을 들을 수도 없는 노릇이다. 이러다가는 대거리가 끝이 없겠다 싶었는지,

"또 다음 문제는…."

하고 말머리를 돌린다.

"그 다음은 또 뭐요?"

"정퇴령에 관한 것이외다. 이 일에 대해선 발뺌을 할 수 없을 것이오."

정퇴(停退)란 환곡의 상환 문제다. 흉년이 들면 피해가 든 농가

를 조사해 환곡의 상환을 연기해 주고 다음에 받게 한다.

"아시다시피 그에 대해선 아직까지 업무 파악을 제대로 하지 못했소. 곧 조사해 올리리다."

연암은 솔직히 이 점에 대해서도 아직 아는 바가 없다고 시인한다.

"그렇지만 만약 포리들의 농간이 있었다면 내 엄히 다스릴 것을 이 자리에서 약조하겠소."

환곡의 수납과 분급은 아전들이 노리는 가장 좋은 포흠의 표적이다.

연암은 그러잖아도 창고 조사를 해볼 참이었는데 잘 되었다싶다.

"사흘만 말미를 주십시오. 그동안 철저히 조사를 해 올리겠습니다."

"좋소. 사흘이요. 그리고 병기 검열은 그때 와서 함께 하리다. 앞의 두 문제에 대해선 내 들은 대로 사계를 올릴 것이오."

그때 가서 후회 말라는 투다.

"알겠습니다. 내 약조는 반드시 지키리다."

일단은 연암의 승리인 듯싶다.

윗물이 맑아야 아랫물이 맑은 법이다. 그런데 윗물은 맑아지고 있는데 아랫물이 오히려 혼탁하다면 물이 맑아지기는 그른 일이 아닌가? 한양에서는 개혁의 불길이 급물살을 타고 있는데 지방관아는 아직도 이 모양이다. 아직도 이 모양이니 할 일이 태산이다. 이제야 비로소 금상의 고충을 알 것 같기도 한 연암이다.

연암은 부조리부터 척결해야 한다고 생각한다.

"우리 관찰사님께서는 성격이 급하십니다."

"안의현감도 성질이 개떡 같기는 마찬가지요. 그런데 관찰사님은…"

누구이며, 어디 있는가, 물으려 하는데 판관이 그 말을 댕강 자른다.

"그건 알아 뭐 하겠소? 지금 암행 중이니 말할 수 없소."

하루를 해먹고 말아도 불편부당한 짓은 하지 않을 것이며 이미 있었던 부정이 있었다면 꼭 한 점 의혹 없이 가려내겠다는 연암의 말에 판관은 그대로 돌아갈 수밖에 없다. 어제부터 부려오던 그 허장성세도 연암 앞에서는 어쩔 수 없는 허수였다. 아니면 누군가 있어 연암으로 하여금 일을 제대로 할 수 있도록 힘을 실어주고자 짐짓 벌인 꼼수였는지도 모를 일이다. 연암은 어제부터 벌여온 이자의 행동거지 하나하나가 누군가 일부러 꾸며낸 묘수라는 생각이 자꾸 드는 것을 어쩔 수 없다.

그러나 이를 지켜본 관속들의 입을 통하여 금시 소문이 꼬리를 물고 퍼져나갔다.

"신임 현감이 보통내기가 아니라더라."

"성미 곧기가 대쪽 같대. 하 진사댁 아침상도 걸어 찼대나…"

"그뿐인가 판관도 보기 좋게 물리쳤다던데?"

그러나 한편으로는 우려의 목소리도 높았다. 그러고도 어찌 견딜 수 있겠느냐, 지역정서를 거슬러 앉지는 못한다는 목소리였다. 그리고 상관에게 찍혀서 좋을 게 뭐냐, 앞날이 고달플 것이라는.

"오리도 바람을 거슬러 앉지는 않는다는데. 우리 현감은 제가 무슨 통뼈라고."

이날로 연암은 관내 창고들을 순시 점검하였다. 예상했던 대로 곡창은 텅텅 비었고 장부는 맞지 않았다. 그런가 하면 병기고는 오히려 넘쳤다.

연암은 육방관속들을 불러 이렇게 말하는 것으로 이 일을 마무리 짓는다.

"나는 지나간 일을 가지고는 아무 말 하지 않겠다. 창고를 본시대로 채워놓기만 한다면…. 그렇지만 양심이 행하는 대로 하지 않는 사람이 있다면 그땐 끝까지 추적해 일벌백계로 삼을 것이다."

이 말이 어찌나 단호했던지 알게 모르게 창고는 채워졌다.

연암은 약조한 대로 이 일에 대해선 일체 재론하지 않았다.

그러나 신공 문제는 해결되지 않았다. 신공이란 노비들을 자유롭게 생활하게 하는 대신 거둬들이는 세금 같은 것이다. 신공의 액수를 보면 태종 때에는 노(奴)에게는 쌀 2석, 남편이 없는 비(婢)에게는 쌀 1석, 부부 노비에게는 정오승포 각 1필로 정했다가 차츰 줄어 영조 대에 이르러 노는 면포 1필, 비는 반 필을 받았다. 그러던 것이 정조 임금 대에 들어서 이 신공을 완전히 면제했던 것인데, 향촌에서는 아직까지 시행되지 않았다. 그렇다고 거둬들인 신공을 나라에 바친 것도 아니다. 그렇다면 중간에 누군가가 이를 가로챈 자가 있어야 할 터인데 꼬리를 감추고 나타나지 않는다. 노비들에게 엄밀히 거둬들인 돈이기도 하였거니와 이를 발설했다가 장차 당할 화를 두려워해 장본인들이 함구하고 있기 때문에 신공 문제의 비리는 좀체 풀리지 않는 현안과제다.

이렇게 며칠이 흐르는 동안 연암은 할 일을 하나 찾았다. 게다가 사흘 뒤 다시 온다던 판관조차 얼굴을 비치지 않았으니 이제 독자적으로 할 일을 찾을 수밖에 없는 연암이다.

"지금 우리 안의의 급선무는 제방을 쌓는 일이오."

연암은 부임 첫 순간부터 보고 느꼈던 홍수 피해지구 복구를 서두른다.

수해상습지구에 둑을 쌓아 홍수에 대비하는 일은 안의 사람이라면 누구나 원하는 일로써 불평불만이 있을 리 없다. 그런데 문제는 돈이다. 유상이냐 무상이냐? 더욱 문제가 심각한 것은 노임을 줄래도 줄 품삯이 없다는 것이다. 이미 관창은 비어 있는 상태고, 무상으로 노역을 시키려 든다면 지금까지 강제부역에 시달렸던 이들의 반발이 없을 리 없다.

"공방은 이 문제를 어떻게 생각하오?"

"제방은 지금까지 여러 번 쌓았지만…."

자꾸 허물어진다는 것이다. 해마다 제방 쌓기 공사는 했다. 그러니 그게 문제다. 임시 눈가림으로 제방을 쌓았으니 일하는 사람만 힘들고 실효가 없을 수밖에. 관에서 강제로 하는 일은 다 그렇다. 일에는 거기 따른 보상이 있어야 책임도 물을 수 있다.

"그건 왜 그렇다고 생각하시오? 부실공사 때문 아니요…."

그렇지만 그 많은 인부들에게 일일이 품삯을 쳐주자면 그 예산이 어디서 다 나오느냐는 반문이다.

"그 많은 돈이 어디서 나옵니까?"

"품삯이라고 반드시 돈으로 주라는 법은 없지 않겠소?"

연암은 농지세를 감면해 주면 된다고 한다. 할 일 없는 농한기를 이용해 일을 시키고 일한 만큼 세금을 덜 거두어들이자는 것이다.

"갑자기 세수가 줄어들면…."

"그러면 그 세금이 정확히 다 헌납되었던가요?"

누군가 중간에 가로챈 것만큼만 해도 품삯을 주고도 남을 것이란 계산이다. 듣고 보니 그렇긴 하다. 지금까지 거둬들인 세수는 물 새듯 새고 말았다. 연암은 이미 관창이 텅텅 빈 것을 본 상태라 단호하게 뜻을 밝힌다.

"나는 일체 지나간 일을 캐묻진 않겠소. 그렇지만 앞일에 대해선 사사건건 관여할 것이오. 제방이 완공될 때까진 각별히 신경들을 써주기 바라오."

연암의 의지를 들은 관속들은 말은 옳은 말인데, 저게 얼마나 오래 가겠나, 혼자 저러다 말겠지, 처음 오면 의욕에 넘쳐 다들 그렇게 말하지만 안의 정서에 녹아 별수 없이 허물어들지, 한다.

"몽리자(이익을 얻는 사람, 또는 득을 보는 사람)들은 물론 전답지기가 없는 사람들도 불러주시오."

"전답이 없는 저들에겐 무엇으로 노임을 정산하려 하십니까?"

"일단은 내년 가을에 갚는 것으로 하고 장리(돈이나 곡식을 꾸어주고, 받을 때에는 한 해 이자로 본디 곡식의 절반 이상을 받는 변리(邊利), 흔히 봄에 꾸어주고 가을에 받는다)를 얻어 봅시다."

연암은 이미 토호들의 곳간을 채우고 있는 쌀가마를 풀 생각을 하고 있었다. 저들은 비싼 이자를 요구할 것이고 거기서 생기는 이

문을 챙기면서 웃을 것이다. 그러니 누이 좋고 매부 좋을 일이다.

"장리 빚을 낸다면?"

"물론 이자를 줘야겠지요. 그렇지만 해마다 황금 같은 곡식을 물에 떠내려 보낸대서야 말이 되겠소. 어쨌건 홍수 피해는 막아야 됩니다."

연암은 농지를 살리는 것이 안의를 살리는 길임을 역설한다. 치산치수만 잘하면 일단은 홍수와 가뭄은 이겨낼 수 있는 일이다. 준비도 안 해놓고 하늘만 원망해선 안 된다.

"저 들녘 이름이 한들이라 했소? 둑을 메고 방풍림을 만듭시다."

연암은 함양의 상·하림 이야기를 한다. 함양의 상림과 하림 숲은 신라시대 최치원이 천령군수로 재직 중 심은 수해 방제용 제방이다. 이로 인해 함양은 상습 수해지구에서 문전옥답을 일구어냈다.

"안의에도 그런 제방이 필요하다 이겁니다."

그렇습니다. 말이야 백번 지당한 말씀입니다요. 육방관속들은 잠자코 연암의 말을 듣고 있다. 그렇지만 아무도 이 일이 성사될 거라고는 생각지 않는다. 왜냐하면 상습 피해지구든 옥답이든 안의의 모든 땅뙈기들은 몇몇 토호들의 전유물이었기 때문이다. 그러니 누가 관심을 갖겠느냐 것이다.

"제방을 쌓아봤자 덕 보는 건 몇 사람 지주들뿐입니다."

"그건 그렇지 않소. 안의 전체를 생각해야지요."

연암은 오리대감 이원익의 일화를 이야기한다.

이원익은 인조 임금을 모시고 대동법을 실시하는 데 성공한 인물이다. 그가 하루는 개울을 건너다 엽전 한 닢을 잃어버렸다. 동네사람들을 불러 그 돈을 찾는 사람에게 엽전 한 닢을 준다 했더니 동네사람들이 물었다. 한 냥짜리 엽전을 찾아 그 한 냥을 줘버리면 그걸 찾아서 뭐합니까? 남는 게 없다는 동네사람들의 이야기에 오리대감이 웃으며 말했다. 그 엽전을 찾아 백성들이 가지면 누가 쓰던 한 냥 값어치를 하지만 개울물이 삼켜버리면 그만이질 않소? 돈은 누가 가지나 나라 안에만 있으면 나라 재산이다. 곡식도 마찬가지로 부자가 가지나 가난한 자가 가지나 결국은 사람 입에 들어가지 딴 데 가지 않는다.

연암은 눈을 크게 뜨고 보라 한다.

"듣고 보니 그러이."

탄복할 말이다.

연암은 향안(鄕案)을 펼쳐 보인다. 향안이란 향족의 명부를 말함이다. 그 고장 유력자들의 명부다. 지방에서는 고장 유지들이 모든 실권을 행사한다. 이제부터 그 실권자들을 설득할 요량인 것이다.

"그 알 수 없는 양반이네."

"어떻게 지주님네들 곳간을 풀게 만들었지?"

겨우내 제방 쌓는 일은 계속되었고 양반 부자님네들 곳간에서 곡식이 풀려나오자 공사장 인부들도 늘어갔다. 이제는 공사하러 오라고 인부를 구하러 다니지 않아도 제 발로 걸어온 일꾼들만으로도 공사장이 북적거렸다. 게다가 연암이 고안해낸 활차라는 것

87
와잠과 오리숲

이 큰 돌을 옮기는 데 유용하게 쓰였다.

"이런 것들은 어떻게 고안해냈습니까?"

"그건 내가 만들어낸 게 아니라네. 다산이 그걸 만들어 화성을 쌓는 데 큰 공헌을 하고 있다네."

"그 참 신기합니다. 저렇게 큰 돌을 사람 힘을 들이지 않고도 들어올리다니요."

"청국에 가면 그보다 더 신기한 기계들이 많이 있다네."

그걸 한 가지씩 만들어 나갈 것이라 연암은 생각한다.

그러나 근원적인 문제는 남아 있다.

하루는 일꾼이 과로로 쓰러졌는데 밥을 못 먹어 영양실조에 걸려 그렇게 됐다는 진맥이 나왔다.

"품삯으로 양곡을 받아가지 않았느냐?"

그런데 어찌 굶어 쓰러지느냐, 연암은 놀라 그 작자를 직접 만나 물었다.

"그게…."

일꾼은 말을 하지 못한다.

"신공으로 다 바쳐서 그렇습니다."

옆에 사람이 그의 딱한 처지를 대신 말한다.

신공을 폐지시킨 지 얼마인데 아직까지 그 신공을 거둬간단 말인가? 얼마 전 판관이 와 신공을 거둬 떼먹은 자를 속출해내라는 엄명을 받았을 때도 은근슬쩍 넘어간 일이 있었다. 그런데 이번에는 정식 절차를 통해 거둬간 것도 아니고 일꾼이 받아간 삯품을 탈취해 갔다는데 놀라지 않을 수 없었다.

"도대체 그 자가 누구냐?"

연암은 당장 그 자를 잡아오라 호령을 한다.

"지금이 어느 땐데 아직까지 그런 짓을 한단 말이냐?"

"영감, 그리 화낼 일이 아닌 듯합니다."

호방의 말이다.

"화낼 일이 아니라니? 사람이 저렇게 굶어 쓰러지는데도 그 품 삯을 가로채는 자가 있단 말이요?"

"저 자는 본시 하 진사댁 노예된 자입니다."

그러니 그가 번 돈은 당연히 하 진사의 몫이란다. 뿐만 아니라 장가들며 진 빚이 있어 그 돈은 어차피 갚아야 할 돈이라 한다.

"이런 기가 막힐 노릇이 있나. 빌려준 양곡에 이자 얹어 받고 그것도 모자라 임금까지도 가로챈단 말인가."

연암은 더 이상 말이 나오질 않는다. 다른 사람 같았으면 또 몰라도 하 진사는 곳간에 쌓아둔 곡식 가마를 헐어 일꾼들을 우선 먹여 살려 일 시키자고 장리쌀을 내준 장본인이다. 그런 자가 어찌 일꾼 품삯을 다시 채간단 말인가?

"기막힌 일이로다. 소설에도 없는 일이야."

연암은 이미 여러 편 소설을 통해 이런 사회적 횡포를 고발한 적이 있다. 그런데 이건 소설보다 더한 현실이다.

"벼룩의 간을 내먹지."

연암은 이를 갈았지만 현실적으로 대처할 아무런 방도를 찾지 못한다.

그러나 사람은 배운 만큼 살게 돼 있다. 부자는 가난한 사람을 등쳐먹고 살지만 배운 자는 또 부자를 등쳐먹는 법을 안다. 궁리에 궁리를 거듭한 연암은 기상천외한 비둘기를 날린다. 소문의 날개를 단 전서구(傳書鳩)는 구석구석을 누비고 다녀 다시 연암에게로 되돌아온다. 물론 그 발목에는 반가운 소식이 붙어 있다.

하루는 하 진사가 연암을 찾아왔다.

"영감께 소청이 하나 있습니다."

"허어, 저한테요? 어디 한번 들어나 봅시다."

연암은 귓등으로 하 진사의 말을 듣고 있다.

"내 알고 보니 영감께선 대문장가로 명망이 자자합디다. 내 그것도 모르고 그동안 너무 무례하게 군 것 같아 송구합니다."

"…."

이 사람이 무슨 이야기를 끄집어내려고 이렇게 뜸을 들이나? 연암은 다음 말을 기다렸다.

"실인즉슨 영감께서 쌓아주신 한들 제방 둑은 전부 제 전답이라 고맙다는 인사부터 먼저 드리고…."

그래 결국 그 말이 하고 싶은 게로구나. 한들 논은 대부분이 하 진사댁 대물림 답이다. 그러니 결국 일해서 하 진사댁만 좋은 일 시킨 셈이다. 그걸 모르고 한 일은 아니다. 연암도 들은 말들이 있다.

그러나 제방 사업은 어느 한 개인을 보고 하는 일이 아니다.

"치산치수는 국가지대계인데 어찌 그런 말씀을 하시는지요?"

연암은 의당 해야 할 일을 했을 뿐이라 한다. 그러면서 다음 말을 기다린다. 분명 들은 말이 있어 왔을 것이다. 그 들은 말이란

게 무엇인가? 수세(水稅)에 관한 문제일 것이다.

연암은 둑을 메워 제방을 튼튼히 하는 한편 보를 앉혀 물을 댈 수 있도록 관계시설을 했다. 그러면서 이 시설을 이용하는 전답에 대해서는 수세를 물리겠다고 했던 것이다. 그러니 한 푼어치도 손해 보기 싫은 하 진사가 나타나 이 일을 협상하려 들지 않을 수 없을 일이었다.

연암은 은근히 이 소문을 흘려 하 진사가 먼저 찾아오기를 기다렸다. 아직 수세에 관한 이야기는 공표된 사항이 아니라 계획의 일부이기 때문에 수정이 얼마든지 가능하다. '이 자는 지금 가래로 막을 일을 호미로 막자는 수작을 부리고 있다. 그래, 그렇다면 어디 두고 보자.' 쾌재를 부르고 있는 연암이다.

"듣자니 보를 이용하는 몽리자들에게 수세를 매기겠다, 하셨다면서요?"

"관계시설도 공짜로 쓸 수야 없지 않겠습니까?"

보(洑) 같은 편리한 시설을 갖추어 농사를 짓게 하되 그에 따른 세수를 늘리자는 것이 나라의 방침이라는 이야기를 한다.

"이런 것들이 다 경장이라는 것입니다. 금상께서는 이 개혁을 단행하고자 저 같은 사람을 내려보낸 것입니다."

"의당하시겠습니까?"

"토지세에 수세까지 합하면 땅 가진 이들은 부담이 되겠지요. 그 덕분에 나라가 골고루 잘 사는 일이니 어쩔 수 없는 거지요."

"그렇지만 대대로 수세 없이도 농사를 지었잖습니까?"

"그때는 천수답 그대로였을 때였겠지요. 그렇지만 지금은 둑을 메고 보를 앉혔으니 농사짓기가 한결 수월할 겁니다. 소득도 높아질 것이고요."

연암은 점점 고자세가 되어 가고 하 진사는 기어드는 형국이다.

"달리 어떤 방도가 없겠습니까?"

이제야 '네 죄를 네가 알렸' 다. 하 진사는 이쯤에서 타협점을 찾고 싶어 한다. 그도 진득하게 협상하는 장사꾼 기질은 없는 것 같다.

연암은 이러한 사람의 심중을 꿰뚫어본다.

"방도가 있기는 할 겁니다. 지금 당장 봐서는 그게 손해가 될지라도 먼 훗날을 내다본다면 이득이 될 겁니다."

수세는 자자손손 장기간 동안 내어야 할 돈이지만 지금 당장 조그만 성의를 베풀어 그걸 면제 받을 수 있는 방법이 있다 한다. 지금 빌려준 그 곡물을 구휼미 풀어준 셈치고 쾌척하면 수세를 안 낼 수도 있다는 이야기다. 어디서 이런 기발한 발상이 떠올랐는지 연암 자신도 못 믿을 정도다. 이게 바로 서로의 등쳐먹는 일이다. 그러나 혜택을 받는 주체가 내가 아니라 못 배우고 못 가진 백성들이라면 그게 무슨 상관인가?

"그렇게 하십시다."

하 진사 역시 연암 못잖게 계산이 빠른 사람이다. 수세를 내느냐 이미 푼 장리쌀 이자로 그걸 대신 하느냐? 어느 게 더 큰 이득이 되는지를 금방 저울질을 해냈다. 연암으로서는 하나의 숙제가 풀어진 셈이다.

그렇다. 하나를 받았으면 하나를 내줄 줄도 알아야 한다. 이번에는 연암이 제안을 하나 한다.

"저도 하나 청이 있습니다."

"무엇인지요?"

"이왕 둑을 메워 홍수를 예방했으니 그 기념으로 둑길을 따라 나무를 심을까 합니다. 함양의 상림처럼 후세에 그늘이 될 수 있도록 말입니다."

"그 참 좋은 일이외다."

"그래서 말인데 그 숲 이름을 '오리 숲'이라 붙였으면 합니다."

"오리 숲이라면 오리가 내려앉는다는 말인가요, 아니면 오리나 되는 숲이라는 뜻인가요?"

"둑 길이가 오리나 되니 오리 숲이고, 오리가 내려앉으니 오리 숲이고, 둘 다 좋지 않습니까?"

연암은 청백리 이원익 대감의 호가 오리(梧里)임을 상기시킨다. 황희 정승이 태평성대의 재상이라면 오리 이원익은 난세의 재상이었다. 이원익은 가난해 비가 새는 지붕을 이고 살며 그날그날의 끼니를 걱정했지만 벼슬아치와 정치가들에게는 추상 같았다고 알려져 있다.

"오리 숲에다가 표석을 하나 남기는 겁니다."

먼 후일에 이 숲 그늘에 앉아 쉬는 사람들이 둑을 메고 나무를 심은 사람들을 기억하도록 이름을 남길 기회를 주겠다는 말에 하 진사는 기꺼이 동조를 하였다.

연암은 공방에게 일러 오리 숲에다가 하 진사가 제방공사비 일체를 부담했다는 내용과 이름을 새긴 표석을 다듬어 세우도록 일

렀다. '궁측통'이라 했다. 이름 하나 남겨줌으로써 제방공사비를
충당했다면 꽤 남는 장사 아닌가. 그야말로 도랑 치고 가제 잡기
가 아닐 수 없다.

나비첩

연암이 안의에 와서 한 첫 사업은 겨울철 농한기를 이용해 제방을 쌓고 보를 막아 물길을 트는 일이었다. 저수지도 만들었다.

겨우내 이 일에 매달려 정신없이 지내다 보니 세월이 어떻게 흘렀는지 모르겠다. 편지 한 줄 쓸 틈 없었다. 공사감독을 친히 한 것도 그렇지만 활차 다루는 법을 가르치자니 일터에서 잠시도 떠날 수가 없었다. 잠시 방심하다가 사고가 날까 신경을 곤두세워야 했다. 여태껏 한번도 만져보지 못한 기구들인지라 누군가 감독을 하지 않으면 큰 인명 피해가 날 수도 있는 작업이다. 물막이나 석축 쌓는 일도 인부들에게만 맡겨놓으면 들쭉날쭉 제멋대로가 된다.

연암은 기반부터 튼튼하게 조성해 밑에는 큰 바윗돌을 놓고 그 위에 차츰 작은 돌들을 쌓도록 했다. 그리고 그 쌓은 구간에 책임자의 이름을 적어두어 부실공사에 대한 사후 책임을 묻기로 했다. 그러니 일을 엉터리로 할 수가 없었다.

"왜 진작 이렇게 하지 않았지?"

"그러게 말이야."

관·민이 하나가 되어 이렇게 열심히 일하기는 처음이라며 사람들도 입을 모았다.

드디어 봄이 찾아오고 우수 경칩이 지난다. 하지를 전후해서 모내기를 하자면 지금부터 못자리를 설치해야 한다. 버드나무 잎이 파릇파릇 돋기 시작하면 그 새순을 작두로 썰어 퇴비를 해 밑거름으로 넣고 논물을 잡아야 한다. 쓰레질로 못자리를 만드는 데는 우선적으로 물이 필요하다. 그런데 이때 꼭 가뭄이 든다.

봄철 가뭄이 극심한 산간지역에서는 가장 애를 태울 시기다. 물도적질과 싸움이 일어나는 때도 이 무렵이다. 이 시기를 놓치면 일 년 농사를 망친다. 때문에 체면불구하고 일어나는 물싸움에서는 사돈도 팔촌도 없다. 봄철 송사는 대개 이러한 사소한 시비에서부터 발단한다.

그랬는데 하늘만 바라보고 농사를 짓던 사람들에게 기적 같은 일이 펼쳐졌다. 해마다 겪던 모내기 물 걱정이 말끔히 사라진 것이었다. 날이 아무리 가물어 웃비가 오지 않아도 저 위 골짜기에서부터 도랑을 쳐내려 물꼬를 트면 물길이 생겼다. 이 물을 받아 저장할 수 있는 저수지도 만들었으니 모내기 물은 넘치고도 남았다. 하늘에서 비가 와야 모를 심던 천수답이 옥답이 된 것이다. 몽리자들은 연암이 하는 일에 다시 한 번 감복하기 시작했다.

"그런데 이 물도 공짜가 아니라면서?"

"공짜가 아니면?"

"수세를 징수한다네."

"설마하니 물 값을?"

"달란다고 줄 사람은 또 어디 있고."

몇몇 지주들의 입에서 나오는 말들이다. 이들은 앞으로 낼 수세에 대해 내심 불만을 품었다. 대대로 하늘에서 내려주는 빗물만 가지고도 농사를 잘 지어먹었었다는 구태 때문이었다.

"그런데 하 진사는 벌써 수세를 선납했다며?"

기부금을 내고 수세를 면제 받았다는 소문이 돌자 너도나도 땅 가진 토호들의 모습이 현청을 기웃거리기 시작했다. 이래 받으나 저래 받으나 전체로 보면 소득인 것은 분명하다. 수세를 내도 그건 나라 안의 재산이요 농지세를 내도 그 역시 나라 살림이다. 기부를 받는 것도 마찬가지다. 살림이란 없는 데서 있도록 만들어내는 일이다. 그게 경제다.

연암은 이 전체 소득 편에서 모든 일을 생각했다. 누가 이득이 되고 안 되고는 나중 문제다. 안의 전체의 생산율이 높아지면 개개인의 소득은 따라서 올라가게 돼 있다. 안의의 생산품은 다른 고장으로 넘어갈 수가 없다. 교통이 험해서도 그렇지만 이 고장에서 충분히 소비가 되기 때문이다.

이제 물 걱정을 덜었으니 거두는 일만 남았다.

그러나 그 뒷일이 또 문제다. 거둬들인 곡식을 빻아 찧는데 너무나 많은 인력을 소모한다. 나락 한 가마 찧는데 좋이 하루를 잡아먹는 연자방아나 디딜방아를 보니 속이 갑갑하다. 연자방아는 소나 말을 이용해 맷돌을 돌리는 일이니 그래도 사람 손이 덜 가는 데 비해 디딜방아는 하루 종일 방아다리를 밟아 눌러 방앗고를 들었다 놓았다 해야 한다. 그러잖아도 아녀자들의 일손이 부족한 데 멀쩡한 여자들이 방아 찧는 일로 하루를 다 보낸대서야 말이 아니다. 길쌈이며 베짜기며 얼마나 할 일들이 많은가?

연암의 머릿속에는 벌써 물레방아가 돌고 있다.

"공방을 불러오너라."

공방은 또 무슨 일인가 싶어 잔뜩 긴장을 한 채로 나타난다. 겨우내 제방감독으로 두 뺨이 얼어붙도록 현장감독을 했던 사람이다.

"불렀습니까?"

"그리 앉아 이것 좀 보게."

공방은 연암이 내미는 그림을 보고 이게 무어냐고 묻는다.

"놀라지 말게. 사람 잡는 물건은 아니니."

공방은 활차를 처음 만들어 시험가동 하던 중 큰 돌 밑에 깔려 죽을 뻔한 일이 있어 기계를 만들 설계도라면 미리 겁부터 집어먹는다. 연암은 이를 염두에 두고 미리부터 공방을 다독거린다.

"물레방아라는 거네."

종이에 그려진 그림은 둥그런 물레의 형태였지만 공방은 처음 보는 물건이라 고개를 갸웃했다.

"내 청국에서 본 물건일세."

연암은 물레방아의 원리를 설명한다. 물레에 파놓은 홈에 물이 차도록 해 이게 빙글빙글 돈다는 것이다. 그게 돌면 중심축에 끼어놓은 축대가 돌아 방앗공이를 저절로 돌린다. 그러면 말이나 소없이도 도정(현미나 보리 등의 낟알로부터 외피(外皮), 즉 등겨를 제거하여 식용에 맞도록 가공하는 일)을 할 수 있다.

연암은 미리 갖다놓은 미영 잦는 물레를 내보이며 여기다가 물을 담을 수 있는 홈통만 달면 된다 한다.

"물레방아를 한번 만들어 보세나. 이게 우리 안의에 꼭 필요한 물건이 될 걸세."

"오늘요?"

"그게 어디 하루 이틀에 될 일인가? 지금부터 준비를 해야 가을에 쓰지."

당장 오늘이 아니면 그래도 괜찮다고 생각하는 공방이다. 이날 아침 공방은 모 심어 놓은 논에 물을 보러 갔다가 어떤 여인 하나를 만났다. 여인을 만난 게 아니라 여인을 하나 주웠다고 해야 옳은 말이 되겠다.

여인은 우두커니 논귀에 앉아 있었다.

보퉁이를 하나 들었는데 꼭 껴안고 있었다. 끌어안은 보퉁이 너머로 잘려나간 옷고름이 보였다. 그 모양새가 꼭 나비 같았다. 아주 드물게 보는 일이지만 여인이 옷고름을 가위로 싹둑 잘린 채 아침이슬을 맞고 있으면 백중 백 나비첩을 당한 신세다.

나비첩이란 집안에 불경을 저지른 여인을 내쫓는 일이다. 여인은 일단 시집을 가면 시댁 식구가 된다. 따라서 그 시댁의 눈 밖에 나 내쫓기면 갈 곳이 없게 된다. 출가외인이라 다시는 친정집으로 돌아갈 면목이 없는 것이다. 집을 쫓겨난 여자는 갈 곳이 없다. 갈 곳이라고는 술집이나 색주가 같은 곳일 텐데 그것도 그런 델 다녀

본 사람이나 알지 보통 아녀자들은 그런 곳이 있는지 없는지조차도 모른다. 그러니 일단 나비첩을 당하면 쫓겨나 버려진 그 자리에 그대로 앉아 누군가가 와서 데려가주기를 기다리는 수밖에 없다. 대개 이런 경우 남자하고 놀아난 여자라면 그 남자가 와 데려가기 마련이지만 이 여인은 그런 남자조차도 없었는지 데려가는 사람이 없었다.

이렇듯 내쫓긴 여인을 처음 본 남자는 여자를 취할 권리가 있다. 남자는 나비첩 당한 여인을 마음대로 가져도 된다. 이는 명문화 된 법은 아니지만 여자를 순종의 도구로 묶어둘 구실로 만들어낸 유교사회의 법도다. 일종의 불문율 같은 것이다.

여자가 집을 쫓겨나는 이유는 대개 삼종지도를 지키지 못한 데서 연유한다. 여자가 시집 가 애를 못 낳거나 딴 남자를 보거나 몹쓸 병에 걸리면 안 된다. 여자란 어려서는 아버지를, 결혼해서는 남편을, 남편이 죽은 후에는 그 자식을 따라야 한다. 이는 여자를 한낱 남자의 도구로만 생각하는 남자들이 만든 법도 때문일 것이지만 아무도 이를 거부하지 못한다.

이게 유교사회의 법도다.

이 여인은 어떤 조항에 걸려든 것일까? 그러한 여자를 집안에 데려다 놓고 아직 자세한 내막을 물어보기도 전에 불려온 공방은 연암의 말을 듣고 있었지만 마음은 콩밭에 가 있다. 이제 이 여인을 어떻게 처리해야 할 것인가? 젊고 풍만하고 얼굴이 반듯해서가 아니라 끼고 있는 가락지나 입성으로 봐 틀림없는 양갓집 며느리였을 터인데 그 처지가 저렇게 되도록 얼마나 마음고생이 심했을 것인가? 아니다, 이 동정심 때문만은 아니다. 이 여인을 데리고 살 자면 돈이 있어야 한다. 집도 하나 새로 지어야 할 것이고, 그렇게 는 못한다 치면 최소한 방 한 칸은 더 달아내야 할 것이다. 은근슬쩍 구렁이 담 넘어가듯 그렇게 거처를 마련한다 하더라도 여우같은 마누라쟁이가 그냥 있을 리 없다. 그러잖아도 처갓집 덕분에 그렁저렁 지내는 판국인데 그 길조차도 막혀버리는 수가 있다. 그렇다면 괜한 집안 분란 나기 전에 또 다른 무슨 조처를 취해야 하는데, 못 먹는 떡 남 주기는 아까운 공방이다.

"동헌 영감 조석은 어떻게 한대요?"

때마다 듣는 아내의 말이다.

아전들의 아내들이 한결같이 걱정하는 것은 홀아비 현감의 조석끼니다. 이참에 그만 좋은 일 하는 셈치고 여자를 영감에게 갖다 바치면? 공방은 속이 끓는다. 차마 남 주기는 아깝고 자기가 하기에는 너무나 벅찬 당신인 나비여인이다.

"나으리."

공방은 연암을 불러놓고는 금방 '아, 아닙니다' 라고 말한다. 연암이 이런 공방의 심중을 헤아릴 리 없다.

"먼저 목수를 불러 나무를 구하라 이르고 일은 천천히 시작해도 될 게야."

"그러지요."

"어찌 대답이 그리 시원찮은가, 흥심이 없는가?"

겨우내 공사감독을 하느라 고생을 했으니 또 다른 일을 맡는다는 것이 시답잖기도 할 것이다.

그러나 연암은 이 일이 안의 사람들의 생활을 바꿔놓을 것이라 다짐한다. 그중에서도 부녀자들이 제일 좋아할 것이라 생각한다. 일대 생활의 변혁이 될 것이다. 이제는 이용후생이다. 연암은 속으로 쾌재를 부른다.

"자네 처가집이 어딘가?"

"용추골입니다."

용추계곡이라면 장수사 들어가는 입구다. 용추폭포가 있고 사철 마르지 않는 개울물이 있다.

"우선 거기다 하나 만드세."

연암은 공방의 처갓집 앞에 물레방아를 하나 만들어 놓으면 처갓집 식구들이 먹고살 일이 생긴다 한다.

"도정은 큰 사업이야."

장래성이 밝은 사업이다. 아직 방아 찧는 것을 일삼아 하는 사람이 없으니 반드시 돈벌이가 될 것이다.

"도정이라니요?"

"정미소를 차리는 거야."

보리나 나락의 껍질을 벗기는 일을 도정이라 한다. 이 일을 전문적으로 하는 곳을 정미소라 한다.

"지금 우리나라엔 정미소가 한 군데도 없어요."

그렇지만 자기가 다녀온 청국엔 물레방아가 있고 물레방아를 돌려 도정을 하는 정미소가 성업 중이라는 이야기를 하는 연암이다.

"그렇게 되면 자네 처갓집도 살만해질 거야."

연암의 꿈은 거기서 그치는 것이 아니었다. 이 물레방아를 온
데 사방에 보급해 보다 편리한 생활을 누릴 수 있도록 한다는 꿈
이다.

"함양이나 안의, 거창은 산이 높고 물이 많아 물레방아가 제격
이야."

공방은 이 알 듯 모를 듯한 연암의 궁구가 빨리 끝나 이 자리에
서 풀려났으면 싶다. 여인의 모습이 눈앞에 아른거려 견딜 수가
없다. 마누라가 또 무슨 일을 저지르지 않았을까, 하마 내쫓아버
리지는 않았을까, 생각하니 좀이 쑤셔 견딜 수가 없다.

그러면서도 공방은 연암에게 그 여인을 양도해도 좋을 것인가
를 다시 한 번 곰곰이 생각해 본다. 영감은 눈 밑에 와잠이 생겨
아래 눈꺼풀이 약간 처지긴 했지만 그래도 이마는 팽팽하다. 이마
가 넓고 팽팽하면 하초도 튼튼하다고들 한다. 이만하면 여자 하나
쯤 건사할 수 있을 것 같다는 생각이다.

"아예 간 김에 계집애 하나를 주워왔는데 가지라고 하세요."

아내는 그랬다. 여자를 한시라도 더 이상 집안에 두기 싫다는
뜻이었을 게다. 양식을 축내서가 아닐 것이다. 남편의 눈길이 여
자에게 쏠리는 것을 차마 두 눈 뜨고는 못 보겠다는 뜻이었을 게
다. 아내가 저러고 나서는데 몰래 숨겨두고 딴살림을 차린다는 것
은 말이 안 된다. 그렇다고 여자를 팔아먹을 일도 아니다. 그렇다
면 대체 이 여인을 어떻게 처리해야 하나? 대책이 서지 않는 공방
이다.

때를 같이하여 공방의 집에서는 여자들이 모여 쑥덕공론들을 대고 있다.

"걱정거리 하나 들게 생겼어요."

여자들의 걱정거리란 게 무어겠는가? 홀아비 현감의 뒤치다꺼리다. 아무리 선식을 하고 혼자 옷치레를 한다지만 그게 어디 여자 손이 하나도 안 가고 될 일인가. 다행히 부들이가 영감 시중을 들어주고 있어 큰 걱정거리는 면했다고 하지만 그게 언제까지일 것인가. 부들이도 이젠 다 큰 계집애다. 그 역시 신경이 쓰이는 일이 아닐 수 없다.

이날도 관속들의 여편네들이 모여 앉은 자리에는 영감에 대한 억측들을 쏟아내고 있었다. 거기다 양념처럼 부들이를 껴잡아 얹는다.

"남자는 고종 백 살이 돼도 치마만 두르면 절구통도 여자로 보인다는데…."

아직 기운이 펄펄한 동헌 영감이 언제까지 혼자 참고 살지 모르겠다는 게 여자들의 중론이다.

"벌써 무슨 일 생긴 게 아닐까?"

"무슨 그런 …?"

"참, 참. 신임 현감님은 선식을 한단다."

"소금도 구워 먹는대."

"소금을 어떻게 구워 먹어?"

소금을 대통에 넣고 진흙으로 막아 굽기를 아홉 번, 죽염이라 한다. 이 죽염은 나쁜 염기를 제거하고 불순물을 정화시켜 몸의 활력소를 불러일으키는 데 큰 몫을 한다. 산 짐승은 누구나 소금을 먹어야 하기 때문에 그냥 소금보다는 죽염을 만들어 먹으면 장수한다. 거기다가 안의 시금장에 반해 남원댁한테 장 담그는 법을 가르쳐 달라고까지 했다 하니 별스러운 노인네다. 그런 노인이니까 무슨 일을 저지를지 모르는 예측불허다.

"세상에나, 남자가 장을?"

"그런 영감이라면 아직도 건장하겠네?"

"뭐가 건장해?"

여편네들은 깔깔거리고 웃으며 박장대소를 한다.

건장해? 뭐가 건장하냐고. 부들이는 안방에서 들려오는 깔깔소리를 들으며 혼자 고개를 갸웃한다. 영감이라면 분명 현감을 두고 하는 말일 텐데 무엇이 건장하다는 이야기들인가.

이야기는 계속된다.

"그란데 부뜰이년이 조석으로 영감 수발을 든다면서요?"

이건 또 무슨 소린가? 부들이는 제 이름이 나오자 귀를 번쩍 세운다.

"아, 글쎄 그 등신이. 머리 빗기는 일은 물론이고 버선이랑 속옷 빨래까지 다해준다지? 아, 글쎄 영감도 그렇지, 부뜰이년 시집갈 때 쓰라고 엽전도 두 문이나 집어줬다더마."

"뭐, 두 문씩이나?"

"그나저나 부뜰이 혼사 문제는 잘 돼 간대나?"

부들이는 여자들이 자기 이야기를 하는 도중이라 들어가지도 나가지도 못하고 엉거주춤 문 밖에 서 있다. 이런 걸로 봐서 영 등신은 아닌 게 분명하다. 사람이란 무엇인가? 사람이 짐승과 다른 것은 체면이 있기 때문이다. 지금 불쑥 문을 밀치고 들어간다면 저들이 얼마나 무안해 할 것인가? 그런 것까지를 헤아릴 줄 안다면 부들이는 등신이 아닌 게 분명한데,

"그 등신 같은 걸 돈까지 줘?"

하며 등신 취급을 한다.

"왜? 지호 엄니도 영감한테 용돈 얻어 쓰려고? 걱정하지 마. 그러잖아도 이제 영감 옷 수발은 물론 잠자리 수발까지 들 여자가 생겼으니."

"여자라니, 무슨 여자?"

지호 어머니는 늦게 왔는지 앞서 하던 여자들의 수다를 못 들은 눈치다. 부들이 역시 안에서 새나오는 이야기의 핵심을 모르겠다. 모르는 일은 더욱 궁금해 귀를 쫑긋 모은다.

"쉬잇!"

공방의 아내 용추댁은 지금 저 아래 사랑방에 여자가 하나 와 있는데 아무래도 나비첩을 당한 것 같다며 아침에 논물 보러 갔던 공방이 데려다 놓고 등청했다 한다. 지금까지 이렇게 늦는 걸 보니 아무래도 그 일을 상론하는 게 아닌지 모르겠단다.

"어떻게, 그런 일이?"

"어디 한번 보자. 그 여자 어떻게 생겼는지."

그러나 용추댁은 극구 말린다. 여자는 나중에 봐도 된단다.

"지금은 자고 있으니 안 돼."

얼마나 혼이 나고 고생을 했는지 아침을 먹자마자 꼬꾸라져 잔

다는 것이다.

"그라마 여기 사람은 아인가배?"

어디 먼 곳에서 갖다버린 사람 같단다.

"나비첩 하는 사람이 어디 가까운 곳에다 버리나?"

부들이는 방안에서 새어나오는 이야기를 듣다가 살금살금 사랑방으로 향한다. 그 여자가 궁금한 것이다. 나비첩이 뭔지 모르겠지만 어떤 여자가 하나 사랑방에 와 있다는 건 확실한 사실일테다. 궁금한 것은 못 참는 부들이다. 영감이 올 때도 제가 제일 먼저 모셔 들였고 머리도 제가 빗겨 드린다. 방 청소도 제가 하고 잔심부름도 한다. 반드시 그 수고비로써는 아니겠지만 용체도 주었다. 그런데 그걸 대신 시킬 여자가 생겼다면 그 여자가 어떻게 생겼는지 궁금하지 않을 수 없는 부들이다.

부들은 살그머니 사랑방 문을 열고 안을 들여다본다.

거기 여인이 단정히 앉아 있다. 섬돌에 가지런히 놓인 여당혜와 어울리는 여인이었다. 상근이 어머니 말대로라면 자고 있어야 할 여인네인데 자고 있지 않았다. 앞 가리마가 반듯한 것이 누웠다 일어난 흔적도 없다.

여인은 문을 배시시 열고 훔쳐보는 이 아이가 아랫것이라는 것을 벌써 알아차렸는지 부들이를 부른다.

"왜 그러고 있니? 이리 들어와 봐라."

부들은 그 말에 빨려들어 가듯 방안으로 한 발짝 들어선다.

"예, 마님."

부들은 입버릇처럼 돼 있는 '마님'을 향하여 고개를 숙인다.

"여기 내측이 어디 있느냐?"

"내측이라니요?"

부들이 내측이 무슨 말인지 알 리 없다. 여인이 설명을 해준다.

"안사람들이 쓰는 뒷간 말이다."

"아, 안통시요?"

"그래 안통시."

남녀가 유별한지라 뒷간도 따로 구분해 사는 게 양반집 법도다. 그런데 공방의 집에는 그런 게 구분돼 있을 만큼 규모 있는 집안이 아니다. 명색이 사랑방이랍시고 행랑채가 하나 따로 있긴 했지만 측간은 하나밖에 없는 살림 형편이다.

부들은 여인이 어지간히 급했나 싶어 안통시, 바깥통시 가릴 것 없이 하나밖에 없는 측간 앞으로 데리고 간다.

"저기요."

볼 일이 급한 여인은, 부들이 '조심' 하란 주의를 주기도 전에 계단을 밟고 올라가 측간으로 들어가긴 했는데 씩씩거리며 고개를 치켜들고 대드는 똥돼지 때문에 기겁을 하고 고함을 내질렀다. 변을 보는 껌껌한 변기통 아래로 돼지가 머리를 처들고 먹을 것이 떨어지기를 기다리고 있었던 것이다.

"웬일이냐?"

고함소리에 놀란 안방 여인네들이 다 뛰어나왔다.

상이 새파랗게 질려 서 있는 여인을 본 용추댁은 금방 그 사태를 짐작했다. 웃지 못할 정경이 벌어졌다.

"망할 놈의 영감탱이. 그렇게 안통시 하나 만들어 달라고 해도 안 해주더니…."

결국 영감 타박이다. 명색이 공방이라는 작자가 다른 집안일은 다 거들어주면서 정작 자기 집은 이렇게 나 몰라라 한다는 푸념이다.

"괜찮아요. 괜찮아."

그러면서 측간 바깥쪽 우리에 놓여 있는 돼지 구시에 등겨를 한 바가지 퍼 안기며 돼지를 그리로 유인해 간다. 돼지가 꿀꿀거리며 구시통으로 가자 '자, 이젠 됐으니 안심하고 볼일 보시오' 하고는 여자들을 몰아 안방으로 들어가는 용추댁이다.

"안의에 살자면 안의 사람이 돼야 할끼구마."

여인은 얼마나 놀랐는지 아직도 두 손을 떨고 있다.

"부뜰아, 손님을 안방으로 모셔라."

부들이한테 하는 용추댁의 분부다. 이럴 때라도 한번 하인 부리 듯 거드름을 피워 본다. 필시 이 소리를 여인네도 듣고 있지 싶어 서다.

여인은 잠자코 저들이 하라는 대로 안방으로 들어간다. 차라리 사랑방에 있는 것보다는 마음이 편하다. 자기를 데려온 남자가 여자를 사랑방에 둔다는 것은 자기 욕심을 채우려는 짓일 테고 안방으로 불려나온다는 것은 안팎이 다 아는 공공연한 처사가 되니 차라리 이 편이 안전하다 할 것이다.

"아이고 곱기도 해라."

입고 있는 옷으로 보아 분명 자기네들보다는 나은 처지의 여인임이 틀림없을 성싶은 동구어멈이 먼저 수작을 건넨다.

109
나비첩

"그런데, 어쩌다가 길가에 나앉게 되었수?"

"…."

여인은 말이 없다.

"어차피 한 지붕 밑에 살 거라면 속 시원히 말 좀 해봐요."

"누가 한 지붕 밑에 산대?"

용추댁의 심드렁한 반응에 호방의 아내가 거든다.

"열불 날 일이지."

"상근 아베가 한 집에 산답디야? 그런 것도 아니잖수?"

아직 결정난 일 아니니 성급한 추단들 말라는 이야기다.

"그렇다면 뭐땜시 나비첩을 해왔겠소?"

"그냥 논가에 있길래 데려 왔다두만. 꼭 나비첩을 하려서 한 게 아니라 안 했소."

"그건 그렇지. 밤이슬 맞은 여자가 버려져 있으면 나라도 데려 오지 그걸 못 본 척 할 수야 있나?"

여인은 중구난방 떠들어대는 아낙들의 말을 잠자코 듣고만 있다.

한참을 떠들어대던 여자들은 아무런 반응을 보이지 않는 낯선 내방객을 관찰하기 시작한다. 아무래도 자기들 이야기에 신경을 쓰지 않음을 눈치 챘나 보다.

"정신이 나갔나 봐."

"정신?"

여인은 한곳에 눈을 모은 채 멍하다. 그러고 보니 넋이 나간 듯 하다.

"이보세요. 이봐요."

"우리 말 안 들려요?"

여인은 들었는지 말았는지 아무 대꾸도 반응도 없다. 아까 측간을 찾았을 때는 분명히 정신이 있었는데 지금은 아니다.

"아무래도 혼겁이 난 모양이다. 그래서 정신이 빠진 게지."

"부뜰이, 너 가서 이 여자가 가지고 온 보따리 좀 가져와 봐라."

보따리를 보고서라도 이 여인의 정체를 밝혀내고야 말겠다는 여자들이다.

부들이 가서 여인이 안고 온 보따리를 들고 온다. 보따리 속에서는 아직도 젖내가 폴폴 나는 아기 배내옷과 몇 가지 패물들이 들어 있다.

"이제야 알겠다."

"뭘?"

여자들이 돌아앉아 쑤군댄다. 아기 배내옷이 있는 것으로 미루어 씨받이라는 것이다. 아들 못 낳는 집 소실이나 씨받이로 들어갔다가 아기를 낳자마자 쫓겨났다는 추측이다. 그렇지 않고서야 어찌 아기 배내옷을 신주단지처럼 끌어안고 왔을 것이냐는 호방댁의 말이다.

"맞다, 맞아. 그러고 보니 딱 그러네?"

여자들이 이렇듯 궁금해하고 있는데도 나비첩을 당해 온 여인은 벽에 기댄 채 멍하니 천정만 바라보고 있을 뿐 아무런 내색도 없다.

"이보게나. 정신 좀 차려 보게."

"⋯."

"아기는 어쩌고 혼자 이러고 있나?"

"아기? 우리 아기. 우리 아기."

아기라는 말이 나오자 여인은 헛소리처럼 몇 마디 중얼거리며 아기 옷을 얼른 빼앗아 보따리에 다시 싼다. 쯧 쯧 쯧. 누군가 아기만 취하고 여인은 내다버린 게 틀림없다. 여자는 일단 집을 나오면 오갈 데가 없다. 아무런 신분 보장도 받을 수 없는 게 여자다. 이름도 없이 살다가 죽는 게 여자의 운명이라지만 이 여인 역시 지독한 비운을 타고난 모양이다. 이제 여기 모인 여자들의 뜻에 따라 이 여인의 새로운 운명이 결정 날 판국이 아니냐.

"이봐요, 무슨 말을 해야 어떻게 된 건지 알지."

"넋이 나갔어."

"얼마나 놀랐으면 말문이 막혔을까?"

그러나 부들이는,

"으응, 아까는 말을 잘했는데?"

말문이 막힌 게 아니라 한다. 아까는 분명히 '내측이 어디 있느냐' 물었단 것이다.

"그렇다면 우리 같은 것들 하고는 말하기 싫단 뜻인가?"

동구어멈이 험악한 눈을 치뜬다. 나비첩 당해 쫓겨난 꼴에 뭐가 잘나 입을 꼭 다물고 있느냐 말이다. 무어라 말을 해야 어찌할지 결정을 할 게 아니냐? 여자를 닦달하려 한다.

"관두게. 아직 놀란 가슴이 안 풀린 게지."

이때 공방이 안방으로 들어오며 하는 말이다.

공방은 먼저 용추계곡에 물레방아라는 것을 만들 계획부터 이야기한다. 그렇게만 된다면 처갓집은 물론 동네사람들까지도 일자리가 생길 것이란 현감의 구상을 소상히 설명한다. 창고에 쌓여 있는 관곡만 다 도정해도 그 물량의 일할은 떨어질 것이라는 사업 계획이다. 그렇지만 여자들은 그 말이 무슨 뜻인지 금방 알아듣지 못한다.

"그 부새 똥 까먹는 소리 그만하고, 이 여자를 어떻게 할 것인지는 물어 봤어요?"

공방은 마지못해 '응' 하고 대답은 하였지만 확실한 말은 하지 못한다.

그도 그럴 것이 연암은 한말로 잘라 여자 이야기를 끄집어내지 말라 하였기 때문이다.

"나는 혼자서도 밥 잘해 먹어요."

연암은 오히려 화를 벌컥 냈다. 거기다가 왜 보는 사람마다 혼자 사는 것을 그렇게 못마땅하게 생각하는지 모르겠다는 말까지 덧붙였던 것이다.

"보는 사람들은 불편할지 몰라도 당신은 전혀 모자람이 없다더군."

"욱꽂어라. 한번 여자를 알았던 사람이 와 여자를 모를까?"

동네 아낙들이 집으로 돌아가고 나자 공방은 여인을 붙잡아 앉혀놓고 이렇게 묻는다.

"이제 어떻게 할 거요?"

"…"

"이 집에 그냥 눌러 살 거요, 다른 데로 갈 거요?"

용추댁은 그게 무슨 말이냐며 펄쩍 뛴다.

"그게 말이나 되는 소리야? 이대로 살다니, 꿈도 야무지시네? 먹여 살릴 양식은 있고 그런 소릴 해요?"

"그럼 어떻게? 길거리로 내쫓나?"

드디어 공방의 집에 분란이 일기 시작한다. 단란하던 가정에 느닷없이 여자가 하나 생기니 이 모양이다.

여인은 두 사람 다투는 소리를 잠자코 듣고 있다. 아까 아낙네들이 이야기할 때와는 달리 귀 기울여 듣고 있는 것 같은 표정이다.

"이봐요, 무어라 말을 좀 해봐."

"꿀 먹은 벙어리인데 무슨 말을 해요?"

여태껏 물어도 말 한마디 안 했다는 용추댁이다. 그러니 무슨 대답을 바라느냐는 이야기다.

"그게 아닌데?"

공방은 여인이 벙어리가 아니란 이야길 한다. 아침에 데리고 올 때는 분명히 말을 잘했던 것이다.

"예. 아니어요."

부들이도 여인이 벙어리가 아니라 한다.

"넌 왜 여태 안 가고 거기 있어?"

부들이는 이 집 저 집 안 가는 곳이 없는 아이라 별 신경을 쓸 필요도 없지만 이날은 좀 다르다. 여기서 있었던 일을 혹여 말 물어낼까 봐서 겁이 나는 용추댁이다. 어디서 들어온지도 모르는 근본 없는 여자를 현감에게 주려고 했다는 말이 영감의 귀에 들어가 놓으면 또 무슨 불호령이 떨어질지 알 수 없는 일이겠기 때문이다.

"여기서 들었던 말 딴 데 가서 옮기지 말고 어서 집으로 가라."

"예."

부들이 막 집을 나가려는 순간 여인이 입을 열어 말을 한다.

"그렇다면 제가 직접 현감을 만나보겠습니다."

그것도 뜻이 분명한 조리 있는 말이다.

그러나 그 다음 말은 처음과 말뜻이 다르다.

"우리 아기 찾아달라고 해야지."

동상이몽이다. 그렇지만 무엇보다도 말문을 열었다는 게 중요
하다. 말문이 열렸으니 가서 그 이야기도 하고 이 이야기도 하면
될 일이겠다.

"그러면 그렇지. 벙어리가 아니라니까."

공방은 지금 당장에라도 현감을 찾아가 자초지종을 털어놓고
선처를 기다리자고 한다. 그러나 용추댁의 생각은 달랐다.

"남자들은 저렇다니까?"

목욕시켜 분단장 한 후에 데려가도 늦지 않다는 이야기다. 순서
가 그렇게 되나? 공방도 그때서야 아내가 훨씬 사려 깊다는 생각
을 한다.

"그럴 게 아니라 영감을 이리로 모셔오면 어떨까요?"

이왕이면 저녁이라도 함께 먹으며 상의하는 게 더 자연스럽지
않겠느냐는 용추댁의 말이다. 물레방아까지 놔준다고 했으니 그
일도 자세히 알아보고 이 여인에 대한 처리문제도 조용하게 타진
해 보는 게 좋지 않을까.

"그러면 내 속히 다녀오리다."

그 안에 준비를 해놓으라는 공방이다.

"알았어요."

용추댁은 공방을 따라 나서는 부들이를 다시 불러 정지 솥에 불을 지피라 이른다. 더운밥을 새로 지어야 할 형편이다. 점심이래 야 먹고 남은 것이 감자 삶은 것 몇 개하고 꽁보리밥 한 사발밖에 없으니 그걸 현감의 밥상에 올릴 수는 없는 노릇이다. 아무리 선식을 하는 영감이라도 성의는 다해야 한다.

"아이다, 아이다. 불은 내가 땔 테니 부들이 너 남원댁네 가서 시금장 있거들랑 한 종지기만 달래서 얻어갖고 오너라."

이미 현감이 잘 먹는 반찬은 야채 시금장뿐이라는 소문이 돈 지오래라 남의 집 찬거리라도 빌려오지 않으면 안 될 성싶은 공방댁이다.

"야."

부들이는 무엇이건 시키면 시키는 대로 대답은 잘한다.

"가다가 또 가재 잡지 말고 퍼뜩 다녀와야 한다?"

"야."

부들이가 나가자 용추댁은 이리저리 동동걸음을 친다. 무어 한 가지라도 먹을 만한 찬거리를 장만해야 할 텐데 도통 맞는 재료가 없다. 돌담 가에 이제 막 뾰족하게 새움을 틔우고 있는 두릅을 꺾는다, 역시 돌담 아래 양지에 난 머위순과 새 부추 잎을 베어낸다, 속으로 바쁜 걸음을 치며 음식준비를 하는데도 여인은 아랑곳없이 푸, 푸우 세수만 하고 있다.

뿔뱀

"예쁘게 해라. 여자 팔자는 뒤웅박 팔자라 안 카드나?"

바쁜 와중에도 용추댁은 여인을 향해 한마디 한다. 그렇게라도 몸단장을 해 현감의 눈에 들어야 빨리 이 집에서 내쫓을 수 있다는 계산에서였다. 만에 하나 일이 잘못돼 공방이 제가 데리고 온 여자라고 데리고 살겠다고 우기면 어찌할 것인가. 그 꼴은 못 본다. 여인은 지금 제 눈앞에서 무슨 일이 일어나고 있는지 아는지 모르는지 용추댁이 시키는 대로 몸단장을 한다.

"저러는 걸 보면 정신은 멀쩡한 것이여."

혼자 중얼거리는 용추댁이다.

"어쩌면 저것이 팔자가 펴 나보다 상전이 될지도 모르지."

어쩌면 그럴 때를 대비하여 잘 보여 둘 필요가 있다고 생각하는 용추댁이다. 혼자 사는 영감이 저절로 굴러 들어온 여자를 마다할 리 없을 노릇이고 보면 저 여인이 현감의 여자가 되는 데에는 하나 걸림돌이 없을 일, 어떻게든 이 여인을 추슬러 두 사람을 짝짓게 만들어야 한다.

"여자는 제 할 탓이여. 영감 오시거든 딱 달라붙어 살려달라고 하란 말이야."

"나 그런 쑥꾸 없어요."

"아, 저것 봐라. 속은 멀쩡하잖아? 그런데 왜 여태 입 다물고 있었어?"

용추댁은 우리 현감님처럼 능력 있는 남자 없다고 칭찬을 한다. 능력 있을 뿐만 아니라 자상도 하단다.

"아내 사별한 후 지금까지 여자 멀리 한 걸 보면 여자 생각 해

수는 분이 틀림없어."

"난 남자들이 무서워요."

"남자라고 다 같은 남잔 줄 아나?"

어디서 어떻게 고생을 하다가 여기까지 굴러왔는지 모르겠지만 어차피 이렇게 된 이상 현감 같은 남자를 만난 것은 복에 겨운 일이라는 용추댁이다.

"혼자 살 수는 없잖아?"

나이가 좀 그렇긴 하지만 지금 당장은 어쩔 수 없는 형편이니 시키는 대로 하라는 용추댁이다. 지금 당장 몸 둘 곳이 필요한 데 콩 난 데 팥 난 데 가릴 처지가 되느냐, 오늘 저녁을 당장 어디서 잘 것이냐, 아무 소리 말고 영감만 허락하신다면 두루마기자락 잡고 따라 가라는 용추댁이다.

"우리 호장님네도 그렇게 만나 여태껏 잘 살고 있어."

지금 시금장을 얻으러 보낸 예방의 아내 남원댁도 비록 소실로 들앉긴 했지만 애시 당초 나비첩을 당해 길가에 버려진 사람을 주어다 음식점 내줘 사는데, 보란 듯이 잘산다 했다.

"그런데 새댁은 어디서 왔어? 우리가 뭐라 불러야 하지?"

"진주에서요."

"그러면 진주댁이라 불러?"

"아니오. 시댁이 진주고…."

"친정집은?

하려다가 용추댁은 굳이 그것까지는 말할 필요 없다 한다. 여자란 출가외인이다, 한번 출가한 이상 친정집을 욕되게 해서는 안

된다. 혹시라도 이런 일이 친정집 귀에 들어가면 부모님들만 애말
라 할 뿐인 것이다.

이때 부들이 헐레벌떡 시금장을 얻어온다.

"무슨 일이냐 물으시던데요?"

"그런 건 나중에 말하면 된다. 아궁이에 불이나 좀 봐라."

용추댁은 부들이한테 밥솥에 불을 밀어넣어라 하고 또 어디론
가 종종걸음을 친다. 닭장에 가서 계란이라도 있으면 좀 내다 삶
을 요량이다.

"바쁘다, 바빠. 오늘도 원님 덕에 나팔 불게 생겼구나."

부들이 부지깽이로 이제 막 밥물이 넘기 시작하는 솥전을 두드
리며 노래를 부른다. 저년이 저거 불이나 밀어넣지 않고? 용추댁
도 덩달아 신이 나 들고 온 계란 두 알을 솥뚜껑 열고 그대로 던져
넣는다.

"하나는 현감, 하나는 공방…."

부들이 계란 먹을 사람을 노래처럼 중얼거려 왼다.

"저 아지매 건 없어요?"

"달걀을 두 개밖에 안 낳은 걸 어째 이년아?"

쏘아대긴 했지만 속으로는 저절로 신명이 나는 용추댁이다. 물
레방아가 뭔지는 모르겠지만 그걸 만들어 돌릴 친정아버지를 생
각하면 절로 신이 난다. 융통성 없고 지지리 못난 서방이라 욕해
대던 것도 어쩌면 이게 마지막인지도 모를 일이다. 지난번 제방
공사를 끝냈을 때도 사람들은 남편 칭찬을 많이들 했다. 그렇게
머리를 틀어준 건 물론 현감님이었지만 그래도 현장감독은 공방

인 남편이 다했다. 그 덕분에 여태껏 있으나마나 했던 공방의 위치가 쓰윽 올라가 친정에 가도 기가 살아나던 용추댁이라 이번 물레방아 건은 더욱 더 기대가 되지 않을 수 없다. 음식 장만하는 손놀림이 한결 가볍다.

송장방사

저녁상을 물리자 연암은 여인을 향해 묻는다.

"이름이 무엇이오?"

"자미라 합니다."

여인은 아까와는 달리 묻는 말에 또박또박 대답도 잘한다.

"자미라? 예사 이름은 아닌 게로군."

할아비가 벼슬까지 지낸 사람이란다.

연암은 지금 자기가 소설을 쓰고 있는지 여인이 소설을 읽고 있는지 알 수가 없다. 한양을 떠나 내려온 이래 지금까지 비몽사몽 호접몽 같은 일들이 계속되고 있지만 나비첩 당한 여자를 만나 이 같은 이야기를 주고받을 줄은 꿈에도 생각지 못했던 일대사건이 아닐 수 없다. 자세히 뜯어보니 약간 수심에 찬 기운을 빼놓으면 미인이랄 수밖에 없는 인물이다. 얼굴이 갸름한 게 눈썹이 반달 모양으로 휘어져 그 끝 간 데를 모를 만큼 도톰한 귓불 사이를 스쳐 지나간다. 거기다가 반듯한 가리마가 눈길을 끈다. 연암은 그

가리마 길을 따라 한없이 먼 곳으로 걸어가는 느낌으로 이야기를 듣고 있다.

자미는 남해에서 큰 고깃배를 가지고 있던 부잣집 딸로 태어나 금이야 옥이야 애지중지 자란 몸이라 시집도 잘 갔다. 그러나 배가 뒤집어져 그 아비가 죽고 시름시름 앓던 어미까지 따라 죽는 일이 겹쳐 친정집 가세가 기울어지자 여인은 시집의 눈 밖에 나기 시작했다. 처가에서 멸치액젓을 떼다 팔아 시장 상권을 확립하고 있던 남편 된 자는 더 이상 처가 덕을 볼 수 없게 되자 여자를 홀대하기 시작했다. 마침내는 딴 여자를 집안으로 불러들였다. 설상가상으로 이를 말려야 할 시어미 역시 며느리에게서 등을 돌렸다. 아들이 새로 데리고 들어온 여자가 돈 잘 버는 어물전을 가지고 있었기 때문이다. 그 여자의 남편은 공교롭게도 복어를 먹고 죽었다는데 시장바닥에서는 독살이라는 소문이 파다했다 한다. 왜냐면 이미 이 두 사람 사이가 사람들 눈에 띄도록 가까워 염문이 퍼졌던 터라 구설수에 올랐다. 어쨌건 남녀가 가게를 합해 더 큰 상권을 확립한 두 사람은 조강지처를 쫓아내기 위해 온갖 모함을 일삼았는데 그 뒤에는 어물전 여자의 훼사가 그림자처럼 따라다녔다.

드디어 한 지붕 아래 살게 된 어물전 여자는 사람을 시켜 송장방사를 시도했다. 송장방사란 무엇인가? 사람이 지나다니는 곳에 인골을 묻어 그걸 밟거나 넘어가는 사람은 죽게 된다는 속설을 두고 하는 말이다.

"그래서 누가 죽기라도 했어요?"

"아기가…."

여인은 내리닫이 딸만 다섯을 낳았는데 큰애는 열다섯 살이고 그 다음은 두 살 터울로 줄줄이 덩굴박이다. 막내는 뒤늦게 낳아 이제 겨우 아장아장 걸음마를 떼는 세 살배기인데 이게 송장방사에 걸려 죽었단다.

"인골을 밟았다고 사람이 죽나?"

연암은 그런 건 아니라 한다. 아무리 송장방사를 시도했다 해도 그건 하나의 속설에서 나온 미신일 뿐이지 그 일로 실제 사람이 죽는 일은 없다 한다. 다른 일로 병이 낫거나 액운이 들 수도 있다는 이야기다. 어쨌거나 아기는 죽었고 '뒤벼리 애장터'에 송장을 치웠다.

"이 일을 관아에 발고해 본 적은 있어요?"

그럴 새가 어디 있었겠는가? 일이 이렇게 되려고 그랬던지 새로 들어온 그 여자에게서 아들이 태어났고 눈에 뵈는 것이 없는 남자는 결국 조강지처의 옷고름을 잘라 내쳐 버렸다.

"여긴 누가 데려왔어요?"

그건 전혀 모르겠다 한다. 자고 깨니 여기 있더란다. 그렇다면 약물을 타 먹인 후 여기까지 실어다 버린 것이 아닌가? 아니면 독살을 시켜 죽였다 생각하고 여기다 유기시켰는지도 모를 일이다. 아니다. 그랬다면 보퉁이를 들려 버리진 않았을 것이다. 연암은 머리가 빙글빙글 돌 정도로 어수선하다. 도대체가 이 여인의 진정성을 모르겠다. 어디서 어디까지가 참말이고 어디까지가 거짓인지 알 수가 없다.

"그간에 생각나는 게 아무것도 없어요?"

"…."

이제 이 여인을 어찌해야 할 것인가? 연암은 갑자기 머리가 띵하다. 세상의 허구많은 여자들이 아들을 못 낳으면 칠거지악이라는 죄명을 뒤집어쓰고 집을 쫓겨난다. 이건 그것도 아니다. 딸자식은 자식이 아닌가? 게다가 소실의 꾐에 빠져 이런 일이 저질러졌다면 더 큰 죄가 가중된다. 이건 그냥 지나칠 수 없는 일이다. 사사로운 나비첩이라기보다는 범죄행위다.

"내가 진주 목사를 찾아가 이 일을 따져보겠소."

"아닙니다."

여인의 분명한 답이다.

"이제 와 시시비비를 따져 무슨 소용이 있겠습니까?"

또한 그런 집에 다시 들어가 산다한들 무슨 낙이 있겠습니까? 따지고 드는 여인을 두고 연암은 할 말이 없다. 그간 얼마나 마음고생을 했으면 저럴 것인가. 시집에서는 이런 식으로 쫓겨났고 친정도 없어져 오갈 데 없는 신세가 되었으니 차라리 스스로 목숨을 끊어 이 세상과 하직하려고도 했다 한다.

"그러면 어떻게 했으면 좋겠는가?"

나비첩을 당한 여자는 그를 처음 본 남자가 책임져야 한다. 그렇다면 공방이 책임져야 할 문제 아닌가? 이야기가 결국 이렇게 처음으로 되돌아 나오자 잠자코 입 다물고 있던 용추댁이 한 말씀 거든다.

"나으리, 아녀자가 나설 일은 아닙니다만 우리 집 형편은 군식구 거둘 지경이 못 됩니다."

먹고 살 양식도 없는데 어떻게 입 하나를 더 거둘 수 있겠느냐는 하소연이다. 그러니 영감께서 거두어주시면 어떻겠느냐는 말이다.

"내가요?"

연암은 이 뜻밖의 제안에 놀란다.

"이왕 혼자 계시는 몸이니 수발 드는 여자가 필요하지 않을까 싶어서요."

"혼자 사는 홀아비라 걱정돼서 그러는 거요? 공방의 생각도 그렇소?"

연암은 헛치고 웃었다. 그럴 작정이라면 모두들 권할 때 진즉 새장가를 들었을 것이다. 삼 년 전이었던가? 무신년에 큰 역병이 돌아 일가족이 모두 죽을 고비를 넘기고 겨우 살아남았지만 가사를 돌보던 큰며느리는 저승길을 가고 말았다. 그때 모두들 새장가 들어 집안일 돌볼 여자를 구하라 권했지만 뿌리쳤던 연암이다.

"제 생각도…."

공방의 생각도 그러하다는 뜻이겠다.

"이 사람아, 어찌 말을 그리하는가?"

연암은 공방을 나무란다.

"자네들이 아주 작정을 하고 날 이리로 불러낸 걸세. 아니 그런가?"

"그렇습니다. 나으리, 우리끼리는 그리 정했구만이라요."

용추댁이 솔직하게 말한다.

"지금 모든 사람들이 나으리의 조석 걱정과 입성 때문에 마음 쓰고 있습니다."

"허어, 그동안 내가 이녁들 짐이 되었던 모양이지?"

"그런 게 아니라, 이렇게 참한 여자가 생겼으니 하는 말씀입죠."

연암이 보니 참하긴 참한 여자다. 이제 중년을 넘어선 여자답게 연륜이 쌓였고, 나이에 비해 아직도 고운 얼굴이다.

"아무리 나비첩을 당한 여자라 할지라도 마음대로 할 수 있소?"

장본인의 의사를 물어보지도 않고 어찌 그런 생각을 했느냐는 연암이다.

"송구하옵니다. 소인은 그저 여자가 제 발로 굴러들어왔으니 소용에 닿는다면….."

"소용에 닿는다면 갖다 쓰라 이 말인가? 여자가 무슨 물건인가?"

연암은 공방을 나무란다. 여자도 다 같은 사람이고 비록 시집에서 버림은 받았다 하나 그에게도 인격이라는 게 있다.

"어찌 사람을 그리 함부로 대하는고?"

정작 장본인은 아무 말도 없는데 객들이 왜 남의 제사상에 감 놔라 배 놔라 하냐는 연암이다.

"이 여자도 그리 말하지 않았습니까? 다시는 그런 집에 돌아가기 싫다고요."

용추댁도 지지 않는다.

"정말 집으로는 돌아갈 생각이 없는가?"

"…."

막상 이렇게 물으니 대답이 없는 여인이다.

"송구하오나, 영감…."

내일 다른 곳으로 보내는 한이 있더라도 우선 당장 오늘밤 잘 곳도 없는 이 여인을 매죽헌에라도 재우는 것이 도리가 아니겠느냔 공방의 말이다. 매죽헌은 연암이 기거하는 취균헌 옆의 빈 관사를 말함이다.

"그거야 어렵지 않을 것이네만…."

연암도 입장은 곤란하다. 이 일을 두고 장차 얼마나 많은 입방아들을 찧어댈 것인가? 관사에 여자를 재워 보냈다면, 그것도 다른 사람 아닌 나비첩 당한 여자와 한 지붕을 이고 잤다면, 사실의 진위와 관계없이 별의별 입소문이 나기 마련일 것이다. 일개 고을의 수령이 버림받은 여인과 함께했다면 그 뒷일은 말하지 않아도 뻔할 일이다.

그러나 연암은 의지가지없는 여인을 돌보는 것도 할 일이라 생각한다. 구설수 따위가 문제 아니라 세상이 안고 있는 현안문제를 해결하기 위해서는 이런 여인도 거둬들여야 한다는 믿음이다.

"그렇다면 매죽헌을 치워놓도록 하고…."

일단은 거기 머물도록 하라 이른다.

현감의 입에서 일단 허락이 떨어지자 용추댁이 얼른 일을 추진한다.

"부뜰이 너 가서 매죽헌 소제 좀 해야겠다."

용추댁은 어른들 이야기에 빠져 있는 부들이를 먼저 보내 매죽
헌을 말끔히 치워놓도록 이른다.

"야."

차마 가기 싫어 마지못해 일어나는 부들이를 붙들고 용추댁이
뭐라 뭐라 할 일들을 이른다. 그리고 이부자리도 한 채 들려서 보
낸다.

부들이를 내보낸 용추댁은 밥상을 치우고 술상을 봐온다. 개다
리소반에 얹힌 안주라곤 남원댁에서 얻어온 시금장과 거기 찍어
먹을 두릅 몇 숭어리가 전부였지만 연암은 이들 부부의 성의에 따
르기로 한다.

"안의는 이 막걸리가 일품이야."

연암은 격의 없이 막걸리를 죽 들이켜고는,

"그건 그런데 용추댁, 이건 어떻게 만드는 것이오?"

연암은 안의에 와서 처음 먹어보는 음식 중에 시금장이 가장 입
맛을 돋운다며 그 만드는 법을 배우고 싶다 한다. 남원댁이 말로
는 가르쳐준다 해놓고 감감소식이란다.

"남자 분께서 어떻게 장 담그는 일에 관심을 가지세요?"

잠자코 있던 여인이 끼어든다.

"혼자 살자면 고추장 담그는 법도 알아야지요."

연암은 고추장을 좋아한다고 말한다.

"나는 고추장처럼 화끈하고 매운 게 좋아요."

"체질적으로 그렇게 생기셨어요."

이건 또 무슨 가당찮은 소린가? 체질적으로 그렇게 생겼다니?

이게 도대체 여자가 할 말인가? 체질 운운은 본시 이제마의 사상 체질에서 비롯된 말이다.

"의술에 대해 배운 게 있소?"

"아닙니다. 외조부께서 한의를 하셨는데 어깨 너머로 주워들은 이야기입니다."

연암은 이 여인이 갈수록 묘하단 생각이 든다. 한의학을 한 외조부와 벼슬아치를 지낸 할아버지의 후손이라면 먹물깨나 묻힌 피를 타고 난 게 분명하다. 남해는 유배지라 많은 인재들이 거기 가 묻혔다. 하고많은 인재들이 꿈과 날개를 접은 남해도가 아닌가.

'참으로 알 수 없는 인연이야.'

차츰 이 여인에게 호기심이 가는 연암이다.

"자네가 어떻게 체질을 논하는가?"

"송구합니다. 그저 들은풍월로 그런 것입니다."

들은풍월이라? 문자 속도 기특하다. 사람에게는 오직 한 가지 시간이 있다. 오늘이다. 지난날이 있다 하나 그건 흘러간 세월이지 오늘이 아니고, 내일의 시간이 있다 하나 오늘 없는 내일은 없다. 오늘이 곧 내일로 이어지는 것이다. 따라서 오늘 이 시간이 가장 중요한 시간이다. 저 여인에게 있어 오늘은 어떠한 시간이 되어야 할 것인가? 오늘이 어떠해야 내일을 오롯이 살 수 있을 것인가?

연암은 이 묘령의 여인을 위해 할 수 있는 일이 없을까를 생각한다.

그러나 술이 속에 퍼질 즈음해서는 아주 오래 전부터 이 여인과 만났던 것 같은 착각이 든다.

"자네도 그리 생각하는가?"

"무엇을 말씀하시는지요?"

"나와 함께 가는 것을 말일세."

"저 때문에 나리께서 곤란지경에 이르신다면 저는 차라리 여기 이대로 머물겠습니다."

"아니네."

연암은 거나하게 취해 관사로 돌아온다. 그 옆으로 관솔불을 밝혀 든 공방과 그의 아내가 호종을 하고 있다. 그리고 그 옆으로 보퉁이를 낀 여인이 따랐다.

별들이 사선을 긋고 떨어지는 별똥별을 마구 쏟아내고 있었고 개울물은 졸졸졸 소리 내며 흐르는 밤이었다.

다음날 아침 연암은 여인이 떠다 주는 사발 물로 목을 축였다. 이제는 따로 자리끼를 준비해 둘 필요가 없어졌다.

그리고 그 다음날로 여인이 지어주는 밥상을 받았다.

"한 코 단단히 걸린 거."

이렇게 빈정대는 사람들도 있었지만 이제부터 궁상을 면하게 됐다는 편도 있었다. 언제나 무슨 일이건 새로운 변화엔 찬·반이 있기 마련이다.

그러나 대놓고 불만을 토로하는 이는 없었다.

"오히려 잘 된 일 아닌가?"

"그러게 말이야. 꾀죄죄하던 현감의 옷에 주름이 펴졌다니까."

입성이 달라졌다는 이야기다.

"일이 이렇게 되면 부뜰이는 어떻게 되나?"

"부뜰이라니?"

"아, 몰라 묻나? 여태껏 그 아이가 영감 수발을 들었다지 않든
가?"

"부뜰이는 시집간다 하더만."

남의 이야기하기 좋아하는 사람들 입에 한동안 오르내리던 이
여인의 문제도 한물간 어느 날 연암은 공방을 불렀다.

"청사를 새로 지을 것이야."

연암은 생쥐들의 소굴이 돼 있는 구청사들을 헐물어내라는 명
을 내렸다. 바람만 불어도 쓰러질 것 같은 구옥들이 여러 채 방치
된 채 있어 보기도 싫었을 뿐더러 사방에 오물들을 쌓아놓아 냄새
까지 진동을 하는 상태였다.

"저것들을 좀 치우게."

오물을 치우고 관사를 헐어내라는 주문이었다. 그리고 벽돌을
찍게 했다. 연암은 그렇게 함으로써 청국에서 보고 듣고 온 새로
운 건축법을 전하려 한다.

그러나 말 많은 사람들은 또 입방아를 찧었다.

"구청사들을 허물어뜨리고 새 집을 짓는다며?"

"그 혹시?"

그 혹시 뭐? 뭘 말을 하려다 말아? 그러나 선뜻 입을 열어 현감
을 헐뜯어 흠집 내는 말을 하는 사람은 없었다. 간혹 가다 뒤돌아
앉아 '현감이 젊은 여자 얻더니 새 집 지어 신방 차리려 한다' 느

니, '이제 아예 아방궁을 차리려 한다'는 말은 새어나왔지만 그것
도 저들끼리 숨어서들 하는 소리고 드러내놓고 불만을 토로하는
것은 아니었다. 그도 그럴 것이 지금까지의 연암은 흠잡을 데 없
는 인물이었기 때문이다. 돈 한 푼 안 주고 시키던 부역에 노임을
주도록 했는가 하면 어느 누가 떼어먹었는지도 모를 텅 빈 국창을
다시 채우는 실효도 거뒀다. 지금까지 어느 수장도 하지 못했던
치적이다.

어쨌거나 현청에서 서북쪽으로 좀 떨어진 곳에 쓰러질 듯 그 몰
골을 드러내놓고 있던 헌 관사를 뜯어내고 백척오동각을 짓고 서
남쪽으로는 하풍죽로당이라 이름 붙인 아담한 집을 새로 세웠다.
그 사이에 연못을 파 물고기를 넣고 연꽃을 심어 가꾸는가 하면
공작관이란 정자를 올려 흥취를 돋운다.

연암은 청국에서 본 대로 벽돌을 찍어 집을 짓고 집 앞에 연못
을 파 정원을 만들었다. 크게 돈 드는 일도 아니었다. 있던 자재
그대로 재활용하는 차원이니 목재 값도 들지 않았고 흙을 파내 벽
돌을 찍으니 그 노임으로 돈벌이를 하는 사람들이 생겨 생계에 보
탬이 되기도 하였다. 그러니 어느 구석에서 불만이 나올 것인가?
불평이 있을 리 없다.

연암은 대나무를 심어 울타리를 두르게 한 하풍죽로당에 여인
의 거처를 두게 하고 그중 방 하나에 연상각이란 이름을 붙여 집
필실로 썼다. 더 이상 바랄 게 없는 이상향을 만들어낸 것이다.

이랴쩌랴 소 모는 소리

구름 속에 들리고
하늘 찌른 푸른 봉우리엔
비늘같은 발골 즐비하네
견우직녀 왜 구태여
까막까치 기다리나
은하수 서쪽 나루
달이 걸려 배 같은데

—「산행」

시가 절로 나오고 노래가 절로 흥얼거려진다. 틈틈이 시를 쓰고
노래를 한다. 홍대용이 죽고 일체 끊었던 노래였지만 입속으로 절
로 흥얼거려져 나오는 것은 어찌할 수가 없다. 그저 즐거운 것이
다. 던져두었던 철금을 타는 시간이 늘었다.

그러는 가운데 지난번 임지로 내려오면서 들러 만났던 경상감
사 정대용에게 편지를 써 잘못된 옥사 심리에 대한 소견을 적어보
내기도 한다.

문경새재 조령관문을 통해 임지로 내려오면서 연암은 경상 감
영에 들러 정대용을 만났던 것인데 감사는 여기 며칠 묵으며 심리
를 좀 해달라 부탁을 했었다. 그동안 밀린 송사 처리를 연암에게
부탁한 것은 연암이 한성부 판관을 지낸 경험도 있었지만 그 소설
가적 추리력 하나는 당할 자가 없음을 믿었기 때문이었다.

연암은 그때 심리했던 사건들을 다시 한 번 곰곰이 생각해 재심
청구를 한다. 안의의 현안문제를 우선 급한 대로 해결하고 보니

문득 그때 미진하게 처리했던 사건들이 떠올라 견딜 수가 없었던 것이다.

연암은 한 가지 일을 붙들면 물고 늘어지는 성격인지라 밤낮이 없다.

그러한 연암을 걱정하는 여인이 생겼다.

"밤이 깊었습니다."

"알았네. 내 이것만 쓰고 잠세."

그때는 미처 생각지 못했던 사건의 전말이 이제 와 줄줄이 떠오르는 연암이다. 이를 그냥 지나칠 수 없음은 두말 할 나위 없이 지금 여기 살고 있는 이 여인, 자미처럼 억울한 일을 당한 사람들의 외침 소리가 불현듯 그를 흔들어 깨웠기 때문이다.

"한시도 쉴 틈 없이 일을 하고 계신데 뭘 그리 골몰하시는지요?"

"내 자네 같은 억울한 사람들이 떠올라서 견딜 수가 없다네."

"그게 무슨 말씀이신지요?"

"이걸 한번 읽어보겠나?"

연암은 쓰다만 편지를 내밀어 보인다.

"저야 언문이야 알지만 한문이야 읽을 수 있습니까?"

"아, 참 그랬었지. 이를 어쩌지? 나는 언문을 모르고 그대는 한문을 모르고."

"그러면 이야기를 해주시면 되질 않겠습니까?"

"하긴 그렇군."

연암은 이야기를 시작한다.

"현풍에 살인사건이 있었는데 그 아비와 자식이 서로 발뺌을 해서 누가 원범인지를 가려낼 수 없었다네."

"그래 가지고야 어떻게 알겠어요. 좀 더 자세히 말씀해 보세요."

"허어, 자네가 판관인가?"

"판관이 아니더라도 들어보면 알잖습니까?"

현풍에 복련이란 자가 있어 어떤 자와 싸움이 벌어져 살인을 저질렀다. 그런데 범인으로 지목된 자는 둘이다. 그 아들과 아비 된 자인데 서로 자기가 범인이 아니란 것이다. 그 아들 된 삭손이란 자는 그 당시 같은 집에 있긴 있었지만 배가 아파 누워 있었단 것이다. 지나가던 행인이라 할지라도 죽기 살기로 싸우는 걸 보면 가서 말리거나 한패가 되어 싸울 터인데 어찌 그 아들 된 자가 아비의 싸움을 그냥 두고 볼 것인가? 아비의 편을 들어 상대를 때려 눕히는 것이 인지상정이겠거늘 죽어도 그런 일은 없었다고 잡아뗀다.

"그러면 나리께서는 그 아들이 범인이라는 말씀이신가요?"

"그건 자백을 받아내기 전에는 모르는 일이지. 그렇지만…."

그 죗값은 달라진다. 우발적인 살인죄는 작고, 꾸며서 둘러댄 죄는 크다.

"그렇다면 나리께서는 누가 거짓말을 한다고 생각하시는 건가요?"

"자네는 어떤가?"

"제가 생각하기에는… ."

135

송장방사

"나도 그 진위에 대해서는 추단할 수가 없네. 범인들이 설토하고 증거를 잡기 전에는 그 어떤 단죄도 할 수 없는 것이 심리네."

"그렇지만 그 자식 된 자가 아비를 위해 상대를 죽였다면…."

"그건 싸움을 말리다 그리 됐으니 우연 살인인 게지."

그런데 저 바보 같은 것들이 서로 아니라고 우기니 이게 어찌 부자지간에 할 짓이냐는 것이다.

"그러니까 서로 자기가 그랬다고 해야 옳단 말씀이신가요?"

"그게 인지상정이지 않은가?"

이들이 정상적인 부자지간이라면 서로 자기가 범인이라고 우겨야 마땅하다. 그런데 서로 아니라 발뺌하니 이게 어떻게 가족이라 하겠는가?

"참으로 개탄스러운 일입니다."

"자네도 그리 생각하지?"

연암은 이런 의혹 사건은 이웃 고을 함양에서도 일어났다고 한다. 함양 사람 장수원이 한조롱이란 계집을 치사한 사건인데 초검과 복검 모두 한조롱이 스스로 물에 빠져 죽은 것으로 돼 있다. 그러나 그 원인을 조사해 보면 장수원이 한조롱을 겁탈하려고 한 데서부터 기인한다.

"그건 증거가 있나요?"

"허어, 이 사람 판관 다 됐네?"

한조롱은 장수원의 머리에서 뽑은 머리칼 한줌을 남동생에게 주며 울며 부탁했다 한다. 무엇 때문에 그리했을 것인가? 상대방의 머리칼을 쥐어뜯으며 순결을 더럽히지 않으려고 저항했음을 시사하는 것이 아닌가?

"그에 대해 장수원은 뭐랬는데요?"

"장수원은 호미를 빌리러 갔더니 한조롱이 오히려 길쌈을 하다 말고 자기를 유혹하려 했다, 증언을 했다네."

"그게 말이 되요?"

"그러게 말일세."

그렇지만 사건의 심리란 정황만 가지고 판단을 내릴 수가 없다. 명백한 증거가 있어야 한다.

"그렇다면 작정을 하고 우기면 되겠네요?"

"그렇다네."

그게 법의 맹점이란다. 아무리 법이 엄해도 물증이 없으면 단죄할 수 없다. 때문에 설토를 받아내기 위해 고문을 하게 된다.

"그렇다면 저들도 물고를 내면 되겠네요?"

"물고를 내도 불지 않는 지독한 자들이 있고, 그 이전에 돈으로 사람을 매수하는 경우도 있으니…."

법이 제대로 지켜지지 않는 경우가 허다하단다.

현풍 사건의 경우는 똥고집으로 버티는 축이고, 함양 사건의 경우는 돈으로 심리를 맡은 자를 매수한 축에 든다.

"그러니 내가 어찌 잠만 자고 있을 수 있겠는가?"

다시 사건을 재심할 것을 부탁하는 서찰을 쓴다는 것이다.

"그래도 몸을 생각하셔야지요."

연암은 요즘 부쩍 이앓이를 심하게 하고 있다. 그동안 부실하게 먹은 탓도 있었겠지만 날이 갈수록 건강에 자신이 없어진다. 그렇다고 하던 일을 안 할 수는 없다.

"한 장만 더 쓰면 되니까 걱정 말고 들어가게."

이건 아주 고약한 사건이라 한다.

"그게 뭔데요?"

그건 비밀이라 한다. 연암은 지금 이 여인이 당한 억울한 사건을 조사해 줄 것을 청원하는 편지를 쓰고 있던 중이었다.

경상감사 정대용은 그래도 깨친 자로서 시시비비를 옳게 가릴 줄 아는 덕목을 가졌다고 믿는 연암이다. 그러나 그에 앞서 연암이 부진한 심리의 재론을 청하는 편지를 쓰는 이유는 이 여인에 대한 심리요청을 하기 위함이다. 그런데 그 속내도 모르고 자미는 자꾸 쉬라고만 한다. 쉬라고 하는 그 속내는 또 무엇이겠는가? 자미도 어쩔 수 없는 여자가 아닌가.

이렇게 하풍죽로당의 밤은 깊어간다.

하나가 들어오면 하나가 나가는 법인가. 부르면 달려와 시종을 들던 부들이 시집을 간다고 부산을 뜬다. 그런데 신랑감이 병이 들어 있다고 한다. 그것도 지병이 깊어 자리보전하고 누운 지 오래란다.

"왜 하필이면 그런 집에?"

"워낙 못사니까 그렇겠지요."

"그 집은 부잔가?"

"그렇다나 봐요."

연암은 통인 박상효를 불러 묻는다.

"네가 그 집에다가 조카를 팔아먹으려는 것이냐?"

"아니옵니다."

"내 듣자하니 지참금을 받고 판다는 소문이 있던데, 그게 사실이 아니더냐?"

"아니옵니다. 절대 그런 게 아닙니다."

천부당만부당 하다고 펄펄 뛰는 통인을 보며 연암은 안타까움을 금치 못한다. 입치레를 덜기 위해 아픈 병자한테 시집을 보내는 장본인의 마음이야 오죽하랴? 옆에서 보는 이보다 그 장본인이 더 쓰라릴 것이다.

연암은 부들이를 불러 그동안 노고를 치하하며,

"그래 가서 잘 살아라."

엽전 몇 푼을 쥐어준다.

여자의 일생은 세 번 바뀐다고 했다. 그 첫 번째는 이 세상에 태어날 때 타고나는 복이고, 두 번째는 지아비를 만나 시집 갈 때이며, 세 번째 운명은 자식 복이라고 한다. 이제 두 번째 운명에 도전하는 부들이에게 복을 비는 연암이다.

"그동안 이 늙은이 수발 드느라 애썼다."

부들이는 이제 이곳을 떠나 낯선 곳으로 가는 게 두려운지 말이 없다. 그전 같았으면 천지분간도 못하고 웃고 떠들고 지껄여댔을 텐데 입을 다물었다.

"가거든 부디 잘 살아라."

이 한마디를 남기고 부들이를 돌려보낸 연암은 곧 연지로 간다. 이 연지를 파고 물을 끌어댔을 때 냇물에 가 물고기들을 잡아다 넣은 것은 부들이였다.

'이건 버들피리고요, 또 이건 중태라는 고기여요.'

연못 속에서 부들이 낭랑하게 지껄이는 소리가 들린다.

그 소리에 어울려 막내 종채의 얼굴이 떠오른다. 아마 나이가 비슷했을 거야. 그러면서도 한번도 나이를 물어보지 않았던 부들이다. 그런 아이가 시집을 간다니, 그렇다면 종채도 장가를 들여야 될 때가 된 것이 아니냐? 문득 중차대한 일을 잊고 있었다는 생각이 떠오른다.

혼사는 인륜지대사다. 사람이 사람으로 태어나 혼인을 맺어 배필을 정하고 후사를 보는 것은 인간의 가장 기본적인 일이다. 조상이 나를 낳아 길러주었으므로 후손이 있듯 후손은 또 누군가의 조상이 되어야 한다. 그 일을 소홀히 하는 것은 조상에게 죄짓는 일이며 천륜을 깨뜨리는 일이다.

그러한 대사를 맺어주는 일 또한 부모 된 자의 도리다.

연암은 문득 새로운 천리를 깨달아 얻은 것처럼 연못가를 돌며 생각에 잠긴다. 자미를 만난 일에서부터 부들이의 혼사에 이르기까지 어느 한 가지도 우연스럽게 된 일 같지가 않다는 생각이다. 그 무언지 모르는 일이 계획적으로 벌어지고 있다는 느낌이다. 이게 하늘의 천리인가? 자미가 없는 상태에서 부들이 저렇게 훌쩍 혼인을 해 떠나버린다면 자질구레한 집안일을 누가 뒤치다꺼리했을 것인가? 아무리 혼자 사는 홀아비살림이라고 해도 뒷일은 많다. 그렇다면 '까마귀 날자 배 떨어지는 격'이 아니라 '배 떨어지기 전에 상보 펴놓은 격'이 아닌가? 그동안 부들의 수고가 없었던들 먹고 입는 차림새가 말이 아니었을 것이다. 그렇다면 그 자리를 메우기 위해서 자미라도 붙들고 살아야 할 것인가? 그런데….

한편으로 생각하면 미리부터 누군가 '상보를 펴놓은 게' 아닐까?

일이 그렇게 되도록 상황을 만드는 것 같다는 느낌이 들기도 하는 연암이었다.

"나으리, 손님이 찾아오셨는데요?"

연못가를 돌며 언뜻 이러한 생각을 하고 있는데 통인이 손님의 내방을 알려온다.

"뉘시라든가?"

"절에서 왔다 합니다."

"절이라? 무슨 절이라 하든가."

"승안사에서 오셨다는 것 같던데 잘은 모르겠습니다."

통인이 채 물러가기도 전에 승복도 입지 않은 까까머리가 성큼성큼 제 발로 걸어오는 것이 보인다. 걸음걸이와 생김이 어쩐지 눈에 익은 얼굴 같다.

"저를 기억하시겠습니까?"

부임하던 첫날 남계서원에서 만났던 그 몽구리(중을 놀림조로 이르는 말)다.

"기억하다마다요. 그 뒤에 한참을 찾았습니다."

"그러니 내 이렇게 다시 나타나지 않았습니까?"

"허어, 참."

두 사람은 격의 없이 이렇게 만났다.

"소승 경윤이라 합니다."

그때는 수인사도 나눌 새 없이 헤어졌다며 이렇게 다시 인사를 한다. 그 다음 말이 또 걸작이다.

"뒷간이 하도 급해 다녀오니까 벌써 가고 안 계십디다."

그 뒤로 동안거에 들었다가 금강산을 다녀 돌아오느라 상면이 늦었다 한다.

"내 돌아오는 길에 팔공산 동화사에서 누굴 만날 줄 아십니까?"

경윤은 동화사에서 경상감사 정대용을 만났노라 한다.

"영감이 안의현감 칭찬을 대단히 합디다."

"칭찬을요?"

"문장가로서 뿐만 아니라 명판관으로서의 명망도 세워주더군요."

"허어, 그 친구 참…. 별소릴 다하던 모양이지요?"

칭찬은 아무리 해도 넘치는 법이 없다. 두 사람은 이렇게 의기투합해 연지를 지나 공작관으로 든다.

공작관은 연암이 새로 만든 작은 서실로 젊어 한때 '공작관'이라는 호를 썼을 만큼 귀히 여기는 말뜻이 담겨 있다. 공작은 아름다운 날개를 가지고 있다. 한 번 펼치면 천하의 아름다움이 거기다 모여 있다 할 정도로 화려한 문양을 선보인다.

그러나 연암은 글에 있어서는, 적어도 글의 문체만큼은 그런 화려함을 나타내 보여서는 안 된다고 믿는다. 때문에 스스로 공작관이라는 호를 지어 씀으로써 겉치레만 화려한 문체에 대한 경계를 삼으려 했던 것이다.

그렇다면 글은 어떠해야 하는가?

―반드시 옛것을 모범으로 삼아야 한다고 사람들은 말한다. 그리하여 세상에는 마침내 옛것을 모방하면서도 부끄러운 줄 모르는 사람들이 생겨나게 되었다. … 그렇다면 새것을 만들어야 하겠지. 그리하여 세상에는 마침내 괴상하고 허황되고 지나치고 치우친 글을 쓰면서도 두려워 할 줄 모르는 이들이 생겨나게 되었다. …그렇다면 어찌해야 좋단 말인가. 우린 장차 어찌해야 좋단 말인가. 글쓰기를 그만 두어야 할 것인가?

박제가의 『초정집』에 붙여 써준 연암의 서문이다.

"이 책을 구해 읽고 있는 중입니다."

경윤은 뜬금없이 연암의 서문이 들어 있는 『초정집』을 꺼내 보인다.

"대단합니다, 대단해. 바야흐로 새 문장의 도래입니다."

경윤은 이거야말로 새로운 문체혁신이라고 한다.

"내 진작 이런 개혁가를 만나지 못한 것이 한스럽습니다."

한참을 혼자 지껄이던 승안사 몽구리는 '곡차라도 한잔 내오시지 그러십니까?' 하며 '유붕이자원방래하니 그 또한 기쁘지 아니한가?' 하고 스스로 친구 되었음을 자랑스러워 한다. 이토록 괴이한 인물이 또 있을까 싶었지만 연암은 반갑다. 워낙이 낙백한 곳이라 자신을 알아주는 사람이 생겼다는 그 자체만으로도 이리 반가울 수가 없다.

문체반정

하루는 규장각에 들른 정조 임금이 직각 남공철에게 이렇게 하문한다.

"연암의 소식은 있는가?"

남공철이 연암과는 각별한 친분이 있는 사이라 그렇게 물었을 것이다.

"예. 충심을 다해 일하고 있는 줄 압니다."

"내 그럴 줄 알았어. 역시 연암이야."

임금은 연암에 대한 칭찬을 아끼지 않았다. 가난한 선비 출신이라 탐관을 할 줄 알았는데 그렇지 않더라는 이야기였다. 이미 관찰사로부터 연암의 근황을 보고받은 임금으로서는 흡족하지 않을 수 없었을 일이다. 관찰사는 판관이 보고 듣고 말한 그대로를 전하며 연암의 강직함과 충심을 칭찬했던 것인데, 그중에서도 부임 첫날의 인상을 소상히 아뢰었던 바 임금은 그 일이 특히 마음에 들었던 것 같다. 연암이 홀아비살림을 살면서 아직 관복 한 벌을 못 맞춰 입을 정도라니 그게 말이 되느냐? 누굴 시켜서라도 새 옷 한 벌쯤은 지어 입혀야 하지 않겠느냐 했다.

"아니, 아니, 그보다는 옷 지어 입힐 여자가 필요하지 않을까."

그러나 막상 그 다음 말이 문제였다.

"근래 문장이 이렇게 변한 것은 모두 연암의 잘못인 게야. 『열하일기』이후 모든 문체가 이리 변한 것이지. 내『열하일기』를 읽어보아 아는데 감추거나 속일 수 없을 것이야."

그러면서 임금은 연암에게 바른 글을 지어 올려 문체를 흐트러뜨린 잘못을 만회하라 했다. 이러한 분부는 연암에게 뿐만 아니라 연암의 문체를 본떠 새로운 문체를 쓰기 시작한 신진개혁파들에게 이미 내려진 엄명이었다.

"잘못을 인정하고 순정한 글을 써 올리면 제학의 자리라도 아깝지 않을 것이지만 만약 말을 듣지 않으면 벌을 내릴 것이야."

문장에 대한 기강이 흐트러지면 사회기강이 어긋난다는 임금의 결의는 단호하다. 이는 글이 곧 그 사람이라는 옛 선인의 뜻과 일치하는 사상일 것이다. 그렇지만 그게 다는 아니다. 이런 걸 '문치'라고 믿는 수구적 노론벽파들은 정조의 신진개혁의지가 이러한 문체혁신에서 온다고 트집을 잡아 압박을 가해, 임금도 할 수 없이 연암에게 이 일의 일부 책임을 묻지 않을 수 없게 되었다.

"그 문제는 신이 알아서 처리하겠습니다."

조정은 아직도 파당이 그치지 않고 임금의 개혁의지는 조정 중신들의 압력에서 자유롭지 못하다. 억울하게 죽은 아버지 사도세자의 한을 풀기 위해 수은묘를 화산의 현륭원으로 옮기고 한강에

주교를 놓아 능행을 하고 화성을 쌓아 남모르는 천도를 계획하고 있었지만 아직도 때를 얻지 못한 임금이다. 노론은 끊임없이 임금의 목을 조이고 있었으니 그 첫 번째 트집이 진산사건으로 벌어졌고 두 번째가 이 문체반정으로 이어지고 있는 중이다.

남공철은 임금의 이러한 입장과 처지를 생각해서라도 새로운 글을 지어 바쳐 중신들에게 시달리는 왕의 체면을 세워줄 것을 종용하는 편지를 쓰지 않을 수 없게 되었다.

그러나 연암은 공작관 문고라는 책을 펼 요량으로 자서를 쓰던 중이었다.

─글을 지으려 붓을 들기만 하면 옛말에 어떤 좋은 문장이 있었는가를 생각한다든가 억지로 경전의 그럴듯한 말을 뒤지면서 그 뜻을 빌려와 근엄하게 꾸미고 매 글자마다 엄숙하게 보이도록 만드는 사람은, 마치 화공을 불러 초상화를 그릴 때 용모를 싹 고치고서 화공 앞에 앉아 있는 자와 같다. 눈을 뜨고 있되 눈동자는 움직이지 않으며 옷의 주름은 쫙 펴져 있어 평상시 모습과 너무나 다르니 아무리 뛰어난 화공인들 그 참모습을 그려낼 수 있겠는가?

글을 짓는 것은 사실적이고 진실해야 한다.

이러니 남공철의 편지가 눈에 들 리 없는 연암이다.

그렇지만 임금의 체면을 세우는 일에 있어서야 어찌하랴. 일개 현감이 임금과 맞먹을 것인가? '광에서 인심난다'고 권력에서 더 큰 덕이 생겨난다. 권력이 펼칠 수 있는 더 큰 일을 위해 한 번쯤 자존심을 꺾고 저들이 말하는 '순정고문'을 써 올릴 수밖에 더 있겠는가.

그러나 연암은 아직 그 글을 쓰지 않았다. 신하로서의 박지원이 있는가 하면 소설가 연암도 있을 수 있는 것이다. 나랏일이야 그만두면 될 일이지만 작가는 그만둘 수 없다. 그만두고 안 두고의 문제가 아니라 그게 곧 자기 자신인 것이다. 많은 사람들이 글재주로서 벼슬을 얻어 살지만 연암은 글 그 자체가 곧 생명인 것처럼 여겨지는 작가인 것이다. 공자는 글은 곧 그 사람이라 했다. 속이 빈 나무에선 속이 빈 소리가 나고 속이 찬 나무에선 속이 찬 소리가 나온다 했다. 글은 곧 글 쓴 이의 얼굴이다. 그러한 그에게 자신이 쓴 글에 대한 반성문을 지어 바치라는 게 그게 어디 합당한 소리인가. 글 내용이 잘못된 것도 아니고 글로 인해 누군가 명예를 실추당한 것도 아닌데 왜 그 글이 잘못되었다고 반성해야 할 것인가? 세상은 변하고 문체도 변한다. 문체를 변화시켰다고 그게 뭐 잘못이란 말인가. 아무리 임금의 체면을 세우기 위한 일이라지만 그 일을 왜 작가가 떠맡아야 하는가? 연암은 정치적 소용돌이 속에 들어가 휘말리고 싶지 않다. 이 따위 관직이 뭐가 그리 대단하다고 잘못도 없는데 잘못을 빌고 자리보전에 연연할 것인가. 다시 제비바위골에 들어가 나물 먹고 물 마시고 살더라도 그런 일은 있을 수 없다고 다짐한다.

"박제가가 「비옥희음송」이라는 자송문을 지어 바쳤다고 들었습니다."

어떻게 알았는지, 경윤은 넌지시 이 일에 대해 묻는다.

그 일에 대해선 금시초문인 연암이다.

"초정이 어지간히도 급했던 모양이구먼."

코를 처박고 살다보니 한양 소식에 둔감해진 탓일까? 경윤의 입에서 나오는 소리마다 새롭다.

"그런데 박제가는 '배움이 지극하지 못한 것은 진실로 신의 잘못입니다. 그렇지만 천성이 다른 것은 신의 잘못이 아니다' 라고 했다더군요."

"초정의 고집이라면 그럴 만도 하지."

"이덕무도 자송문을 썼다 합디다."

연암은 순간 뒤통수가 섬뜩함을 느낀다.

이덕무는 자송문을 쓴 며칠 뒤 세상을 떴다고 한다.

"아정이 죽었다고요?"

도대체 어떻게 살았기에 지인들이 이렇듯 수난을 당하고 있는데도 까마득하게 모르고 있었단 말인가? 그동안 뭐한다고 세상 돌아가는 꼴을 잊고 살았단 말인가.

아정 이덕무는 세상 모든 서책을 다 읽었다 할 정도로 많은 독서를 했고 특하나 연암의 글을 좋아해 거의 암송하고 있을 정도였다. 그러한 친구가 죽다니! 아직 부고도 도착하기 전에 전혀 엉뚱한 사람을 통해 부음을 듣는 연암의 마음은 착잡하기 그지없다.

"그런데 경윤은 어떻게 그런 소식들을 다 알고 있소?"

"저야 뭐 떠도는 사람이니까 귀가 넓질 않겠습니까?"

그러면서 자기 귀를 자기 손으로 끌어당겨 '당나귀 귀' 라는 경윤이다.

연암도 한때는 역마살에 씌어, 저런 소리를 해가며 천하를 주유하던 때가 있었다. 어쩌다가 이렇게 옭매인 신세가 되었는가? 이제 먹여 살려야 할 식솔도 없는데 무엇 때문에 세상 돌아가는 줄도 모르고 친구가 죽은 줄도 모르고 이리 바쁘게 산단 말인가?

"사람이 출세를 하려면 귀와 발이 빨라야 하는데…."

그렇지 못하다는 연암의 말에 경윤은 이렇게 대꾸한다.

"만냥태수야 그렇겠지만 천금태수가 어찌 그런 말씀을 다하십니까?"

만냥태수란 녹봉을 만 냥이나 받는다는 말이고, 천냥태수는 그에 비해 녹봉이 낮은, 그러니까 청리를 두고 하는 말일 터였다.

"내가 그렇게 보이십니까?"

경윤은 하풍죽로당에 있는 물건들, 서책 몇 권과 크지 않은 칼한 자루, 그리고 철금 하나뿐인 재산목록을 보고 그렇게 생각했다 하며 사람을 잘못 봤다면 용서하라고 한다. 연암은 면전에 사람을 두고 그렇게 말하는 건 아부가 아니냐고 되레 면박을 준다.

"사람 앞에 두고 그렇게 과찬의 말씀을 하면 제가 오히려 송구스럽지요."

두 사람은 이렇게 만나자마자 의기투합했다.

"그래 어쩌실 작정입니까?"

"무얼 말씀입니까?"

"그 자송문인가, 뭔가 말입니다."

"내가 반성할 게 있어야 반성을 하지요."

연암은 코골이 이야기를 비유로 들어 말한다.

"어떤 사람이 자면서 코를 골아요. 이 자가 한번 코를 골면 천정이 들썩거릴 정도입니다. 그런데도 다른 사람이 일러 코를 골았다 하면 '내가 언제 그랬느냐' 며 오히려 역정을 내요."

그리고 또 한 이야기를 한다.

"어떤 아이가 귀에서 소리가 나요. 매미 소리 같기도 하고 풀벌레 소리 같기도 한 이명이 계속되는 거예요. 아이는 그것이 신기해 동무들에게 이 소릴 들어보라며 자기 귀를 갖다대는 거예요."

그렇지만 다른 사람들은 아이의 귀에서 나는 소리를 들을 수가 없다.

이 두 가지 비유에서 연암은 무엇을 말하려 했던가? 경윤은 얼른 그 뜻을 알아챈다. 자기 혼자 아는 것을 남이 못 알아준다고 안타깝게 여길 것도 없고 자기가 모른다고 해서 자기 잘못을 남이 먼저 깨닫는 것을 싫어할 까닭도 없다는 뜻이었을 게다.

"문장이라는 게 이런 것입니다."

연암은 쓰고 있던 『공작관문고자서』에 관한 글을 보여준다. 마지막 구절은 이렇게 끝나있다.

— 쯧쯧, 제 혼자 아는 게 있을 경우 남이 그걸 모르는 것을 걱정하고 자기가 미처 깨닫지 못한 것이 있을 경우 남이 먼저 깨닫는 걸 싫어한다. 어찌 코와 귀에만 이런 병통이 있겠는가? 문장의 경우는 이보다 더 심하다. 이명은 병이건만 남이 알아주지 않는다고 답답해하니 병이 아닌 경우에는 말할 나위가 있겠는가? 그러므로 이 책의 독자가 이 책을 하찮은 기와조각이나 돌멩이처럼 여겨버리지 않는다면 저 화공의 그림에서 흉악한 도적놈의 험상궂은 모습을 보게 되듯이 진실함을 볼 수 있으리니 설사 이명은 듣지 못하더라도 나의 코골이를 일깨워준다면 그것이 아마도 글쓴이의

본의일 것이다.

"허어, 이러니 그럴 만도 하겠습니다."

"'이러니' 라니요?"

연암은 경윤을 잡고 묻는다. 글을 쓴 사람은 글을 읽은 사람의 반응이 제일 궁금하다. 독자를 만나면 그 반응부터 살피는 게 작가다.

"자고로 새로운 것을 창조해내려면 어려움을 겪게 마련 아니겠습니까."

사람들은 낯익은 것에만 치중한다. 새로운 것에 대한 반발은 낯익은 것에 대한 익숙함 때문이다. 음식도 먹어본 음식이 입맛에 맞고 옷도 입던 옷이 편하다. 하물며 글에 있어서야.

"지금 연암의 문체를 두고 반기를 드는 것은 새로운 변화에 대한 두려움이기도 하지만 그로 인한 또 다른 개혁의지를 꺾으려 함이지요."

또 다른 개혁의지라면…. 화성천도를 뜻함인가? 경윤이 여기까지 알고 있다면 이 자는 깊숙이 정치에 관여하고 있는 자가 틀림없다.

연암은 거침없이 쏟아 내놓는 경윤의 말을 귀담아 듣고 있다.

"금상이 궁지에 내몰리신 게야."

지금 전국의 유생들이 하나같이 들고 일어나는 서학에 대한 반대와 새로운 문체에 대한 후폭풍을 한꺼번에 맞은 임금은 오갈데 없는 신세가 되었다. 그 돌파구의 쬠쇠가 되었으니, 그 장본인인 연암은 앞으로 각별히 몸조심에 힘써야 할 거라 충고하는 경윤이다.

"영감께선 앞으로 각별히 몸조심을 해야 할 게요."

시골이라고 어디 그 풍파가 그냥 지나가겠느냐.

"이런 골짜기일수록 바람은 드센 법입니다."

연암이 묻는다.

"도대체 제게 뭘 말씀하시려는지요?"

그 요지를 일러달라는 연암에게 경윤은 이렇게 말한다.

"승안사에 다듬다 만 미륵불이 하나 있습니다."

승안사는 무학대사가 용추골 은신처에 숨어 있을 때 잠시 함께 그를 보살폈던 보살님이 개창한 절로 자기로서는 윗대 선조가 된다 했다. 내력이야 어떻든 승안산 자연석을 다듬어 만들던 미륵불이 하나 있는데 벌써 여러 대를 거쳐 갈고 닦는 작업을 계속하고 있단다. 몇 대에 걸쳐 이제 겨우 그 윤곽이 드러났다 한다.

"제가 그걸 다 만들고 나면 절 문을 닫을 것입니다."

"그건 또 무슨 말씀이신지요?"

불상이 다듬어지면 중창불사를 해야지 스스로 절을 폐사하다니요? 연암은 언젠가 이 자에 대해 이상한 소문을 들은 것 같아 어디서 어디까지가 참말이고 허풍인지를 가늠할 수가 없다. 그나저나 이야기의 요체가 무언가? 잠시 곁길로 접어드는 대화의 요지를 바로잡는다.

"그 미륵불과 제 문체에는 어떤 연관성이 있습니까?"

"그 미륵불이 말입니다…. 미륵이 아니라 사람의 모습을 하고 있다 이 말씀입니다. 가서 보면 알겠지만 꼭 영감을 닮은 펑퍼짐

한 천하태평인 인간의 모양새랍니다."

연암은 순간 무언가에 홀린 느낌을 받는다.

"부처를 부처로 만들지 않고 대중 세상으로 끌어내렸다, 이 말씀이신 게로군요?"

"역시 영감이십니다."

경윤은 무릎을 탁 쳤다. 불상을 틀에 박힌 불상의 형태로 만들지 않고 내 맘속에 들어 있는 형상대로 만들었으니 누가 그걸 불상으로 인정해 주겠느냐 이 말이다. 이미 정형화된 불상의 격식이 있는데 그걸 무시하고 사람의 형상을 한 미륵보살을 만들어놓았으니 누가 인정을 하겠느냐는 것이다. 부처를 부처답게 만들어야지 왜 사람처럼 만들어놓았느냐고 아우성이란다. 그런데 부처의 참모습이 어디 있느냐? 부처는 자성(自性)이다. 부처는 내 맘속에 품고 있는 자기 성질이다. 내 맘인 것이다. 내 맘속의 진정성을 찾는 것이 불성이다. 그런데 그게 나무나 돌로 만든 일정한 모양새에 있다고 생각하니 답답하단 것이다. 왜 불상은 꼭 가부좌를 틀고 앉아야 하며 육계가 있어야 하고 수인이 한결같아야 하는가? 그걸 달리 했다고 불상이 아닐 것인가?

"새로운 것을 창조해낸다는 것이 그런 겁니다."

마음속의 미륵불보다는 이미 다른 데서 보아왔던 틀에 박힌 불상을 모셔야 한다는 것이 일반 대중들이다. 그게 한 치라도 틀리면 그만 당혹해하고 거부한다는 것이다.

"제 비유가 맞을지 모르겠지요…."

경윤은 창작의 의미를 정확히 짚어냈다. 창작은 있었던 것을 본

받는 것이 아니라 있을 법한 일을 만들어내는 작업이다.

"언제 그 미륵불을 한번 보고 싶습니다."

"그러시지요. 머잖아 점안을 하게 될 겁니다. 그때 와서 보시지요. 점안을 끝내고는 곧 묻어버릴 작정이니까요."

경윤은 더 이상 절이 필요하지 않다 한다.

"절은 이미 내 마음속에 있는 절로 족하지요. 무슨 절집이 필요하겠습니까?"

연암은 갈수록 천의무봉한 경윤이 마음에 든다.

"양주 회암사에 내 할아버지 무학의 홍륭탑이 세워져 있고 금강산에서 입적하셨다고들 하지만 그 사실인적선 무학은 여기 묻혔거든요? 거기 있는 것은 빈껍데기들입니다."

양주 회암사는 연암도 가봐서 알고 있다. 천보산 회암사는 고려 충숙왕 때 지공선사가 창건한 절이다. 조선왕조가 들어서면서 한양천도를 성공시킨 무학대사가 거기 머물 때 왕실의 보호를 받아 대찰이 되었다.

조선왕조를 세운 태조 이성계는 거듭되는 왕자들의 난을 피해 함흥으로 들어갔다가 저 유명한 '함흥차사'라는 말을 만들어낼 정도로 피폐한 꼴을 보이다가 말년을 쓸쓸하게 보냈다. 이 무렵 무학은 그의 곁을 떠나 안의로 내려와 용추골 은신처로 피신하여 은둔생활을 하였다.

"할아버지께서는 은신처도 위험하다 생각하여 승안산으로 거처를 옮겼지요."

승안산은 자그만 마을 뒷산으로 그저 아무나 농사짓고 살 수 있는 그런 골짜기다. 그렇게 농사짓고 살았으니 눈에 특별히 띌 리 없었다. 거기 속가의 외가가 있었다. 그때까지만 해도 외할머니가 살아계셨고 의지가지없는 무학의 말년을 거둔 것은 무학의 외할머니란다. 그렇게 내려온 게 승안사라는 경윤은,

"나는 절도 속도 아닌 인물이지만 내 목숨 붙어 있는 한, 한 가지 일은 반드시 해내고 말 겁니다."

"그게 무엇인지요?"

"제 대에서 이 고리들을 끊어버릴 작정입니다."

"드디어 해탈을 할 작정이시군요."

연암은 약간 빈정거렸지만 경윤은 진지하다.

때문에 자신은 장가도 들지 않았고 후손을 남기지도 않았다. 그리고 중·고조할아버지 대로 거슬러 올라가는 무학이 만든 절을 제 손으로 스스로 폐사시키고 할아버지가 만들다 둔 미륵불도 눈을 쪼아 점안한 뒤 땅속에 묻어버릴 작정이란다.

"이제 곧 미래불이 올 겁니다."

그러니 돌조각이 무슨 소용이 있겠는가? 연암은 이 뜬금없는 소리들이 공허하게 들리지 않았다. 그리고 미친 자의 잠꼬대같이 들리지도 않았다. 세상에 많은 기인들을 본 연암이었지만 이런 기인도 또 있구나 싶은 게 경윤이라는 인물이다.

두 사람은 곧 의기투합해 다음날 아침까지 곡차를 마시기 시작했다.

이 자리에 연암은 자미를 불러 앉혔다.

"스님께 술 한잔 따라 올리세요."

"스님은 무슨 스님? 그냥 땡중이라 부르시우."

경윤은 아무렇지도 않게 자신을 그냥 땡중으로 대하란다. 스님 노릇도 잘하려면 한없이 어려운 고통을 감내해야 한다. 자기는 그런 수행 같은 건 겪고 싶지 않은 사람이다. 그저 배고프면 먹고 잠 오면 자는 한가로운 짐승이 되고 싶다는 것이다. 인간 노릇 하자면 그 역시 어려우니 인간이라는 이름도 치워버릴 수 있다면 치워버리고 싶단다.

"나는 모든 껍데기라는 껍데기는 다 벗어치우고 싶어요."

"그럴 수만 있다면 얼마나 좋겠소?"

그게 바로 해탈의 경지다.

"일찍이 신라의 원효가 그리했지요."

"하면 뭣합니까? 다시 요석공주한테 홀려간 걸요."

"여우한테 홀려가지 않은 남자가 어디 있겠습니까? 화담이 그랬고 국조 단군천신께서도 웅녀에 반한 걸요."

"하하, 그래서 이런 미인을 곁에 두고 사시는군요? 영감께서는…."

경윤은 드디어 자미를 대화 속으로 끌어들이기 시작한다.

"미인이시라니요? 당치도 않으신 말씀이십니다."

이번에는 자미가 고개를 들어 연암을 저어기 바라보며 하는 말이다. 그 눈에 한없는 애정이 서려 있다. 그동안 쌓은 정이 묻어나는 눈빛이다. 비록 정식 혼례를 올리지는 않았지만 그래도 한 이불 밑에서 다독거린 정이 있다.

"겸손의 말씀이십니다. 남의 부인을 두고 이런 결례의 말씀을 하면 안 되는 줄 압니다만, 골상 좋고 관상 좋으니 심상도 훌륭할 것으로 믿어지니 영감께서는 늦복이 터지신 겝니다."

"허어, 복채도 없이 앉은자리 상도 짚어보시오?"

"저 같은 돌중이 할 줄 아는 게 뭐 있겠습니까? 그저 들은풍월로 읊어보는 관재수라고만 생각하시고 고깝게 생각하거나 노여워하지는 마십시오."

경윤은 그저 술자리에서 웃자고 하는 이야기라며,

"이 여인은 맺힌 한이 너무 많아 이승에서는 다 풀지 못한다."

한다. 그런데도 요행히 대문장가를 만나 천추에 길이 남을 주인 공으로 남는다 한다. 이게 자기 같은 엉터리 수상가가 볼 수 있는 관상이란다.

"감히 저 같은 여자가 어찌 그런 영광스런 반열에 오를 운을 타고 났겠습니까?"

자미도 뜨문뜨문 이야기에 한몫을 하고 끼어든다.

"그걸 운이라고 말씀하십니까? 일종의 업보인 셈이지요."

전생에 쌓은 공덕이 있으니까 오늘의 인연이 생긴 것이란다.

"전 전생에 방앗간 참새였을 것이란 생각을 참 많이도 합니다."

자미도 지지 않는다.

"호오, 어찌 그런 생각을 하시게 됐습니까?"

경윤은 자미의 말에 경탄을 한다. 연암은 일찍이 많이 듣던 기상천외한 이야기들이라 별 새롭지 않다. 그런데도 경윤은 이 여자의 정체에 대해 온 신경을 곤두세우는 것 같다.

"하마 고려시대에나 태어나셨더라면 여장부가 되었을 것임이 틀림없습니다."

"이제 새로운 세상이 오고 있어요."

서학에는 여자들이 남정네들과 똑같이 행동하고 사는 이야기가 나온다. 그러면서 자기는 철저한 유교적 바탕에서 살고 있지만 자식들 대에 가서는 이미 제사를 지내지 않는 세상이 올지도 모른다. 세상은 빠르게 변하고 있다. 서학이 물밀 듯 밀어닥치는 소리가 들린다는 연암이다.

"일개 아녀자가 어찌 알겠습니까만 한 가지만 더 여쭙자면 유교국에서는 여자들한테만 강요하고 남자들은 해당되지 않은 부분이 너무 많은 것 같아요."

"허어, 이 사람 큰일 날 소릴 하고 있네 그려. 유교이념이 어찌 여자들만 옭아매고 남자들에게는 해당되지 않는다는 겐가?"

그건 법도 자체가 그래서 그런 게 아니라 시행과정에서 잘못이 있다는 연암이다. 남자들이 힘이 세니까 힘의 우위에 의해서 그렇게 된 것이지 애초 법도 자체가 그런 건 아니라 한다. 자미는 그래도 여자들한테만 불리한 조건들이 너무 많다 한다.

"확실히 자네는 깬 여성인 게야."

연암은 자미를 염려하였고 경윤은 그렇게 깬 여자와 함께 사는 남자는 행운이라는 말을 덧붙였다. 벌써 날이 밝고 있었다.

"복이 터졌습니다, 영감."

"암탉이 울면 집안이 망하지 않고?"

"듣는 자미 섭섭하옵니다."

자미의 눈꼬리가 올라간다. 술잔이 오간다.

동이 트자 두 사람은 의기투합하여 승안사로 향한다.

"영감도 성질 한번 참 급하십니다."

경윤은 연암의 성질머리를 탓하였다. 연암은 히죽 웃으며,

"궁금한 건 못 참거든요."

라고 한다. 연암은 말을 타고 가면서도 경윤이란 작자가 다듬는다는 미륵불이 대체 어떻게 생겼는지 궁금해 견딜 수가 없다. 그리고 풍수지리에 도통한 무학대사가 어찌하여 이곳을 택해 말년을 보냈다 하는가? 그것도 궁금해 견딜 수가 없다.

무학대사는 호가 자초다. 자초는 안의에서 멀리 떨어지지 않은 합천의 상기에서 농부 박인일의 아들로 태어났다. 말년을 금강산 진불암에서 보내다가 입적했다고 전해지나 속연의 외가 동네인 이곳에 머물며 마지막으로 자신을 닮은 불상을 다듬었다는 게 경윤의 이야기다. 합천이 생가고 이곳이 외가였다면 이곳을 연고지로 삼았을 가능성은 얼마든지 있다.

연암은 묘한 상상을 하며 승안사로 향한다.

절은 남계서원이 있는 마을에서 약간 북동쪽으로 재를 하나 넘어선 곳에 있었다. 그러나 고개 마루를 넘어서면 앞뒤가 캄캄한 함지박 속이다. 이런 곳에 어떻게 사람이 살 수 있을까 싶도록 후미진 곳이다.

"어떻습니까? 세상과 담 쌓고 살만한 곳이 아닙니까?"

은둔처로서는 가히 적당한 곳이긴 하다.

"나도 아버지로부터 우리 씨족의 내력을 듣고 깜짝 놀랐습니다."

할아버지가 여기다가 당신의 피붙이를 낳은 보살의 거처를 마련해두고 시름을 달래기 위해 돌을 다듬었다는 사실은 충격적이었다 한다.

"내가 이곳을 찾은 것은 불과 십여 년밖에 안 됐습니다."

십여 년 동안 그는 할아버지의 할아버지의 할아버지 자초가 시작한 미륵불 다듬기를 계속했다.

"당시 이방원은 할아버지 '무학 죽이기'에 혈안이 되었지요."

왕자의 난을 일으켜 왕위에 오른 이방원은 배불정책을 펴는 구실로 자초를 빌미로 삼았다. '승 자초는 사람들이 숭앙하였으나 끝내 그는 득도하지 못하였으며 이 같은 무리들은 노상행인과 같은 존재들이다. 따라서 불씨(佛氏)의 교(敎)는 무익하다'고 선포했다. 이씨 조선이 불교를 배척하고 인간의 도덕성을 강조하는 성리학을 국가이념으로 채택하였을 때 불교는 당연히 버려야 할 구습이었다.

"그 첫 희생자로 할아버지를 택하신 거지요."

그러니 그 할아버지의 원한을 갚는 일이 석상을 완성하는 일이라 믿었다는 경윤이다.

"나는 이 돌을 불상이라 말하고 싶지 않습니다."

경윤은 마침내 우뚝 선 돌을 가리키며 저건 불상이 아니라 그냥 '할아버지 미륵'이라고 말한다. 사람의 키보다는 약간 더 큰 자연석이다. 거기다가 울퉁불퉁 사람의 형상을 새겼다. 불상이 가져야 할 날렵함이나 신비함은 전혀 없다. 그저 투박하고 우둔하기 짝이 없는 모양새다.

"왜 이 모양이 되었겠어요?"

이게 바로 무학이 자신의 모습이란다.

"할아버지는 자기 자신에게서 불성을 찾아내려 하시었던 겁니다."

그래서 그 모양 그대로를 다듬으려고 노력했다는 경윤이다.

"그런데 이상하지 않아요? 이 모양새가 꼭 영감을 닮지 않았나요?"

경윤은 자기도취에 취해 이 석상이 연암을 닮았다고 우기고 있다.

"이것 봐. 귀도 축 늘어졌지, 두상도 커다랗지, 배도 불룩 나왔어요. 허어, 영락없는 안의현감 박지원이야."

경윤은 마치 실성한 사람처럼 정을 들고 망치를 찾아 돌을 쪼아대기 시작한다. 여태껏 본으로 삼을 인물이 없어 그 눈동자를 그려 넣지 못했다 한다.

"저 신라 화가 솔거가 그린 노송벽화에 새들이 날아와 앉았다가 떨어졌다지 않습니까?"

경윤은 이제 그런 미륵불을 완성하겠노라 중얼거린다.

"영감을 아주 닮은 눈을 만들어 넣고 싶어요."

연암은 그가 하는 대로 잠자코 있다. 이렇듯 열심히 자기 작품에 몰두하는 이를 본 적이 없다. 그가 왜 무엇 때문에 승도 속도 아닌 세계를 떠돌고 있는지 알 것만 같았다. 그는 세상의 틀이 아니라 있는 그대로를 그리고 싶은 것이다. 연암이 글을 쓸 때 자기 자신이 본 것을 있는 그대로 쓰고 싶은 것이나 마찬가지다. 연암은 여기서 또 하나의 진실을 발견한다. 그렇다면 자송문을 지어 바칠 이유가 없다. 제 하고 싶은 대로 할 수 있는 창작의 자유가 있질 않는가? 오늘 이렇게 경윤을 만나게 된 까닭이 여기 있지 않을까. 이거야말로 하늘이 내리신 계시가 아닐 수 없다.

"돌이란 후세에 길이 남겠지요?"

그래서 돌을 다듬는다는 경윤이다.

"그렇다면 글은 어떠한가요?"

연암이 묻는다.

"쓸 만한 글이라면 천추에 남겠지요?"

경윤의 말뜻을 깊이 새겨보는 연암이다. '쓸 만한 글'만이 남는다는 이야기다. 그렇다면 쓸 만하지 않은 글이란 어떤 글인가? 세태와 격식에 따른 글이다. 이미 그런 글은 얼마든지 늘리고 깔렸다. 새로운 글이라고 탄압을 받을지언정 남들이 다하고 남은 찌꺼기를 취할 순 없는 노릇이다.

경윤은 사마천을 이야기한다.

"사마천은 뼈를 깎아 글을 썼다 들었소."

사마천이 누군가? 그는 아버지의 유언인 『사기』를 완성하기 위해 궁형을 택한다. 궁형을 받느니 차라리 죽음을 택하는 편이 낫다고 하는 사람들의 생각과는 달리 그가 굳이 목숨을 벌기 위해 궁형을 택했기 때문에 불후의 명작인 『사기』가 남게 된 것이다. 이게 글 쓰는 사람들에게 내려진 운명이다.

"오늘 나를 이리로 데려온 까닭을 알 것 같소."

"나무관세음….“

"옴마니반메훔."

연암도 장난삼아 서역 불경 한 토막을 왼다.

"그런데 한 가지 궁금한 게 있어요."

"무엇인가요?"

"왜 굳이 있는 절을 폐사시키고, 애써 만든 불상을 묻어버리려 하는지요?"

경윤은 이 질문에 전혀 예상도 못했던 답변을 한다.

"이제 새로운 신이 내릴 것입니다."

시간이야 걸리겠지만 새로운 믿음의 세상이 올 것이란 이야기를 서슴없이 하는 경윤이다. 고려가 불교의 시대였다가 이씨가 조선을 창업하면서 유교로 바뀌었듯이 앞으로는 천주학쟁이들이 득세할 것이라는 예단이다. 그 일을 아마도 정조가 시도하지 않을까 하는 조심스런 예측을 내놓는다. 임금이 지금은 서학을 금지시키고 천주학쟁이들을 잡아 벌주고 있지만 오히려 그 세력을 이용해 당파를 견제하려 할지도 모른다는 것이다. 지금 하고 있는 개혁의 사상이 바로 그러한 의지일 것이며 언젠가는 그게 수면 위로 드러날 것이라 한다.

"시간은 좀 걸리겠지만 반드시 후천개벽의 세상이 올 것입니다."

연암도 그 서학에 대해선 책을 읽어봐서 좀 안다. 그렇지만 하루아침에 그런 세상이 오리란 건 믿을 수 없다. 설사 그렇더라도 기껏 다듬은 미륵불을 묻어버린다는 것은 스스로 자학이 아니냐 한다.

"새로운 것에 대해 미리 겁낼 필요는 없지 않을까요?"

"시대의 변화는 어쩔 수 없는 것입니다."

연암은 경윤이 과연 예언가인지 그저 하는 소리인지 알 수가 없다.

"영감은 이 왕조의 수족 같은 인물이실 텐데 왜 이런 변화의 바람을 모르는 척하시려 듭니까?"

경윤은 사람을 들었다 놓았다 하는 재주를 가졌다. 사람이 소탈하면서도 속에 든 것을 잴 수가 없을 만큼 넓고 또 깊다.

"그렇지만 나라에 또 다른 교리가 퍼질 리가 있겠습니까?"

더군다나 군주가 그걸 손수 옹위하는 일은 없을 거라는 말을 하는 연암이다.

"변혁을 위해서는 종교만한 것도 없지요. 그게 천주학입니다."

"경윤께서는 개종을 했소?"

어떻게 말끝마다 천주학이냐는 연암이다.

"나는 속도 중도 아니니…."

그저 바람 부는 대로 흘러갈 뿐이라는 경윤이다. 이때의 이 바람이라는 것은 무엇인가? 언제 어디서나 곁에 있고 땀을 식혀주며 비를 머금은 구름을 몰고 다니는 바람이다. 그게 바로 '빛과 바람'을 안의의 화두로 삼은 동계 정온 선생의 '광풍루'의 바람이라는 것이다.

"결국 사람들에게 더 다가서는 자세라…."

경윤의 도는 사람들 속의 교리다. 대중 불교를 말함이다. 따라서 정치를 하는 연암에게도 백성들과 하나 되어 함께 참여하는 자세를 촉구하라는 것이리라. 이제야 알겠다. 경윤의 뜻이 어디까지 도달했는지를 깨달은 연암은 술을 한잔 사겠으니 산을 내려가자 한다.

두 사람이 완전히 투합해 저잣거리로 나왔을 때 안의 술독들이 다 비었다. 그런데 이게 또 안의 토호들의 비난거리가 되었다. 명색이 고을 수장이라는 작자가 자기 할 일을 잊고 땡중과 어울려 다니며 술만 퍼마시고 다닌다는 소문이었다.

그도 그럴 것이 육십령 산적들이 관창을 털어가는 사건이 생겼기 때문이다.

"산적들이 나라 창고를 털어?"

"허 그놈들 간이 배 밖에 나왔구먼?"

드디어 현감이란 작자가 땡중과 어울려 다니며 술이나 퍼마시고 돌아다니니 도둑이 설치고 다닐 수밖에 더 있겠느냔 흉흉한 소문이 나돌았다.

연암은 곧 산적 토벌대를 조직하였다.

안의는 전라도와 경상도 지경으로 그 가장 위쪽에 서상이 위치한다. 정유재란 때 황석산 전투가 벌어졌던 곳으로 전략적 요충지라 서상과 서하에 서창을 두고 있었던 것인데 산적들이 겁도 없이 이 창고를 털어갔다는 것이다.

도적들은 육십령을 근거로 전라도와 경상도를 들락거리며 약탈과 방화를 일삼는다 했다. 그러니 경상도에서 토포로 가면 전라도로 피하고 전라도에서 토포로 가면 경상도로 피신을 해 지역 간의 관할을 교묘히 이용한다. 육십령은 백두대간이 내려뻗어 그 마지막 용틀임을 하며 지리산으로 흘러드는 초입으로 산세가 험하고 인적이 드문 곳으로 맹수와 도적이 함께 득시글거려 이 재를 넘자면 장정 육십 명이 모여야 겨우 엄두를 낸다는 곳이다. 이름 자체가 그래서 붙여진 육십령이라니 섣불리 관군을 풀어 도적을 잡아들이라 할 수도 없는 노릇이다.

"군기고를 열어라."

연암은 우선 병기창고에 들어가 무기를 점검한다. 칼과 창, 활은 물론이고 화약과 총도 챙기게 한다. 안의는 황석산 전투를 경험한 고장이라 그런지 무기 하나는 잘 간수되어 있었다.

대충 무기대장을 훑어보니 흑각궁과 교자궁이 150장이나 있었고 화살이 239부 15개. 조총이 107병, 천보총 10병, 승자총이 2병이나 있다. 그러나 조총이 몇 병 빈다. 그렇다면 도적들은 조총을 가지고 논다는 이야기가 될 것이다. 조총은 비가 오거나 날이 궂으면 무용지물이다. 화약에 불이 잘 붙지 않기 때문이다.

그렇다면 비 오는 날이거나 새벽 일찍 이들을 덮쳐야 한다.

연암은 무관이 아니어서 실제로 칼솜씨나 활 쏘는 솜씨는 없다. 그렇지만 병서를 읽어 전투에 이기는 병법은 알고 있다. 상대방의 허점을 찌르는 것이다.

연암은 병방을 불러 군사들을 모으게 했다.

"포수 경험이 있는 자들을 우선적으로 몇 명 골라 뽑고 심마니나 약초꾼들로 무기를 다룰 줄 아는 젊은이들로 지원을 받게."

싸움이라면 무조건 동원령을 내려 많은 군사를 동원하던 전임자들과는 달리 그곳 지리를 잘 아는 경험자 몇 명만을 선임하라는 현감의 말에 병방은 의구심을 갖고 토를 단다.

"도적들은 그 수가 어마어마하게 많습니다."

그러니 많은 병사들을 동원해 가야할 것이 아니냔 병방이다. 전에도 그렇게 했다는 것이다.

"그 전에 그렇게 해서 도적들을 척결했는가?"

그렇게 했다면 왜 도적들이 또 준동한 것이냐. 연암은 도적이라고 다 도적이 아니란 이야기를 한다. 어쩌다가 피치 못할 사정으로 도적의 무리에 가담은 하고 있지만 저들도 알고 보면 선량한 백성들이다. 그러한 자들까지 다 잡아들이려 든다면 이 나라에 안 잡혀가고 남을 사람 아무도 없다. 누가 도적이 되고 싶어서 되었겠는가, 이런 저런 사연으로 살던 곳에서 쫓거나 객지로 떠돌다 배고프면 그렇게 될 수밖에 없다. 도적의 씨가 따로 있는 게 아니란 연암이다.

"한두 사람만 잡으면 되는 일이야."

도적의 무리란 그 괴수만 잡히면 나머지는 저절로 흩어진다. 조직력이 없다는 이야기다.

연암은 만반의 준비를 갖추게 하고는 산적 토포에 나섰다. 마침 영각사라는 절집이 있어 저들이 은거하기에 적합한 처소가 될 성싶었다. 밀정을 넣어 살펴보니 험상궂은 인상을 가진 몇 놈이 있다는 정보다. 새벽안개가 뿌연 야음을 이용하기로 했다. 조총은 화약에 불을 붙여야 발사되는 총이라 눅눅하면 불도 잘 붙지 않거니와 어둠 속에서는 겨냥을 할 수가 없다. 이 약점을 틈 타 공격하자는 현감의 말을 전적으로 신임하는 이들 사냥꾼과 약초꾼 출신의 병정들은 잽싸게 몸을 날려 도적을 잡는 데 성공했다. 은거지에는 불과 대여섯 명의 부랑자들이 있었을 뿐 그 이상의 무리는 없었다. 괜히 소문만 거창한 도적 떼였다.

그런데 이들을 토척한 뒤 이틀 후에 다시 도적이 나타났다는 보고가 들어왔다. 도적들은 조총을 쏘며 분탕질을 저질렀다는데 아무리 봐도 이상한 것은 도둑맞은 물건이 없다는 것이다. 마땅히 훔쳐갈 재물도 없는 창고를 또 분탕질 쳤다는 것은 도적질이 목적이 아니라 또 다른 꿍꿍이가 있는 것이 분명할 터, 연암은 이 일로 고심을 한다.

'조총은 분명 군기고에서 도둑맞은 그 무기가 분명할 것이고…. 그러면 실탄은 어디서 났단 말인가?'

실탄을 가끔 집에서 만들어 쓴다지만 화약은 쉽게 만들어지는 물건이 아니다.

연암은 창고지기를 불러 따져 묻기를 시작한다.

"네가 분실했거나 내다 판 총과 실탄에 대해 바른대로 말하라."

창고지기는 억울하다며 입에 게거품을 문다.

"소인 정말 억울합니다요."

"그렇다면 열쇠는 어디다 두고 간수했느냐?"

"병기고 쇳대는 늘 차고 있습니다요."

창고지기는 허리춤에 매달려 있는 열쇠꾸러미를 내보인다.

"잘 때도 그 열쇠꾸러미를 차고 자느냐?"

"예."

그런데 어떻게 병기고에 있는 무기가 없어졌을까? 그건 잘 모르겠다는 창고지기다.

"그러니 네가 모르는 사이에 잠깐만이라도 열쇠가 남의 손에 들어갈 수도 있지 않겠느냐?"

연암은 조근조근 따져 묻는다. 틀림없이 잃어버린 군기고 무기가 산적들 손에 있으리라 생각했는데 그게 아니었던 점을 거꾸로 추적해 들어가고 있는 것이다.

"국고를 턴 도적은 따로 있다."

그러니 역적도당과 한 패가 되기 전에 설토를 하라는 연암이다. 괜히 도당들 편을 들어 숨기려 했다간 삼대를 멸하는 벌을 받을 수도 있다는 연암의 엄포에도 불구하고 창고지기는 한사코 그런 일은 없다 한다.

"그렇다면 네 집에 자주 들락거리는 자가 누구더냐?"

이웃이나 식솔, 일가친척들에 대해 묻는다.

"그런 사람은 없습니다. 얼마 전에 처남이 다녀가긴 했지만."

그러면서도 자기 처남은 얌전한 청년으로 그런 일을 저지를 위인이 아니란다.

"그럴 위인이 따로 정해져 있는 게 아니다. 가서 처남을 불러오너라."

그러나 창고지기는 그길로 달아나 돌아오지 않았다. 지레 겁을 집어먹고 잠적해버린 모양이다. 연암은 이 일을 입 밖에 내지 않았고 덮어두었다. 대신 창고지기의 아내를 불러 조용히 물었다.

"동생이 평소 누구하고 잘 어울려 놀았느냐?"

여자는 모른다 했다. 어울려 노는 친구도 잘 아는 사람도 안의에는 없다 했다.

"그러면 여기 있는 동안 집에서 지내지 않았단 말이냐?"

어떤 때 잠깐 들려 빨랫감만 던져놓고 갈 뿐 언제 왔다갔는지도 알 수 없는 도깨비 같은 아이라 한다. 피붙이라 어쩔 수 없이 거두고는 있지만 감당이 안 되는 아이니 어쩔 것이냐, 오히려 대드는 창고지기 아내를 돌려보내고 연암은 또 깊은 고민에 빠진다. 어쩌면 한결같이 지지리도 못사는 사람들 뿐일까? 목구멍이 포도청이라 도적질이라도 하는 이들을 어찌하면 좋을지 난감하기만 하다.

그러나 국고를 털렸으니 상부에 보고하지 않을 수도 없는 일, 드디어 대대적인 토포령이 내려져 경상도와 전라도 이웃 모든 고을들이 합세한 작전이 펼쳐지게 생겼다.

육십령 도둑 토포

조용히 처리하려던 육십령 도적 토포는 온 산이 발칵 뒤집어질 정도로 큰 사건이 되어 버렸다. 이웃 함양과 거창에서 동원된 포수들과 관군들이 연일 온 산을 이 잡듯 뒤지는 작전이 펼쳐졌다.

그러나 그 넓고 깊은 산 속을 다 뒤집을 수는 없는 일이다. 육십령을 이루고 있는 일대 산들은 모두 하늘을 뚫을 듯 치솟은 백두대간 줄기로 덕유산 · 깃대봉 · 영취산 · 백운산으로 이어지는 험산준령이라 도무지 도적의 무리들이 어디 숨어 박혔는지 냄새조차도 맡을 수 없었다.

"할 수 없다. 불을 질러라."

드디어 초토작전이 개시되었다. 화전민들의 초옥에 불을 질러 이들의 근거지를 송두리째 뽑아버리는 소동이 벌어졌다. 그래도 도적들의 흔적은 오리무중이었다.

"빈대 잡자고 초가삼간 태우는 꼴이 아니냐?"

현감의 무능을 비웃는 소리가 들렸다. 머릿속에 먹물만 잔뜩 든

문신이 고을을 다스리면 저런 꼴이 생긴다는 무신우위론까지 나왔다.

연암은 곤란지경에 빠졌다. 도적과의 한판 전쟁이 시작되었다고는 하나 어디 가서 도적을 찾는단 말인가? 애당초 도적은 산에 있지 않은 것을. 이는 필시 훔친 양곡을 내다 팔려는 장사치들의 소행일 것이라는 게 연암의 생각이다. 산적들의 짓이라면 한꺼번에 그렇게 많은 양곡을 도적질해 갈 필요가 없다. 대군을 먹여 살릴 도당이 있는 것도 아닐 테고 마땅히 훔쳐 간 양곡을 저장해두고 있을 만한 창고가 따로 있는 것도 아니라면 산적의 소행일 리가 없다.

"곳간을 수색하라."

연암은 토호들의 곳간을 수색할 것을 명한다. 일반 백성들의 집이라면 곡식을 그저 주어도 보관할 곳이 없다. 부잣집 창고가 아니면 국창의 양곡을 갖다 잴 곳이 없다.

"우리를 모두 도둑으로 몰려는 심사인가?"

집안에 곳간을 둔 토호들의 반발이 거세게 일어나기 시작했다.

"차라리 회유책을 쓰시는 게 어떻겠습니까?"

병방이 나선다. 잃어버린 양곡에 관한 제보자에게 후한 상금을 내리게 한다면 반드시 무슨 빌미가 잡힐 거라는 이야기다.

"그 좋은 생각이오."

현창의 양곡을 도둑맞았는데 도둑을 알거나 훔친 물건을 보관하고 있는 곳을 아는 자에게는 환수의 일정량을 보상한다는 내용이었다. 아울러 허가받지 않은 총포를 가지고 있는 자를 신고하는 자도 보상을 한다는 내용과 만약 자수를 하거나 총포를 일정 장소에 갖다 두는 것만으로도 책임을 묻지 않겠다는 방도 나란히 써붙이게 했다.

"저잣거리에 나붙은 방문이 참말이지라?"

이틀이 지나자 창고지기의 아내가 병방을 찾아왔다.

"무슨 일이요?"

"내가 그 총 가진 자를 알지라."

"그래, 그 자가 지금 어디 있소?"

창고지기의 아내는 아무 스스럼없이 자기 시동생을 고발하고 사례금을 타갔다. 병방은 마침 다락에 숨어 낮잠을 즐기던 창고지기의 동생을 붙잡아 다그쳤다. 그러나 이 작자는 형님 몰래 총을 훔치기는 했으나 곡식창고를 털지는 않았다 설토한다.

"훔친 총은 어찌하였느냐?"

"지리산 포수한테 팔았습니다요."

"지리산 포수라는 자가 누구더냐?"

이름은 모르고 그냥 지리산 포수로 통하는 작자란다.

"그 자에게 팔아넘긴 총이 몇 병이나 되더냐?"

다섯 병이라 순순히 자백하는 청년을 앞세워 현감 앞에 데리고 온 병방은 아무래도 이 자를 데리고 함양을 가봐야겠다 한다.

"지리산 포수의 집이 함양이라고 합니다."

"갈 것 없네."

연암은 거기까지 가 소란을 피울 것 없다 한다. 이제 도둑의 행방에 대한 가닥이 잡힌다. 총을 사 간 자들이 함양에 사는 자들이라면 훔쳐 간 양곡도 함양의 어느 창고에 들어가 있을 것이다. 그렇게 된다면 좋건 궂건 함양군과 공조체제를 유지해야 한다.

"내 함양군수를 만나봐야겠다."

연암은 내친 김에 함양으로 가자고 한다.

함양군수 윤광석은 연암의 이야기를 하나하나 끝까지 다 듣고 나서 이렇게 말한다.

"영감 오신 뜻은 잘 알겠습니다."

그러니 함양 관내에서 일어난 일은 함양 관내에서 처리할 테니, 우선 오늘은 이왕 나들이 나온 셈치고 학사루 구경이나 하고 술이나 한잔 나누잔다.

학사루는 신라 때 최치원이 천령군수로 재직할 때 처음 만들어졌다. 그 후 왜구들의 분탕질로 소실되었던 것을 숙종 18년에 다시 세웠다. 그 중수기가 걸려 있다. 그러나 이미 세월을 못 이겨 단청이 벗겨지고 누각이 쇠락할 대로 쇠락했다.

"이걸 새로 지어야겠습니다."

군수는 유서 깊은 학사루가 이렇듯 허물어져서야 되겠느냔 이야기를 한다.

"재정이 있으면 그리하면 좋겠지요."

연암은 아무리 누대가 낡았더라도 백성들이 먹고 산 후에야 재건이 있을 것 아니냔 뜻으로 그렇게 말했는데 군수의 말은 전혀 다르다.

"까짓 돈이 문제겠습니까?"

사재를 들여서라도 학사루만큼은 중건을 해야겠다는 결의를 보인다.

"과연 만냥군수이십니다."

연암은 장난스럽게 그렇게 말하는 것으로 학사루 중건 문제를 끝냈으면 싶은데 군수가 엉뚱한 이야기를 끄집어낸다.

"여기가 어떤 곳인지 아십니까?"

"글쎄요. 묻는 걸 보니 무슨 사연이 있나 보지요…."

연암은 역사에 일천해 전혀 아는 바가 없다 한다.

"영감도 참…. 왜 그렇게 사람 무안을 주십니까?

윤광석은 여기서부터 당파싸움이 비롯됐다는 이야기를 늘어놓는다. 그 시발은 이렇다. 김종직이 함양군수로 오자 바로 이 학사루에 유자광의 시가 걸려 있는 것을 보았다. 유자광은 서얼 출신이었지만 무예가 뛰어나 공신이 되었고, 무령군이라는 봉작까지 받았다. 김종직이 '유자광 같은 자가 감히 이런 유서 깊은 곳에 시를 걸어놓을 자격이 있는가?' 하며 당장 현액을 떼어 불살라버렸다. 이 소문을 들은 유자광이 화가 머리끝까지 치밀어 복수의 날을 기다렸다.

연산왕 4년에 실록청이 만들어져 성종 실록 편찬에 들어갔는데 그 당상관이 된 자가 이극돈이란 사람이었다. 그는 전날 전라감사로 재직 시 국상이 났는데도 향을 피우지 않고 기생과 놀았다는 사실을 사초에다가 기록한 김일손을 속으로 미워하고 있던 터라 유자광과 배짱이 맞는 데가 있어 둘이 수작을 부리기로 하였다.

이 두 사람은 서로 짜고 김일손이 기초한 사초에 기록된 김종직의 조의제문이 세조가 단종으로부터 왕위를 빼앗은 사건을 비방

한 내용이라고 고해바쳤다. 본시 학자들의 잔소리를 싫어하던 연산왕은 유자광을 시켜 사건의 전말을 문초하도록 했다. 이에 얼씨구나 유자광은 김종직 수하에 있는 모든 사람들을 잡아 족쳤다. 이 일로 김굉필, 정여창 등 30여 명이 유배당했거나 사사 당했다.

"우리 함양 출신 일두 정여창 선생으로 말할 것 같으면 연산이 아직 동궁이었을 때 왕사였던 분이 아니었습니까?"

윤광석은 지금까지 내려오는 모든 사화나 당파싸움이 바로 여기 이 자리에서 비롯된 거라며 흥분이다.

"이 학사루를 보전해 그런 비극적 사실을 전하지 못한다면 천추에 죄를 짓는 것이 아니겠습니까?"

그러니 학사루 재건에 온몸을 바치겠다 한다. 그러면서 군수는 은근히 서계(西溪)에 세운 자신의 흥학재(興學齋) 이야기를 꺼낸다.

"제가 이번에 서계에다가 흥학재를 세웠습니다."

이제 거기 들어가 말년을 편히 쉬며 글이나 쓰려 한단다. 그러니 거기 쓸 기문을 하나 지어달란다.

"영감 같은 대문장가에게 부탁하기엔 송구스러운 일입니다만…."

"무슨 말씀을 그리하십니까? 기문은 써드리지요."

"그렇게만 된다면야 가문의 광영이겠습니다."

군수는 희색이 만면하여 다시 학사루 중창에 대한 이야기를 늘어놓는다. 도대체가 돈을 얼마나 긁어모아 흥학재를 짓고 또 다시 학사루 중창을 꿈꾼단 말인가?

그러나 그보다는 학사루에 얽힌 당쟁일화가 그를 더욱 놀라게 한다. 수없이 되풀이되는 당파와 사화들에 얽힌 이야기들은 알고 있었지만 그 발단이 여기서부터 비롯됐다는 윤광석의 말에 연암은 전혀 새로운 사실을 배운다. 그런 역사적 장소를 보존한다는 것은 지극히 정상적인 일이다. 나랏돈이 없어 못한다면 사비를 충당해서라도 재임 기간 중 꼭 그 일을 하고 싶다는 군수의 결의는 차라리 숭고하기까지 하다.

"참으로 대단한 일을 구상하십니다."

연암은 윤광석을 우러러본다.

윤광석은 함양이 그런 역사적인 곳이라며 문득 생각난 듯,

"지난번 영감이 내려주신 그 명판결은 저도 감명 깊게 받아들였습니다."

"명판결이라니요?"

"한조룡이 사건 말입니다."

연암은 까마득하게 잊고 있던 이름이다. 그도 그럴 것이 감사에게 재심을 요청한 편지를 써 붙이고 난 뒤로는 잊어버린 사건들이었기도 했지만 그게 정말 재심을 청구하여 심리가 이루지리라고는 기대하지 않았던 일이었기 때문이다.

"장수원이란 자가 결국 자백을 했습니다."

"허어, 그거 잘 됐군요."

연암은 괜히 남의 송사에 이래라저래라 한 것 같아 미안한 감이 들기도 하였지만 그 관할수장이 이리도 개운해 하니 덩달아 기분이 좋다.

"그렇게 뛰어난 추리력을 가지신 영감이 창고 도둑이 우리 관

할에 있다고 생각하신다니 내 죽을힘을 다해 놈들을 잡아 올리겠습니다."

"닭 쫓던 개 지붕 쳐다보기지요, 뭐."

연암은 번거로운 일을 이첩시켜 오히려 미안하다고 한다.

"그럴 리가요? 내 지난번 입은 은혜도 다 보답해 드리지 못했는데요."

윤광석은 함양의 수해복구 지역에 제방을 쌓을 때 안의 인부들을 불러다 썼다. 안의 인부들은 이미 오리 숲을 만든 이력이 있어 공사를 그 어느 지역의 인부들보다 튼튼하고 효과적으로 쌓았다. 게다가 활차라는 것을 가지고 와 큰 돌을 운반하는 데 한몫했으므로 언젠가 한번은 그 이야기를 나누며 술 한잔 대접하고 싶었다는 윤광석이다.

"그러니 오늘은 제가 술 한잔 대접해 올리겠습니다."

두 사람의 스스럼없는 대화를 듣고 있던 병방이 슬그머니 끼어든다.

"함양에 조껍데기술이라는 게 있다 들었습니다만…."

"허어, 이 사람. 그런 이야기는 또 어디서 들었을꼬? 함부로 말하면 큰 욕이 된단 말이오."

점잖은 자리에선 그런 말 잘못하면 부랑패로 오해 산다는 군수의 말에 연암이,

"조껍데기술이란 게 다 있소?"

그런 게 있으면 오늘 맛 한번 보자며 일부러 분위기를 어우른다.

연암이 격식을 벗어던지고 술 이야기를 하자 분위기가 한층 무

르익는다. 술자리에서 아래위 따져 점잖 뜨는 것을 좋아하지 않는 연암이다. 드디어 술상이 들어왔고 여러 가지 안주가 번갈아 들어 온다.

"조껍데기술은 오모가리(뚝배기)탕 하고 먹어야 궁합이 맞는답 니다."

오모가리에 담긴 어탕을 먹어보라 권하는 군수다. 개울에서 갓 잡아 올린 고기들로 끓인 어죽으로 특별히 경상도 일대에서만 사 용하는 초피가루를 넣어 톡톡 쏘는 특별한 맛을 낸다.

"한양 사람들은 죽다 깨어나도 조껍데기와 오모가리 궁합을 모 르고 말 거예요."

군수도 익살맞은 소리를 곧잘 해대면서 좌중을 즐겁게 했다. 술 이 들어가니 더욱 즐겁고, 즐거우니 술이 절로 넘어간다.

연암은 어탕을 한 술갈 맛보고 나서 상을 찡그리더니 거듭거듭 탕 국물을 떠 맛을 본다.

"거 참, 시원하다."

초피의 톡 쏘는 맛을 어찌 시원하다 말하나? 역설적이게도 사 람들은 뜨거운 것을 시원하다 한다.

"그렇지요. 그게 바로 초피 맛입니다."

"초피와 조껍데기라…."

식성이 같다는 것은 성격이 비슷하다는 것과 같다며,

"비로소 좋은 형제를 만난 것 같아."

라고 윤광석을 다독거려 주는 연암이다.

윤광석은,

"이제 자주 찾아뵙겠습니다."

하고 미처 알아 모시지 못해 송구하다는 말을 덧붙인다.

두 수장들이 이렇듯 화기애애하여 술을 마시니 아랫사람들 또한 자연스럽게 흥이 돋는다. 이래저래 함양 술이 동이 날 즈음해서 지리산 등구 마천에서 왔다는 중이 한 사람 술판에 끼어들었다. 마치 수호지에 나오는 노지심 같은 인물이다.

그는 경윤도 잘 아는 사이라 했다.

"영감께서 그 땡초를 어떻게 아십니까?"

"중이 중을 보고 땡초라면 어떻게 하나?"

군수가 나무란다.

"땡중이 중을 보면 다 땡초로 보이는 법입니다."

두 사람 주고받는 말에 아무런 격의가 없는 듯했다. 물은 물끼리 바람은 바람끼리 통한다 했던가. 서로 할퀴고 지나가도 상처를 남기지 않는 것이 물과 바람이다. 그저 흐르는 바람처럼 사는 이들 같다.

연암은 오랜만에 지기를 만난 듯 흡족해져 취기가 돈다.

"경윤은 언제 만나보셨습니까?"

"며칠 안 됐습니다."

"미륵을 묻고 절을 불태운단 소리는 안 하던가요?"

"그리 말했습니다."

"허어, 그 땡초. 이제 아무나 붙들고 천기누설일세 그려."

스스로 등구 마천 오입쟁이라고 자기를 소개하는 이 땡초는 요즘도 아침에 일어나면 대웅전 지붕을 한 바퀴씩 훌쩍훌쩍 뛰어넘

뿔뱀

었다가 되돌아오는 몸 풀기 운동을 하는데 오늘 아침에는 변강쇠가 산 위에 올라가 오줌을 누는 바람에 그 회오리 같은 오줌발이 어떻게나 거칠든지 아침 운동을 그르고 왔다는 둥, 오입쟁이의 오입이 나 오(吾)자에 설 입(立)자를 쓰는, '나를 나답게 세우자는' 말이라는 둥, 그래서 굳이 설명을 해주지 않으면 자칫 욕설처럼 들릴 수도 있다는 너스레를 떨어 아직 덜떨어진 면을 드러내 보이고 있었다.

제비바위골에서도 이런 순진한 기인들이 있기는 있었지만 지리산 일대엔 더 많은 얼뜨기들이 살고 있나 보다 싶은데 오입쟁이가 일갈한다.

"내 일찍이 영감 글에 대한 평판은 많이 들었습니다."

그는 특히 『김신선전』에 대해서 관심을 보였다.

"신선전을 쓰셨다고요?"

"예."

"신선이 대체 어떤 자들인가요?"

그는 지리산 신선이 되기 위해 청학동을 찾아 헤맨 남명 조식에 대한 이야기를 끄집어낸다.

"지리산 삼신봉 아래 회남재가 있습니다."

신선들이 사는 청학동을 찾아 헤매던 남명 조식이 청학동을 바로 눈앞에 두고도 그 발아래 있는 무릉도원을 보지 못하고 되돌아갔대서 붙여진 이름이란다.

"남명 같은 양반이 신선이 사는 청학동을 찾지 못했다면 신선이 사는 곳이 어디 따로 있겠습니까?"

대저 신선은 어디 살며 신선은 누군가라는 질문이다.

"신선사상에 대한 질문은 이미 산중도사님들이 더 잘 알지 않겠습니까?"

연암은 은근히 그 답을 등구 마천에게 미룬다. 그건 신선사상이지 실존하는 인물이 아니란 이야기다.

"저 같은 땡중을 도사라 추겨 세우시깁니까? 그러면 더 이상 묻지 않겠습니다. 대개 사람이 남을 턱없이 높여 부르면 거긴 다 함정이 있기 마련이거든요."

화술에 도가 튼 사람 같다. 등구 마천은 자기를 낮추면서도 스스로를 높일 줄도 아는 인물이다.

연암도 지지 않는다.

"그리하시면 오히려 저 같은 놀량패 앉을자리가 없어지지요."

연암도 등구 마천을 따라 자신을 놀량패라 한껏 낮추며 소설에 대한 이야기를 한다. 소설은 황당무계한 것이고 질문도 답도 없다. 그저 그러려니 하고 볼 수밖에 없는 꾸며내고 지어낸 이야기다. 거기서 굳이 깊은 뜻을 찾으려 한다면 소용없는 짓이다. 그러니 재미로 읽고 잊어버리면 된다. 그래서 소설 무용론까지 나왔고 문체반정까지 생겼다 했다.

그런데도 등구 마천이 다시 묻는다.

"그 신선이 지리산에 약초를 캐러 왔다가 동굴 속에 떨어지지 않았어요?"

"그랬지요."

"그러다가 다시 금강산으로 갔다고 했는데, 내 생각엔 그 신선이 아직도 지리산에 살고 있을 것 같거든요?"

이건 또 무슨 소린가? 소설보다 더 소설 같은 이야기다. 소설 속의 주인공이 정말로 지리산에 살고 있다는 것이다.

"그 신선이야말로 정말로 벽곡을 하는지 아예 아무것도 먹지를 않는지 펄펄 날아다녀요."

두 사람의 실없는 수작을 잠자코 보고 있던 윤광석이 한마디 거들고 나선다.

"갈수록 점입가경이외다. 소설가가 소설가인지 중땡이가 소설가인지 알 수가 없소이다."

그만들 하고 술이나 마시라는 윤광석이다.

이번에는 진짜 함양 술 국화주를 내왔다 한다.

연암은 이제 술은 더 이상 못 마시겠다, 사양한다.

"아 참, 영감께서 용추폭포 아래 물레방아를 만들었다 들었소이다."

하고 화제를 돌리는 윤광석이다.

"물레방아요?"

"그게 대체 무엇에 쓰는 것입니까?"

"방아 찧는 기계지요."

방아를 기계로 찧는다는 게 이해가 안 되는 함양군수다. 하긴 연암도 처음 그 물레방아란 걸 보고 이해가 안 갔다. 어떻게 물을 받아 물레를 돌리고 물레로 나락이나 보리의 껍데기를 벗길 수 있는지 거짓말 같았다. 연암은 물레방아의 이치를 차근차근 설명한다. 실제로 물레방아를 보고도 이해를 못했는데 안 보고 어떻게 믿을 것인가?

연암은 함양에도 어서 물레방아를 만들어 일손을 들라 한다. 그러면서 큰 사업도 될 것이라 한다.

"함양군의 사업으로 실시하세요. 세수에 큰 보탬이 될 것입니다."

지난번 제방 둑을 쌓을 때 안의에서 가져온 활차의 실효성을 이미 본 군수는 마치 살길이 열릴 것처럼 반갑다.

"어찌하면 그 기술을 배워올 수 있을까요?"

"그게 어디 맨 입으로야 잘 되겠소이까?"

거기엔 그에 걸맞은 보상이 따라야 하지 않겠느냐는 등구 마천이다. 그런 거창한 사업이라면 함양에서도 그에 못잖은 협조를 해줘야 할 것이 아니냔 이야기다, 술에 취한 듯하면서도 계산엔 빠른 사람들이다.

"그야 두말하면 잔소리지. 이미 함양에서는 안의 곡창을 턴 도적을 잡아주기로 약조하지 않았습니까?"

일단 그거면 일회성 보상은 되지 않겠느냔 군수다.

다음날 집으로 돌아오는 길에 연암은 아직도 술에 곤드레가 된 병방으로부터 잃어버린 병기 도적을 잡았다는 이야기를 들었다.

"나으리, 제가 무슨 소리를 하더라도 저를 용서해 주실 거죠? 그러면 말씀을 드릴 것입니다."

"다짜고짜 용서라니?"

"이 모든 게 따지고 보면 병방인 제 책임 아닙니까?"

"그게 어째서 자네 책임인가?"

"도둑을 맞은 것도 제 책임, 도둑을 못 잡은 것도 다 제 불찰입죠."

"뜸들이지 말고 이야기하게나."

병방은 자기가 맡은 바 일을 똑바로 처리했더라면 이런 일이 생기지 않았을 거란다. 그러면서 엊저녁 함양 병방으로부터 솔직한 자백을 받아냈단다.

"우리 병기창고에서 도난당한 조총은 본시가 함양 것이었습니다."

지난번 합동 훈련 때 함양 군사들 몇이서 훈련 도중 술을 마시는 것을 발견하곤 저들의 조총을 훔쳐 보관해 왔던 것인데 공교롭게도 함양에 감사가 들이닥쳐 병기고를 검열하는 바람에 들통이 나 혼줄이 났다.

"어찌 알았는지 우리 병기고에 여분의 총이 있는 것을 알고 저들이 작당을 해 그리 된 것입니다."

"그렇다고 관군끼리 무기를 훔치고 도적질을 해?"

연암은 짐짓 엄한 목소리를 가라앉혀 나무란다.

"그러니 소인 죽을죄를 지었다고 이실직고하지 않습니까?"

"우리 것은 모자라지 않고?"

"예. 그렇습니다."

"그렇다면…. 지난번 다섯 병이 모자랐다는 말은 뭔가?"

"그건 수입 잡은 것까지 함께 계산한 데서 모자라는 분을 말한 것입니다."

그러니 원장(元帳)에선 별탈이 없다는 병방이다. 그렇다면 마음대로 장부를 조작해 내민다는 이야기가 된다. 어쨌거나 잃어버린 무기는 비록 절차가 틀렸다 하나 갈 자리로 갔으니 됐고, 나머지는 도둑질당한 양곡이다.

"아무래도 총기 도난과 곡식 탈취는 다른 놈들의 소행으로 봐야 할 것 같습니다."

"병방도 그렇게 생각하는가?"

"총기의 행방이 확실해졌으니 더욱 더 그런 생각이 듭니다."

"까마귀 날자 배 떨어진 격인가? 우연일 수도 있겠지."

이 두 사건을 따로 떼어서 생각한다면 두 가지로 나눌 수 있다. 하나는 단순한 도적질이고 또 다른 하나는 장리 빚을 갚기 위한 수단으로써의 생계형 도적질이다. 어느 것 하나 나쁘지 않은 도적질은 없겠지만 후자라면 이건 문제가 있다. 장리 빚 갚는 날짜를 좀 더 늦춰 줄 수도 있었던 일이기 때문이다. 만에 하나 생계형 수단이 아니고 돈을 벌 생각으로 한 도적질이라면 이는 반드시 잡아 죄상을 밝혀 벌해야 한다. 상상하기도 싫은 이야기이지만 가진 자들이 더 무섭다고, 만약에 나갈지도 모르는 구휼미까지를 몽땅 없애버려 바닥을 치고 나면 곡가가 폭등할 것이고 그런 시세차액을 노려 저지른 악질적 도적질이라는 예감이 자꾸 드는 연암이다. 실제로 한양에서는 이와 비슷한 사례가 일어났었다. 경우는 달라도 사재기하는 상인들과 한판 전쟁을 치룬 경험이 있는 연암이다.

연암은 실물경제를 내세워 매점매석이나 이와 유사한 상인들의 횡포에는 목숨을 걸었다. 한양 시전 상인들과도 벌였던 싸움인데 이깟 촌시장에서, 그것도 현감이라는 직책을 가지고 있는 신분

뿔뱀

으로서 무엇이 어려울 것인가. 발본색원해야 한다.

"안의 장날이 언제인가?"

"내일 모레입니다."

연암은 장날을 통해 물가 동향을 살피기로 한다. 아무리 생각하지 않으려 해도 이 세 번째 경우가 자꾸만 눈앞을 어른거려 견딜 수가 없다. 시전 상인들의 동태를 살펴볼 일이다. 상인들이란 토호들의 창고 앞 개미를 주워 먹는 두꺼비들이나 다름없는 존재들이라 이들을 눈여겨 살펴보면 토호들의 동태를 알 수 있을 것이다.

그러나 연암은 어딘지 모르게 관에서 계획하는 일이 모두 바깥으로 새나가는 것을 느낀다. 창고 재물조사 때도 그랬고 산적 토포작전 때도 그랬다. 미리 그 일을 눈치 챈 저들이 먼저 준비를 하는 것을 연암은 모르는 척 지났지만 이게 어디서 누구로부터 비롯되는 것인지 그 뿌리를 캐지 않으면 안 될 일이다. 더군다나 최근 들어 일어난 거의 모든 일들이 그랬다. 그리고 그 모든 일들은 병방과 관련된 문제였다. 그렇다면 일단은 병방을 의심해 볼 여지가 있다.

연암은 짐짓 병방더러 들으라고 혼잣말처럼 이렇게 말한다.

"내 장날은 꼭 저들을 붙잡고 말거야."

"무엇을 말입니까?"

"어느 곳간에서 곡물이 흘러나오는지를 말일세."

이렇게 말하고서도 장날 시전이 열리면 지방 토호들과는 무관한 것이다. 반대로 시전의 물량이 달리면 토호들이 관련된 것이 확실하게 된다. 그렇게 된다면 이 일련의 일이 누구의 입을 통해 새어나가는 것인지도 자연스레 알 수 있게 된다.

연암은 스스로 생각해도 기특할 정도로 기발한 발상을 했다고 자부한다.

하풍죽로당으로 돌아온 연암은 기분 좋게 발을 씻고 자미를 부른다.

"육십령 도적을 시장에서 토포하게 생겼어."

"무슨 말씀이신지….."

방금 전 일을 말하려다 연암은 입을 닫는다. 아녀자가 어찌 바깥의 일을 상관할 것인가.

연암은 평소 남자의 할 일과 여자의 할 일을 구분 짓는 사람이다. 남자는 바깥일, 여자는 집안일이다. 그게 전통 유교사회의 할 일이다.

그러자 자미는 샐쭉한다.

"아녀자는 바깥에서 하는 일을 알아서는 안 된다는 법도라도 있습니까?"

"자네가 돕지 않아도 내 일은 내가 알아서 잘 처리하네."

"그렇게 자만하지 마세요."

"허어 이제 자네까지 날 훈계하긴가?"

"또 누가 훈계를 하시던가요? 그런 사람이 있었다면 그가 진정한 친구입니다."

연암은 할 수 없이 이날 만난 윤 군수에 대한 이야기를 한다.

"윤 군수는 자기 사재를 털어서라도 학사루를 다시 고치겠다고 하더군."

"돈 있으면 무슨 일인들 못하겠어요?"

그런 일 정도는 돈 있으면 누구나 할 수 있단다. 그러면 돈이 있어도 할 수 없는 일이 무어냐 묻는다. 아무리 돈이 많아도 천고에 남을 좋은 글을 써 남기는 일은 아무나 하는 일이 아니라 한다. 누군가 있어 이야기를 할 수 있고 그 이야기를 들어줄 수 있다는 것은 행복한 일이다. 말끝마다 사랑스러운 자미다.

"이리와 이것 좀 보게나."

연암은 무언가 싶어 가까이 다가오는 자미를 와락 끌어안는다. 자미는 품에 딱 맞게 몸을 바꿔 안긴다. 남자들은 격무에 시달리거나 술이 한잔 됐을 때 여자가 그리워진다. 이럴 때 욕망을 채우지 못하면 짜증이 나고 화가 난다. 자미는 이러한 남자의 생리를 잘 안다. 사랑 받아 마땅한 여자다.

자미가 없었더라면 어찌 살 뻔했는가. 한바탕 사랑놀이가 끝나자 연암은 윤 군수가 준 보퉁이를 풀어 보았다. 한번 읽어 봐달라는 글이다. 그러나 몇 줄 읽어보다가 덮어버린다.

"나으리."

"그래 무슨 이야기인가?"

"나으리처럼 큰일을 하고 계시는 분이 어찌 조그만 누대 하나를 짓는 걸 부러워하십니까?"

"윤 군수는 민생고를 다 해결해 놓고 공부에 전력을 하려는 게야."

연암은 윤 군수가 서계에 세운 흥학재 이야기를 하며 그 기문을 써주어야 한다고 말한다.

"먹을 갈까요? 그런 글은 청탁 받았을 때 금방 쓰셔야 해요."

그런 건 생각난 김에 써버려야 한다. 미뤄두면 자꾸 잊어버려 글쓰기가 더욱 어려워진다는 자미는 오래 두고 묵혀가며 쓸 깊이 있는 글과 순간적인 인상을 그대로 적으면 되는 글은 차이가 난다고 한다.

"먹만 갈면 나오는 글이 아니야."

좋은 글은 변비와 같다. 뒤가 마려우나 쉬이 나오지 않고 끙끙거리다가 겨우 한 덩어리 나왔을 때 그 시원함은 이루 말할 수 없다. 그 뒤로는 줄줄이 쏟아져 나오지만 한 덩어리 나오기가 그리 어렵다.

연암은 자미를 보내놓고 혼자 조용히 앉아 두 편의 글을 쓴다. '함양군 홍학재기'에 앞서 '함양군 학사루기' 부터 먼저 썼다. 이는 아직 청탁 받지도 않은 글인데 왜 먼저 써졌을까? 함양군수가 사사로이 세운 홍학재보다는 최치원이 세운 학사루에 더 관심이 갔다는 이야기일 것이다.

최치원에 관한 글을 쓰다 보니 그가 말년에 가야산에 들어가 신선이 되었다는 이야기가 나온다. 그러잖아도 해인사에서 관찰사 회동이 있다는 전갈을 받은 터라 더욱 해인사에 관한 관심이 깊어지는 연암이었다.

자치통감강목

해인사는 고려대장경이 있는 곳이다. 고려대장경은 국운의 번성을 기원하기 위해 만든 경판이다. 부처에 대한 믿음으로 나라의 안전을 꾀하려 했던 고려의 의지가 담긴 대장경은 인쇄술을 크게 발전시킨 계기가 되어, 연암은 꼭 이 대장경의 판각을 보고 싶었던 참이다. 마음 같아서는 쓰는 글마다 판각을 하여 인쇄에 들어갈 수 있도록 출판도 배우고 싶다. 글을 쓰는 사람은 출판이 가장 큰 문제다. 글만 잘 쓴다고 되는 게 아니다. 돈 많은 사람들이야 글을 써 곧바로 인쇄를 해버리면 금방 책이 나와 세상에 알려진다. 그렇지만 출간 비용이 없는 가난한 선비들은 아무리 좋은 글을 써놓아도 책 만들 일이 요원하고 그러다보면 쓴 글이 없어지거나 시기를 놓치기 마련이다. 글도 그 글이 읽힐 적당한 때가 있는 법이다.

그러니 해인사행에는 관찰사를 만나는 이외에도 두 가지 사적인 목적이 따른다. 공무를 수행함에 있어 사적인 욕심을 채운다는 것은 있을 수 없는 일 같지만 묘소 참배는 가는 길목이라 그냥 둘러만 보면 되는 일이었고 경관각을 보고 인쇄술을 연구하는 일 또한 공무와 전혀 무관한 것만도 아니라 거리낄 것이 없다.

연암은 말을 몰아 합천 해인사로 향하면서 거창에 들러 박지항과 동행한다.

"언제부터 벼르던 일인데, 잘 됐네."

진즉 합천군수에게 이 문제를 상론했어야 했는데 그리하지 못했다는 박지항이다. 묘답이 떠내려가고 수마가 할퀴고 간 자리를 아직 복구하지 못했다. 그러니 묘지기도 떠나고 관리자도 없다. 나라에서 영의정으로 추증해 문강이라는 시호를 내린 인물의 묘소와 신도비를 이렇듯 소홀히 해서야 되겠느냐, 그 관리의 일부를 합천에서도 지원해야 할 것이 아니냐, 군수에게 따져 묻겠다는 박지항이다. 그러나 연암은 이를 말린다. 그건 어디까지나 반남박씨네 집안 문제이지 합천군의 문제가 아니다. 지금 나라 재정이 어렵고 굶주린 백성들이 얼만데 그런 소리를 하느냐, 오히려 박지항을 나무란다.

"그 문제는 종친회를 통하여 모금을 하는 것이 옳지 않을까요?"

오늘은 단지 그곳이 어떤 상태인지만 보고 오자는 연암이다.

화양리에 도착한 이들은 길을 물어 묘소로 향한다. 꼬불꼬불한 재를 넘어 한참을 가서야 조안산을 마주한 묘소와 그 아래 신도비가 보였다.

그러나 두 곳 다 칡넝쿨이 뒤덮여 가고 있다. 미리 준비해 간 낫

뿔뱀

으로 대충 넝쿨을 걷어내고 숨을 고른다.

"정말 명당자리인뎁쇼."

호종하던 이방이 마음에도 없는 아양을 떤다.

"자네도 풍수지리를 아는가?"

"믿거나 말거나, 우선 산세가 좌청룡 우백호로 묘소 전체를 감싸고 있지 않습니까? 틀림없는 복지입니다요."

"그만 두게. 남의 묘 앞에서 실없는 소리하는 게 아니라네."

묘소 앞에는 그래도 좌우 석상이 세워져 있고 석등도 있어 명색이 갖출 것은 다 갖추었다. 게다가 양옆으로 주변에서는 볼 수 없는 아름드리 삼나무 두 그루가 심겨져 있어 그간의 세월을 느끼게한다. 왜 하필이면 삼나무를 심었을까? 약이 되는 비자나무를 심었더라면 지금쯤 수입이 되고도 남을 세월인데…. 고산 윤선도가 살던 해남의 녹우당 뒷산에는 비자림이 있어 후손들이 그 수입으로 짭짤한 가외소득을 올린다고 들었다. 이왕 심을 바에야 돈이 되는 유실수를 심었더라면 그것으로도 묘지기를 둘 수 있었을 텐데…. 이 정도 수령이라면 충분히 수입을 올릴 만하겠는데. 연암이 이런 엉뚱한 생각을 하고 있는 동안 박지항이 미리 준비해온 제물을 상석에 진설한 뒤 절을 한다. 조상은 마땅히 후손의 절을 받을 권한이 있다. 또한 조상으로부터 신체와 영혼을 이어받은 후손은 마땅히 조상을 섬길 의무가 있다. 이게 하늘의 이치다. 이 이치대로 사는 게 유교다. 조선은 유교국이고 이들은 유교를 숭상하는 선비들이다. 그런데 연암의 생각은 약간 다른 데가 있다. 정말이런 형식적인 데서 효(孝)가 나오는 것일까? 살아생전 얼굴도 한번 보지 못한 선조들한테 제물을 차려 절을 올린들 그가 과연 이 제물을 흠향할 것인가? 어차피 형식에 그치는 일이 아닐까. 그저 산 사람 마음 편하라고 하는 짓이 아닐까? 하는 의구심이 뱀 대가리처럼 곧추서는 것이다. 거기 비하면 서학의 천주(天主) 이론은 한결 앞선 듯하다. 죽은 조상에 매달리기보다는 '이웃 사랑'의 실천을 요하고 있다. 이웃을 왜 사랑해야 하는가? 한 하나님으로부터 난 형제자매이기 때문이다. 김가, 이가, 박가… 성씨별로 분파를 조성하는 조상신보다 훨씬 넓은 의미의 박애정신을 표방하고 나선다. 드넓은 바다가 수천 강물을 떠안듯 사랑은 모든 것을 포용한다.

"어서 와서 절하지 않고 뭘 하나?"

박지항은 딴생각을 하고 있는 연암을 불러 산소에 절을 하게하고 호종하는 이방을 불러 함께 음복을 한다.

"저 아래 저게 신도비인가 보다."

신도비는 묘소에서 약간 아래쪽 동녘 둔덕에 자리 잡고 있었다.

하늘을 우러러 우뚝 서 있는 비석에 햇살이 내려 비친다. 다듬어진 화강암에서 반사되는 빛살에 눈이 부셔 글씨가 잘 보이지 않는다. 이마에 손차양을 하고 비석에 다가서는데, 받침돌인 거북이 발에 커다란 구렁이 한 마리가 똬리를 틀고 이쪽을 향하여 혀를 날름거리고 있는 것이 보인다. 연암은 순간 깜짝 놀라 들고 있던 나무지팡이를 치켜들었으나, 이를 저지한 박지항은 태연스럽게 두 손을 모두고 머리를 조아리며,

"할아버지, 우리가 너무 무량했습니다. 용서하세요."

하고 넙죽 절을 올린다.

"길조인 게야. 할아버지가 친히 나와 우리들을 맞이하시지 않나."

박지항은 구렁이는 지킴이라며, 그 지킴이가 우리를 맞이한 것은 앞으로 할 일이 잘 될 것이라는 암시라 했다.

그러나 연암은 머리끝이 곤두선다. 갑자기 과거시험장에서 쓰라는 글은 쓰지 않고 답안지에다가 뱀뿔을 그려 넣는 낙서를 해놓고 몰래 과장을 빠져나오던 때가 떠올랐기 때문이다. 왜 갑자기 그 생각이 떠올랐을까.

박지항은 연암의 생각에는 아랑곳없이 많은 풍수가들이 이 묘소를 두고 반남박씨들의 복을 벌어주는 홍복지라는 말을 해 무덤 주변으로 알게 모르게 암매장 되는 시구들이 꽤나 된다는 이야기를 한다.

"그렇다고 그것까지 파낼 수는 없잖나?"

"그런 건 또 어디서 들었어요?"

연암은 세상에 그런 일이 어디 있을 것이냐 하였지만, 박지항은 어떻게든 주변 땅을 사들여 그런 일들을 막아야 복이 세지 않을 텐데, 돈이 문제라 한다.

"돈을 한번 모아봅시다."

"돈도 돈이지만 현감께서 직접 합천군수를 한번 설득해 보게나."

그래야만 인부들 동원이 용이하다는 게 박지항의 말이다.

"최소한 수해복구 지원은 받을 수 있지 않겠는가?"

"그렇게 해보겠습니다."

그렇지만 강제 노역을 시킨다거나 군비를 가지고 공사비에 충당하는 그런 일은 어려울 것이라 잘라 말하는 연암이다.

"그렇다면 높은 자리 좋다는 게 뭔가?"

"그건 직권남용이지요. 조카 망하는 꼴 보시려 그러십니까?"

연암은 농담을 하면서도 웃을 수가 없다. 워낙이 민감한 사항이다. 이젠 권력으로 백성들을 누르던 시대는 지났다. 그걸 솔선수범하기 위해 온갖 투쟁을 벌이고 있는 마당에 이웃 고을 수장에게 그런 청탁을 하라니 난감할 수밖에 없는 연암이다. 그렇다고 '그렇게는 못 하겠다'고 집안 어른을 나무랄 수도 없는 노릇이다.

"그런데 할아버지께서 살던 곳은 어디신가요?"

"저 위에 있는 '상라'라고 들었네."

"이왕 가는 길이라면 그 길로 한번 가봅시다."

연암은 여전히 호기심으로 가득하다. 조정에서 물러난 할아버지께서 지내던 곳은 과연 어떠한 곳이었을까? 흔적이라도 남아 있을까? 남아 있다면 어떤 모습일까? 무어든지 궁금증이 앞서는 연암이다.

"그 길로 가야 해인사로 간다네."

마침 그 길이 노루목 재를 넘는 길목이라는 박지항이다.

하라에서 상라까지는 말이 곤두서듯 가파른 산길이다. 꼬불꼬불 올라가 재 만당을 다 가서야 겨우 손바닥만한 삿갓배미가 있는데 거기 두어 채 초옥이 자리 잡고 있다. 그런데 그 앞에 아름드리 선비송이 한 그루 서 있다. 얼추 보아 묘소 앞 삼나무와 수령이 비숫해 보였다. 이 소나무도 할아버지가 심은 게 아닐까? 가까이 가보니 일부러 돈대를 쌓고 사람이 드나들었던 흔적이 여실히 남아있다. 그렇다면 아무도 오지 않는 이 골짜기에서 소나무 한 그루 심어놓고 그것만 바라보고 살았단 이야기가 아닌가. 차라리 사람보단 나무와 이야기를 하며 살았단 말인가? 오죽 외로웠으면 나무와 이야기를 나누며 지냈을 것인가. 그 심정을 알 것 같은 연암이다. 그 역시 제비바위골에 있을 때 초막 앞 등 굽은 소나무와 이야기를 나눈 적이 있었다. 그걸 마치 선비의 표징인 것처럼 여겼던 것이다.

"이런 곳에 살았다고는 도저히 믿기지 않아요. 왜 벼슬의 끝은 이래야 하지요?"

"소나무처럼 독야청청하면 그렇지."

두 사람이 소나무 아래 말고삐를 놓고 쉬는데 마침 촌로가 꼴망태를 메고 나온다.

"여기 이 소나무를 누가 심었는지 들어보셨습니까?"

"모르겠습니다. 우리도 여기 들어와 산 지 얼마 안 돼서요."

이전에 살던 사람들은 다 떠나고 마을 생긴 내력을 아는 사람이 없단다.

"듣기로는 저 아래 신도비 주인이 처음 여기 올라와 집을 지었다는데, 그야 모르지요. 세상 바뀌면 이런 것들이야 다 버리고들 떠나가니까."

"그러면 그 후손들은 잘 되어 가지고 떠났다는 말씀이신가요?"

"명당자리 덕을 본다고들 하더군요. 자세한 것은 잘 모르겠으나…."

노인은 낯선 내방객들이 별 반갑잖은지 저만큼 걸어가 논두렁에 엎드려 풀을 뜯는다. 한가하게 노닥거릴 시간이 없다는 투다. 주인이 놀면 말 못하는 짐승들이 굶는다. 새끼 달린 어미 소가 긴 울음을 우는 소리를 들으니 노인이 하는 행동에 이해가 간다. 아마도 늦잠을 자느라 아침 쇠죽을 끓여주지 못한 모양이다. 아니면 말을 타고 갑자기 나타난 두 사람에게 겁을 먹었는지도 모를 일이다.

"이리 올라와 보세요. 가야산이 보여요."

재 만당에 먼저 오른 이방이 손짓을 하며 소리를 지른다.

두 사람은 말을 끌고 우듬지로 올라간다.

과연 가야산이 보였다. 가야산뿐만 아니라 비계산이며 수도산 단지봉이 눈앞에 펼쳐졌고, 서쪽으로 눈을 돌리니 우무산과 오도산이 지척이다. 그리고 아주 멀리 지리산 연봉도 아스라이 눈앞으로 다가온다. 북쪽 아주 멀리로는 덕유산과 황석산, 백운산 등도 보인다. 모두 백두대간의 시작이요 끝자락인 산군들이다.

박지항은 일일이 손가락 끝으로 짚어가며 산들의 이름을 열거한다.

그러면서 저 아래 철을 생산하던 야로가 있고, 야로 사람들이 무기를 만들어 바다를 건너가 왜국을 세웠다는 이야기를 한다. 저 우두산에 그런 전설이 있다 한다.

"그러니 결국 왜국은 우리 도래 사람들이 만든 나라란 말씀이지."

소설가라면 마땅히 그런 이야기를 써서 왜의 코를 납작하게 만들어야 한다고 한다.

"난 임진왜란만 생각하면 자다가도 치가 떨려."

"그런데, 삼숙."

남들이 듣지 않는 곳에서는 그저 조카 아제비로 통하는 이들은 마치 오랜 지기 같다. 연암은 무엇보다도 박지항의 해박한 지식이 탐난다. 그러나 아제비가 모르는 게 하나 있다.

"이 조카가 만약에 왜의 코를 납작하게 만들 소설을 쓴다면 삼숙이 책을 만들어 주겠소?"

"그게 무슨 소린가?"

"글을 써도 세상에 나와 알려지지 못한다면 그게 무슨 소용이겠소?"

연암은 지금 많은 글들을 써놓고 있지만 출판비가 없어 그냥 썩고 있다 한다. 한양에서라면 서로 돌려보며 필사본을 만들어 읽는 경우도 있겠지만 여기는 그런 사람들도 없다. 이러다간 쓴 글이 없어질지도 모른다. 재미로 쓰는 글이야 그렇다 치더라도 작정을 하고 읽히기 위해 쓰는 글들은 반드시 출판이 돼 책으로 엮어져야 하는데 형편이 여의치 못하다는 것이다. 문집을 간행하는데 드는 비용이 생각보다 만만찮다는 것은 알고 있는 사실이었지만 현직 현감이 그런 걱정을 할 정도인 줄은 몰랐던 박지항이다.

"세상에는 잘난 사람들도 많고 부자들도 많지요."

잘나서 문집을 간행해줄 만한 제자들을 많이 두거나 부자가 되어 자비출판을 할 정도가 되면 모를까, 아무리 좋은 글을 쓴다 해도 지금 당장에 책이 되어 찌든 세상을 밝게 해줄 수가 없다면 그 글이 무슨 소용이겠느냐. 게다가 문체반정을 구실로 삼아 목을 조이고 있는 현실에서는 더 이상 문집 같은 것을 낼 수 없다는 연암의 고민이다.

"그런 어려움이 있는 줄은 몰랐네."

"벼슬아치라고 다 같은 벼슬을 달고 사는 게 아니란 말씀입니다."

연암은 함양군수가 문집을 간행하겠다며 여러 가지 잡사를 적은 글들을 좀 봐달라고 맡겼는데 도무지 읽어나갈 수가 없어 그냥 밀쳐 둔 사실을 이야기한다.

"내가 봐도 문집을 낼 인사 같지는 않더라니까?"

"책을 낼 위인이 따로 있겠습니까?"

책은 누구나 내면 된다. 그렇지만 좋은 글을 써두고도 출판비가 없어 책을 못 낸다는 것은, 더 좋은 글을 쓸 용기와 기회를 앗아가는 일이라고 생각하는 연암이다. 방금 들었던 왜의 시조신에 대한 이야기는 정말 흥미로운 글감이다. 적어도 왜의 시조신이 아조선국에서 태어나 바다를 건너간 한민족이라면 왜는 꼼짝없이 아조선의 속국일 터임이 분명해진다. 그런 통쾌한 글감을 얻었는데도 그걸 곧 집필할 용기가 나지 않는 것은 앞서 쓴 글도 책이 돼 나올 날이 요원한데 지금 새로운 글을 써서 무슨 소용인가, 하는 참담한 현실 때문이다.

그는 요즘 『아동기년』이란 역사서를 쓰고 있다. 지금 들은 이런 이야기는 왜국의 간담을 서늘케 하기에 충분한 글감이다. 왜를 통

일한 시조신이 이곳 우두산에서 건너간 가야 사람이라면 이를 읽는 저들의 표정은 어떨까.

이런저런 생각으로 골몰해진 연암은 하산 길에 그만 낙마를 한다.

크게 다치진 않았지만 단벌옷이 흙투성이가 되었다.

"이를 어찌 하나?"

어디 가서 옷을 씻어 말릴 수도 없고 흙이 묻은 채로 다닐 수밖에 없게 생겼다. 자미가 깨끗이 씻어 손질해준 옷이다. 아무렇게나 누더기처럼 입던 헌옷 같았으면 별로 표가 나지 않을 일이었을 텐데 워낙 깨끗하게 손질해 다린 옷이라 금방 표가 나는 것을 어쩔 수 없다.

"그런데 이 옷은 누가 이리 다림질해 주었소?"

박지항은 아직 자미가 입성을 챙겨주는 사실을 모르고 있다. 그러고 보니 부임 첫날 안의를 다녀간 이후 도통 들리질 않았던 것 같다.

"근래 여자가 하나 생겼어요."

연암은 그간의 일을 대충 설명한다. 아무런 거리낌 없는 이야기다. 이에 대한 박지항의 답은 간단하다.

"나도 그렇게 자유로웠으면 좋겠네."

홀아비가 버려진 여자를 간수하는데 무슨 문제가 있을 것인가. 오히려 이건 적선에 해당할 일이다. 박지항은 역시 연암이라고 칭찬을 하는 듯하다가 짐짓 한마디 뼈 있는 말을 던진다.

"그렇지만 예를 갖추고 살아야 하지 않을까?"

"누가 같이 산다고 했습니까?"

그냥 옆에서 돌봐주고만 있다는 연암이다. 서로가 서로에게 편의를 제공하고 서로의 모자라는 부분을 채워준다는 것이다.

"그러면 자유연애라는 말이냐?"

"삼숙도 참, 연애가 다 뭐예요? 연애가."

연애랄 것도 없는 동반이라는 것이다. 박지항은 메치나 업어치나 그게 그거라며 껄껄거리고 웃는다.

"어쨌건 다행한 일이야. 홀아비가 어쩌고 지내나 걱정했더니만."

"말로만 걱정해서 뭐해요?"

연암도 따라서 말을 달린다.

개울을 건너 논두렁 밭두렁을 달리자 마을이 나타났다.

큰 절 들어가는 초입의 사하촌이 다 그렇듯 해인사 들어가는 산문 앞에도 음식점이 있었고 안에서는 몰래 술을 팔았다. 세 사람은 말을 내려 우선 목을 축였다.

"오늘은 해인사에 뭔 일 있는가?"

말 탄 사람들이 수없이 올라갔다는 주모의 말이다.

"누가 그렇게 많이 가요?"

"그야 모르지요. 나 같은 사람이 어떻게 압니까요? 좌우당간 울긋불긋한 옷을 입은 사람들이 많이들 올라갔지요."

댁들도 그 한 패 같은데 좀 늦은 것 같다는 이야기를 하고 있는데 붉은 철릭에 답호를 걸쳐 입고 전립을 쓴 인물이 마상에 높이 앉아 호종하는 인물들과 함께 주막으로 들어서는 모습이 보인다.

얼른 보아 관찰사가 틀림없다.

"예서 목 좀 축이고 갑시다."

말에서 내리는 모습이 눈에 익은 인물이다. 관찰사 겸 순찰사로 내려온 사앙(士昻) 이태영(李泰永)이었다. 사앙은 오늘 모일 선산부사 계량(季良) 이채(李采)와 거창현령 맹강(孟剛) 김유(金鎤)와 더불어 한양에서 함께 살던 한동네 친구였다. 그러니 허물없이 지내도 좋을 사이다.

"아니, 이게 누구요. 연암이 아니오?"

반갑게 맞는 그를 보고 연암은 약간 어정쩡하다. 그러나 곧 깍듯이 예를 갖추어 인사를 건넨다.

"먼 길 오시느라 수고가 많습니다. 도백님."

"먼 길 오기야 피차일반 아니오? 현감님."

두 사람은 호탕하게 웃으며 수인사를 건넨다. 남들 보는 앞이라 최소한의 예를 갖추는 척하는 것이다.

그러나 곧 목소리를 낮추어 이렇게 말하는 관찰사다.

"내 그러잖아도 내려오기 전에 규장각에 들러 남공철을 만났습니다. 특별히 금상께서 전하라는 말씀이 계세요."

그 이야기는 좀 있다가 하겠다며 우선 목부터 축이고 보자는 관찰사다.

그러나 연암은 관찰사를 나무라고 대든다.

"어찌 그럴 수가 있단 말이오?"

"무얼 말씀입니까?"

"어찌 그리할 수 있단 말이오?"

"글쎄, 무얼 말씀이오?"

"정녕 몰라서 묻는 것이오?"

연암은 기세가 등등하다.

관찰사는 짚이는 게 있었지만 얼른 실토를 하지 않고 그저 비실비실 웃는다.

"송사문제 건은 시원스레 해결했고, 노비공포 문제도 해결 지었고, 안의현에서는 남은 문제가 없는 줄 아는데, 또 무에 남은 게 있었던가요? 아 참, 그 창고 도둑 문제 말씀인가요? 그거라면 함양 군수가 문제의 해답을 가지고 왔을 게고…."

그러나 연암은 그런 문제 같으면 지금 이 자리에서 만나자마자 따지고 들지 않는단다. 이건 순전히 사적인 문제란다.

"어찌 남의 의사도 안 물어보고 그럴 수가 있습니까?"

그제야 슬그머니 쥐었던 끄나풀을 놓는 관찰사다.

"왜요? 그 여인이 눈에 차질 않습디까?"

"인물로 친다면야 오히려 그 반대이지요. 그렇지만…."

사람을 그렇게 감쪽같이 속일 수가 있느냐고, 여태껏 모르고 살았다는 연암이다. 그제야 관찰사도 웃으며 연암을 달랜다.

"속으로는 좋으면서 그러시지요?"

관찰사는 그런 일에 자존심 상하면 큰 일 못한다며 껄껄 웃는다. 그것도 다 금상의 언질이 있었다며 나중에 얘기하려고 아껴두었던 말이란다. 이빈 그 반성문만 잘 써내면 조정의 중요한 자리를 내주기로 약조했다는 말도 덧붙인다.

"사실은 그 이야기를 하기 위해 오늘 회동을 주선했습니다."

"그 이야기? 또 그 이야긴가."

연암은 낯이 화끈거렸다.

나라 임금이 이렇게까지 자기를 생각한다면 무슨 일인들 못하랴? 그런데 자신은 그 자송문이라는 걸 아직 쓰지 않았다. 쓰지 않았을 뿐더러 쓸 생각이 없다. 도대체 뭘 잘못했기에 반성문을 지어 바쳐야 하나? 도대체가 반성할 일이 없다. 소설을 쓴 것이 뭐가 잘못됐단 말인가? 소설은 소설 이상도 이하도 아니다. 그저 소설일 뿐이다. 그게 어찌 정치적 표적이 되어야 한단 말인가? 그게 아무리 임금의 체면을 세워주는 일이라 하더라도, 그로 인해 높은 자리를 얻을 수 있는 일이라 하더라도, 그러고 싶지가 않다. 그것은 작가적 양심을 파는 일이다. 양심을 팔아서까지 드높은 벼슬을 구하고 싶은 생각은 없다. 그 이야기를 하기 위하여 이런 자리를 만들었다니. 오히려 반항심이 더 치솟는 것을 느낀다.

"그래서 남공철이 하고 짜서 한 일이란 말이오?"

"금상께서 연암의 입고 먹는 것을 걱정하셨다잖소? 그래서 궁여지책으로 나비첩을 구상해낸 거지요."

"그래서 미인계를 썼다? 이 연암의 자송문을 받으려고?"

"그건 아니지요. 문체반정이 일어나기 전이었으니까. 순전히 순정한 뜻이었다고 보아주세요."

연암은 이 미워할 수 없는 옛 친구를 떠다밀고 싶었지만 참는다. 갑자기 무학대사가 떠오른다. 왕명을 받지 않기 위해 은신암에 숨었다는 그의 슬기가 새삼 놀라운 것이다. 왕명은 직접 받지 않으면 실행여부에 관계없이 아무런 책임이 없다. 그렇지만 일단

왕명을 받고도 실행치 않으면 그건 불충이 된다. 어떤 식으로든지 이건 왕명을 직접 하명 받은 거나 다름이 없는 꼴이 돼버렸다.

"자, 목들을 축였으면 갑시다."

관찰사는 호기롭게 일행들을 독려해 말에 오른다.

가야산과 남산 제일봉을 사이에 두고 홍류동 계곡이 흐르는데 청간수 속으로 고기들이 노니는 것이 보인다. 계곡은 갈수록 깊어지고 물소리는 청량해진다.

길이 험해 말이 한 줄로 서서 갈 수밖에 없는 지경이라 연암은 관찰사 일행에게서 떨어져 제일 뒤쪽에 섰다.

"아까 관찰사께서 뭐라 말씀하셨소?"

박지항이 자기가 들은 말이 잘못이 아니라면 무슨 큰 벼슬자리를 내릴 것이라며 연암의 상념을 깨고 든다.

"듣기는 옳게 들었어요. 그런데…."

"그런데는 또 무슨 그런데야, 하자는 대로 하면 그만일 것을."

그러나 연암은 그럴 수 없다 한다. 잘못이 없는데 무슨 잘못을 비느냐다.

"그 잘난 작가적 양심이 밥 먹여 주냐?"

"사람이 밥만으로 삽니까?"

밥은 있어도 그만 없어도 그만이지만 양심은 곧 그 사람의 얼굴이요 이름이라 한다. 이름 석자는 후세 역사에 남는 값진 것이라 함부로 해서는 안 된다.

두 사람 이야기를 듣고 있는 이방은 저들의 깊은 말뜻을 다 헤아릴 수 없다. 그렇지만 모시고 있는 안의현감이 대단한 존재라는 것만은 확실하다. 그래서 무어라도 말을 붙여보고 싶은 충동이 생겨 묻는다.

"해인이라는 말이 무슨 뜻인가요?"

연암은 들은 척 만 척이다.

연암의 침묵에 박지항이 대신 답을 한다.

"저 물을 보아, 저기 나무들이 비치나 안 비치나?"

"비쳐요."

"그러면 저기는 어떤가?"

박지항은 또 쏟아져 내리는 폭포수 아래 여울을 가리킨다.

"거기는 안 비쳐요."

"바로 그거야. 물이 고요하게 가라앉아 있으면 대상물이 거기 비쳐 보이는 것처럼 부처님의 눈을 통해 세상을 보라는 것인 게야. 그게 해인이야."

"부처님의 눈은 어떤 건데요?"

"인간의 본성이지."

인간의 본성은 본시 선하다. 그러던 것이 폭포수가 쏟아지듯 세차게 흐르는 기운에 의해 흐트러진다. 그 흩어진 기운을 바로 잡는 것이 바로 수행이다. 해인사는 그런 뜻에서 붙여진 절 이름이다.

홍류동 기나긴 계곡을 감돌아 오르며 연암은 말이 없다. 시종 '나라를 경영할 것인가 이름을 경영할 것인가' 그 생각에 빠져 있었다.

이윽고 일행은 일주문 앞에 닿았다. 그 앞에 영지가 있었다. 가야산 정상을 볼 수 있는 그림자 못이다.

"저길 보게나. 가야산 꼭대기가 보이지?"

아스라이 저 먼 정상이 그림자 못 속에 들어와 앉아 있다. 이처럼 마음의 깊은 속을 들여다보면 비추어지는 것이 있다. 그 그림자의 실체가 바로 인간의 본성이다. 이 본성을 찾아 무념무상의 상태가 되어 보는 것이 필요하다. 시시때때로 불공을 드리고 염불을 외는 것도 본시부터 있는 자기 성질인 이 자성을 찾기 위함이다. 자기를 잃으면 천하를 잃는 것보다 더 큰 모든 것을 잃는 것이다.

영지를 주변으로 음식점들과 잠자는 집들이 산재해 있는 사하촌이 생겼다. 여기 임시로 마련한 듯한 마구간이 있어 말들을 맡기고 걸어야 한다. 원근 각지에서 온 경상도의 수령들이 하나같이 이곳에 모여 관찰사의 당도를 기다린 모양이다. 서로 아는 사람들은 인사를 나누고 모르는 사람들은 서로 소개를 한다.

일주문을 들어서니 아름드리 고목들이 길 양옆으로 도열해 있다.

신라 고찰답게 덩실한 절집이 당우를 드러내고 풍경소리를 불러낸다. 절 마당엔 그리 크지는 않았지만 5층 석탑이 있고 드높은 석계 위에 대웅전이 자리했다. 모두들 대자대비 부처님 전에 들러 절부터 먼저 올린다. 대웅전 뜰을 뒤로 돌아 석축을 오르면 대장경을 보관해둔 장각이 있다. 연암은 이를 먼저 둘러본다. 검게 옻칠이 돼 있는 판각을 보고 이런 정도라면 안의에서라도 만들 수 있지 않을까? 차라리 이번 수행에 공방을 데리고 왔으면 좋지 않았을까 하는 생각을 해보는 연암이다. 안의에도 이런 판각소를 하

뿔벳

나 만들리라.

절집들을 옆으로 낀 북쪽 담장을 넘자 신라의 최치원이 짚고 다니던 지팡이가 자라 거목이 되었다는 아름드리 전나무가 서 있다.

"이거 정말 이상하게 생긴 나무도 다 있습니다."

위로 올라갈수록 더 굵어지는 나무가 어디 있을 것이냐며 앞서 가던 걸음걸이를 멈춘 관찰사다.

"고운 선생이 짚던 지팡이가 자라 된 나무라 그렇습니다."

관찰사 일행을 안내하던 주지의 설명이다.

"고운 선생이 말씀하셨지요. 이 나무가 살아 있으면 '내가 살아 있는 것으로 알라', 그래서 해인사에서는 고운 선생이 아직도 신선이 되어 살아계신 것으로 믿고 있습니다."

"신선이라면 안의현감이 잘 알지요."

관찰사가 연암을 가까이 불러 묻는다.

"정말 고운 선생이 신선이 되었을까요?"

관찰사는 연암이 '신선전'을 쓴 일을 염두에 두고 하는 말이었는데 이를 모르는 주지스님이 중간에 끼어들어 그 말을 자른다.

"고운 최치원은 신라시대 석학으로 해인사에서 그 말년을 보내며 신선이 되신 분으로…."

연암이 중도에서 말을 끊고 묻는다.

"해인도량에서는 신선이 나옵니까?"

신선은 도교사상이다. 그런데 어찌 해인사 같은 법보사찰에서 신선을 운운하느냐, 이는 불교를 스스로 희석시키는 일이다. 불교가 국교였던 고려시대에는 절에 산신전이 없었다. 조선조 들어 유교가 국교로 변하면서 절간에 산신당을 세우고 신선을 함께 모시기 시작했는데 이는 부처를 모시는 불당에 대한 모독이라는 것이다. 조금만 더 깊이 생각해 보면 알 수 있는 일일 텐데 어떻게 그런 자가당착에 빠지는 모순을 저지르게 되는지 모르겠다.

"나도 그 신선전은 읽어봤는데 중이 신선되는 건 아닙디다."

선산부사 계량이 엉뚱한 이야기를 끄집어낸다.

"중이 안 되면 누가 된단 말이오?"

거창현령 맹강이 괜한 말꼬리를 잡는다.

"중은 수행자고 비록 삭발 출가는 하지 않았다 하더라도 신선도 수행을 통해 되는 것이니만큼 중이라 해도 별 무리가 없는 말이지요."

"중은 득도하여 열반에 들지, 신선이 되지 않습니다. 그렇지 않나요?"

"그러면 신선의 씨가 따로 있다는 말씀인가요?"

"신선도와 불교는 근본적으로 다르지요."

"다르긴요? 요즘은 천주교도 나왔는데…."

누군가 이 말을 하다가 입이 쑥 들어가 버렸다. 이런 자리에서 서학을 논급했다가 나중에 무슨 모함을 받을지 모를 일이다. 서로가 서로를 경계한다.

연암은 하나의 작품을 다 같이 읽고도 각기 생각이 다르고 뜻풀이기 다름을 세삼 느낀다.

"신선이 따로 있는 게 아니잖소? 수행을 많이 하거나 덕행을 쌓아서 되는 것도 아니고 스스로 마음을 비우면 되는 거 아닌가요?"

"그 마음을 비운다는 게 문제이지요."

사람이 어떻게 마음을 다 비우느냐? 마음을 다 비워내고 나면 혼이 떠나버릴 테고 그런 상태라면 죽음을 뜻하는 것이 아니냐? 죽어 해탈을 한 상태가 신선이라면 그건 신선사상이 아니다. 죽지 않고 되는 영원불멸의 존재가 신선이다.

"그렇지 않소이까?"

다시 그 근원적 질문은 연암에게 돌아온다.

"그러니 결국엔 신선은 없다는 이야기 아닙니까? 신선은 없지요. 그런데도 기를 쓰고 신선이 되고 싶어 하는 게 인간의 욕망이지요."

인간은 죽게 마련이다. 유한한 존재이기 때문에 인간이다. 이를 부인한다고 신선이 되는 것은 아니다. 신선전의 요체는 거기 있다.

연암은 괜히 신선이니 도사니 하는 것들은 현실을 도피하는 은둔자들이나 하는 짓이라 역설한다. 주어진 운명을 받아들여 오늘의 삶에 충실해야 한다. 누구나 주어진 일이 있고 그 일을 착실히 수행할 때 만족이 오는 것이지 신선 행세를 한다고 해서 영원 불사하는 게 아니다. 그런데도 행간 속에 든 말뜻은 읽지 못하고 괜한 트집들이다.

"이제는 실사구시 할 때입니다."

연암은 간단한 말로 논전을 요약했다.

개울 건너에 홍제암이 있다. 거기 사명대사의 비가 서 있어 사람들이 그 앞에 섰다. 사명당은 승병을 이끌고 임진왜란을 치룬

승장이기도 하다. 왜구들의 패인은 사실상 이 승병들의 분투에 있다. 사방에서 일어난 승병과 의병들이 아니면 임진왜란은 끝나지 않는 전쟁이 되어 나라를 송두리째 잃었을 것이다. 평양성을 취한 왜구들이 기고만장하여 북진을 서둘렀을 때는 이미 추운 겨울이었고 추위에 약한 저들은 관북·관동지방을 휩쓴 의병장 정문부와 승병들에 의해 한풀 죽어 북관대첩을 필두로 그 예봉은 완전히 꺾기기 시작했다.

"난 임진왜란의 사실상 승리는 저 북관대첩에서부터라 생각해요."

북관대첩에서 패배한 왜구는 사실상 후퇴를 하기 시작해 남해까지 흘러들어 이순신을 만나 패전한다. 이미 기가 꺾였기 때문이다. 달아나는 쥐를 잡는 것이 무에 어려울 것인가? 연암은 지금 자기가 쓰고 있는 역사서의 한 부분을 토로하고 있다.

그러나 아무도 그 말이 무슨 뜻인지를 알아듣지 못한다. 임진왜란이라면 그저 백의종군을 한 이순신이 전부다. 전쟁은 혼자 하는 것이 아니다. 수많은 사람들의 피를 요구한다.

"아까 뭐라 했소? 북관대첩이라 했나?"

홍제암을 뒤로 하고 외나무다리를 건너 사하촌으로 돌아온 한참 뒤 관찰사가 아까의 이야기를 되묻는다. 절 아래 동네엔 이미 큰 먹거지가 마련돼 있었다. 아마도 주지의 특별한 배려인 것 같았다. 곡차도 나왔다. 곡차기 한 순베씩 돌자 관찰사는 아까 귓등으로 들었던 그 이야기가 자세히 듣고 싶다 청한다.

"그 이야기 좀 다시 해보세요."

임진왜란이 일어나자 회령 사람 국경인이란 자가 반란을 일으켜 임해군과 순화군 두 왕자를 잡아 왜장 가토 기요마사에게 넘기고 항복하는 사건이 일어났다. 이에 격분한 정문부는 의병을 일으켜 반란 세력을 토벌하고 장덕산에서 왜적을 만나 큰 전투를 벌여 승리한다. 이후 쌍포 전투, 백탑교 전투 등의 수훈으로 관북지방은 물론 관동지역까지 수복해 왜구를 축출한다.

"이를 북관대첩이라고 합니다."

북관대첩으로 예봉이 꺾인 왜구들은 결국 평양성을 포기하게 된다. 이러한 혁혁한 공적이 있는데도 순찰사 윤탁연은 의병장 정문부의 활약을 오히려 반대로 적어 올려 아무런 공로를 인정받지 못하고 만다. 나중에 그 진실이 드러나 정문부는 벼슬길에 오르지만 이괄의 난에 연루되었다는 누명을 쓰고 죽게 된다.

"그런 일이 있었단 말이지?"

"억울한 사람이 어디 한둘이겠습니까?"

연암은 이런 역사가 바로 잡혀야 나라가 바로 선다 한다.

"지금 안의현감의 말씀을 들어보았지요? 억울한 사람이 없어야 잘 사는 나라가 됩니다."

관찰사는 몰랐던 사실을 알았다며 연암에게 특별히 큰 술잔을 돌렸다.

이렇게 해인사의 하루가 시작되었다.

아는 것이 힘이다. 연암은 그 아는 것으로 인하여 군계일학이 되었지만 마음속 깊은 곳의 갈등은 어찌할 수 없다. 갈등이 일면 입이 다물어진다. 이 묘한 버릇을 어찌할 수 없어 침묵에 들어간

사이 각 고을 수령들의 요청들이 늘어진다. 각기 자기 고을의 폐단을 들어 무언가 하나라도 더 타가려고 안간힘을 쏟는다. 올해는 농사가 시원찮으니 세금을 줄여달라느니, 성축공사에 필요한 자원을 충당해 달라느니 요구사항들이 많다. 각 고을 수장들이 관찰사를 통해 무언가 실리를 취하고자 하면 할수록 연암의 턱은 굳어진다.

"안의현감은 왜 아무 말씀이 없으시오?"

묵묵히 입을 다물고 있는 연암에게 감사가 묻는다.

연암은 갑자기 물어오는 질문에,

"폐단이 하나 있긴 하나 방책이 떠오르질 않습니다."

하고 머리를 조아린다.

"어디 한번 들어나 봅시다."

"군사제도에 관한 것입니다."

지금 각 고을 수령들이 하던 청원과는 전혀 다른 이야기다.

"지금 군사제도인 속오군제도라는 것은, 임진년처럼 왜구가 쳐들어오면 군사를 좌수(座首)가 모두 끌고 나가게 돼 있으니 저 같은 현감 밑에는 단 한 명의 군졸도 없게 됩니다. 그러니 어찌 되겠습니까? 꼼짝없이 죽게 생겼으니 마루 밑에 들어가 숨기를 하겠습니까, 목숨을 내걸고 도망을 가야겠습니까? 혹자는 이렇게 말할 수도 있습니다. 그러면 미리 아전들이나 노비를 훈련시켜 대비해야 한다고요. 그렇지만 안의 같은 조그만 고을에 그런 인원이 있습니까? 제갈량이 살아서 돌아온다 해도 묘책이 없을 것입니다. 그러니 대숲으로라도 달아날 수밖에 없는데 만약 그렇게 된다면

『자치통감강목』의 서술방식에 따라 '안의현감 박 아무개가 성을 버리고 달아났다'라고 후대 역사에 남을 것 아닙니까? 이것이 가장 큰 걱정거리입니다."

좌중에 한바탕 소동이 일어났다. 박장대소가 벌어진 것이다.

그러나 조금만 더 깊이 생각해 본다면 근원적인 제도의 모순을 짚어낸 발언이 아닐 수 없다. 여기 모인 모든 이들의 입장은 대동소이하다. 군사 하나 움직일 권한도 없는 고을 수장들인 것이다. 만약의 사태가 일어나 군사를 동원할 일이 일어난다면 아무런 지휘권도 없는 허수아비들이다. 그런 법제도를 한번이라도 생각해 본 적이 없는 사람들이다.

연암의 『열하일기』에서 북학을 배운 관찰사로서는 이 말 속에 숨은 깊은 뜻을 헤아리고도 남았다. 북학은 단순히 선진국인 청국을 본받자는 데 그치는 것이 아니라 그걸 타산지석으로 삼아 우리 것을 찾자는 충분한 의도가 있었던 것이다. 저런 혜안을 가졌으니 임금이 큰 일을 시키려 드는 것이라 미루어 짐작하기까지 한다. 그런데 아직 자송문에 대한 답은 듣지 못했다. 그게 못내 답답한 관찰사다.

"지금 안의현감께서 하신 말씀은 그저 웃자고 하신 말이 아니시지요?"

또 무슨 책을 쓰고 계신 듯하다는 관찰사다.

"요즘 『아동기년』이라는 역사서를 저술하고 있습니다."

"거기 이 군사제도에 관한 이야기도 나옵니까? 설마하니 마루 밑에 숨는 이야기는 안 하시겠지요?"

좌중이 또 한바탕 웃음바다가 되었다. 딱딱한 관찰사의 공식적 순시 행사에서 벗어나 재미난 술자리로 변한 이번 회동은 이렇게 끝이 났다.

그날 밤 함양군수 윤광석이 잠자리로 찾아와 지난번 부탁한 도둑을 잡았단 이야기를 했다. 잡고 보니 함양의 거간꾼들과 안의 토호들이 서로 끼고 한 짓들이라는 것이다. 그러니 이 일을 조용히 처리하자고 한다.

"없어진 물건들만 조용히 회납하면 안 될까요?"

도둑들을 벌주는 것은 함양에서 알아서 처리하겠다는 군수의 입장을 생각해서 그리하라 이르는 연암이다. 아무리 일벌백계라 하지만 벌보다는 선도, 선도보다는 미리 예방하는 게 상책이다. 그러자면 교육을 제대로 시켜야 한다. 모든 죄에 앞서 이를 방지할 수 있는 선행교육이 절실히 필요한 것이다.

'결국 덕치인 게야.'

이제야 공자의 참뜻에 도달하는 연암이다.

연암은 이날 해인사에서 보고 듣고 느낀 일들을 「해인사」라는 한 편의 시에 담아 남긴다. 할 말이 많아서인지 긴 연시가 되었다.

공명첩

해인사를 다녀온 후 연암은 더욱 바빠졌다. 물레방아 만드는 일이며 학당을 만들어 교육을 시키는 일이며 시장경제를 살리는 일이며 눈코 뜰 새가 없다. 그중에서도 그가 가장 마음을 쏟는 일은 물산장려다. 저잣거리가 흥성하는 일이다.

닷새마다 열리는 오일장에 풍성한 특산품들이 등장하고 이걸 한양으로 올려다 파는 상인들이 생겨야 경제가 활성화 된다는 게 연암의 근본 취지다. 고을 안에 있는 것은 언제나 고을 안에서 맴돌게 돼 있다. 그걸 누가 가지느냐의 문제는 별 문제가 안 된다. 부자가 가지든 가난한 이가 가지든 안의 것은 언제나 안의 것이다. 거창의 것이 안의로 오든지 함양의 것이 안의로 와야 안의 것이 된다. 더 크게 생각한다면 모든 물산이 모이는 한양의 돈이 안의로 와야 안의 사람들이 부자가 되는 것이다.

육방관속들을 모아놓고 매일같이 하는 말이 이 말인데도 저들은 마이동풍이요 우이독경이다. 도대체가 안의현감이 무슨 뜻으로 저런 말을 하는지 알아듣지를 못한다. 심지어는 '거창 걸 이리 빼앗아 오라는 분부이십니까?' 라고 묻는 구실아치도 있다.

"특산물을 장려하라는 말이네. 그래야 진상품을 팔아 돈을 벌 수 있다 이 말일세. 돈을 벌어야 잘 살 것 아닌가."

돈을 버는 길은 한양으로 올려 보낼 수 있는 특산품을 장려하는 일이라고 오늘도 귀가 따갑도록 역설했다. 그러나 안의 사람들은 지금까지 하는 일로 봐서 그 말이 맞긴 한 것 같은데 어떻게 하는 게 특산품을 만드는 일인지 도무지 감이 잡히질 않는다.

산에 절로 피는 산국을 따 국화주를 담는다든지 머루 다래를 따 머루주를 담는다든지 해보세요. 그러면 곡물을 축내지 않아도 술을 즐길 수 있어, 군이 금주령을 어기지 않아도 생활이 즐거울 수 있지 않느냐? 그뿐인가. 충청도 이북 지역으로는 날씨가 추워 감이 잘 되질 않는다. 그런데 안의에는 감이 많다. 곶감을 깎아 한양으로 올려다 팔면 돈이 된다. 뿐인가 산에서 저절로 얻을 수 있는 버섯이나 석청, 더덕, 산삼 같은 것을 캐 팔아도 그게 다 돈이다. 그는 안의에서 할 수 있는 온갖 일들을 일일이 들추어 장려하려 하지만 이 역시 저들에게는 귀머거리 귀에 요령소리다. 도대체가 그렇게 해서 돈을 벌어본 일이 없는 사람들이다. 제 논밭 파 곡식 심는 외에 과외소득을 올려본 일이 없는 농민들이다. 그것도 서로 바꿔 먹을 줄이나 알았지 돈이 뭔지도 모르는 사람들이 많았다.

그런 가운데 또 다시 찾아온 보릿고개를 안의 사람들은 어떻게 보내는가? 고리장리를 얻는 수밖에 없다. 장리 빚이라도 얻어 쓸 수 있는 사람들은 그래도 걱정 없는 사람들이다. 부황이 들어 누렇게 뜬 얼굴을 하고 있으면서도 아무런 대책이 없다. 그저 풀뿌리를 캐거나 소나무 껍질을 벗겨 연명하거나 돌멩이를 들춰 개구리를 잡는 일이 고작이다.

"이제 개구리도 없다."

용추폭포를 아래위로 이 잡듯 뒤지던 동구어멈은 등에 업은 아이를 내려놓고 젖을 물리는데 먹은 게 없으니 변변히 나올 젖이 있을 리 만무다. 젖꼭지가 이미 시든 오디처럼 새들새들하다. 마른 젖을 빨리자니 젖 물린 어미도 고달프고 빈 젖 빠는 아이 역시 힘들기는 마찬가지다. 그래도 동구아범은 커다란 바윗돌을 들쳐 올려 그 밑에 무엇이 들었는지 보려 안간힘을 쏟고 있다. 개구리를 잡는 것이 송구를 벗겨먹는 것보단 젖 나오는 데 도움이 된다는 것을 아는지라 돌 들추기를 포기할 수가 없다. 벌써 며칠째 마른 젖을 빨리는 동구어멈도 어멈이지만 이제는 노모마저도 허기져 누운 상태이니 어떻게 해서라도 진기 있는 것을 해다 먹여야 한다.

"거기 뭐하는가?"

그 아무리 뒤져도 개구리 뒷다리 하나 못 볼 터이니 그만 두라는 공방이다.

"공방 어른은 어디 갔다 와요? 뭐 좀 잡았어요?"

"내야 뭐 개구리 잡으러 다니남?"

물레방아를 돌려 삯으로 땐 쌀이 아직 남아 있다는 이야기일 터였다. 처갓집 덕을 톡톡히 보는 사람이라 동네 사람들이 다 부러 위하는 공방이다.

"와요? 처갓집 정미소가 잘 돌아가서요?"

공방은 원님이 만든 처갓집 물레방아 덕으로 이밥 먹으며 산다는 소문이 좌아하니 퍼졌다. 그런데도 공방은 시침을 뗀다.

"물레방아 멈춘 지 오랠세. 그런 말 말게."

"물레방아가 멈추다니요?"

"찧을 곡식이 있어야 돌릴 거 아닌가?"

그러니 피차일반이라는 이야기다. 그렇지만 애먼 돌만 들추기면 먹을 게 나오느냐, 저 위 계곡으로 올라가 된장을 풀면 가재가 나온다고 일러주는 공방이다. 그러면서 등껍질이 빨갛게 약이 오른 가재를 들어 보여준다. 마치 가재 잡는 비법이라도 일러준 양 의기양양해 내려가는 공방은 은근히 몸보신에는 뱀이 더 좋을 거라는 귀띔도 잊지 않는다.

"꺼꿀가재는 된장 풀면 나오지만 뱀은 돌담부랑(산이나 들에 모여 있는 돌무더기(돌담불)의 경남 방언)을 뒤져야 해여."

"그렇긴 하구먼요."

듣고 보니 귀가 솔깃한 동구아범이다. 왜 진작 그 생각을 못했을까? 뱀은 개구리를 잡아먹고 사니 개구리보다 훨씬 좋은 보양식이 될 것이다. 좀 징그럽기는 해도 개구리보다 뱀 잡는 일이 더 쉽다.

"웬만하면 이제 젖을 떼지… 다 큰 애 젖은 빨리고 그러누?"

"입에 풀칠이라도 할 게 있어야 젖을 떼지요."

밥보다 젖이 더 가깝다. 그런데 이제 젖도 밥도 없으니 큰일이다. 목구멍이 포도청이라 창고 터는 일까지 거들었던 동구아범이다.

'국창을 턴 죄는 죽어 마땅하다.'

나라에 큰 죄를 지은 죄인으로 큰 벌을 받아 마땅했지만 먹고살기 위해 어쩌다 가담한 생계형 범죄는 어쩔 수 없는 죄라며 용서를 한 현감이었다. 그 현감이 그랬다. 올 보릿고개만 넘겨라. 어떻게든지 올봄만 넘기면 살길이 열릴 것이다. 그 살길로 물이건 산이건 들판이건 먹을 수 있는 모든 동식물을 다 채취해 오라는, 그래서 입에 풀칠을 하고 보자는 엄명이었다. 남녀노소를 불문하고 움직일 수 있는 모든 안의현 백성들은 먹을 것을 구해 나서라는 현감은 그 자신도 직접 구휼할 수 있는 양식을 구해 나섰다.

"초근목피건 산 짐승이건 먹이가 되는 건 전부 거둬들여라."

가난 구제는 나라님도 어쩔 수 없다. 그러니 스스로 목숨 지탱할 방도를 강구하지 않으면 안 된다. 이날도 연암은 사람들을 들로 산으로 내보냈다. 저녁때가 되면 온갖 풀뿌리며 나무껍질은 물론 동식물 가리지 않은 먹을거리들이 모인다. 이걸 가마솥에 넣고 푹 삶아 꿀꿀이죽을 만든다.

연암 자신도 이 구휼음식을 함께 먹고 마신다.

"사또!"

현감이 그렇게 먹고 살 수 있겠느냔 주변의 권고였지만 애당초 선식을 하던 연암으로서는 아무렇지도 않은 일이었다.

"이 정도면 먹을 만하지 않은가?"

"그 말이 아니오라…."

나라에서 내린 공명첩을 팔자는 호장이다.

이 몹쓸 보릿고개를 타개하기 위해 나라에선 공명첩을 내리기로 했다. 공명첩이란 받는 자의 이름을 기재하지 않은 백지 사령장이다. 공명첩에는 관직이나 관작의 임명장인 공명고신첩, 양역의 면제를 인정하는 공명면역첩, 천인에게 천역을 면제하고 양인이 되는 것을 인정하는 공명면천첩, 향리에게 역을 면제해 주는 공명면향첩 같은 것들이 있다.

이 제도는 임진왜란 때 병사들의 사기를 높이고 전력을 강화하기 위해 전공을 세우거나 납속한 자에게 발급하기 시작한 것이 전쟁이 끝난 뒤에도 계속되어 지금은 흉년이 들 때마다 기민을 구하기 위해 실시되고 있는 제도다.

이는 양반이 되기를 갈망하는 상민들에게서 곡식을 거둬들이는 한 방편으로 이용되었다. 또 돈은 있어도 벼슬길에 나가지 못하는 자들에게 있어서도 벼슬을 살 수 있는 기회가 되었다. 공명첩에는 누가 어떠한 일을 해서 받은 것인지를 기록해 놓지도 않았으며 실제로 관직을 주는 것도 아니다. 이름 그대로 비어 있는 명첩이다. 그런데도 이를 사서 양반이 되거나 이름뿐인 벼슬이나마 얻으려고 재산을 긁어모아 흉년 들기를 기다리는 작자들이 줄 서 있을 정도였다.

그러니 이 공명첩을 산 상민들은 나라로부터 합법적으로 취득한 신분을 과시하기 위해 더 많은 돈을 주고 더 높은 벼슬의 첩을 사기 원한다. 이들의 호적대장에는 '납속가선'이니 '납속통정'이라는 단서가 붙는다. 돈을 내고 '가선'이나 '통정'이라는 칭호를 얻었다는 뜻일 테다.

　그러나 차츰 납속이라는 문구를 빼버려 가선이나 통정이라는 존호만 적는 폐단이 생겼다. 여기에서 또 호적서기와 뒷거래가 성행하는 작태가 벌어져 이를 엄하게 중죄로 다스리는 법까지 생겼지만 말단 행정부서까지 행해질 리가 없다. 하여 이렇게 산 벼슬이 이미 죽어 묻힌 선조들 무덤 앞 비석으로까지 번졌으니 조선의 신분제도는 완전히 무너져 혼란에 빠졌다. 너도나도 돈만 있으면 선조의 무덤 앞에 통정대부 아무개니, 가선대부 아무개라는 비석을 세워 양반 행세를 하려 했다.

　양반에는 세 가지 부류가 있다. 본시 양반의 씨에서 나 벼슬길에 오른 양반, 양반의 씨이기는 하나 벼슬길에 나서지 않고 공부만 하는 양반, 양반을 돈 주고 사거나 특별한 공로를 인정받아 양반의 칭호를 얻은 양반 등이다. 이 세 가지 부류의 양반 중에서 공명첩을 사고팔아 된 양반이 가장 양반 같잖은 염소수염양반이다. 이들은 아무리 긴 장죽을 물고 수염을 늘어뜨려 쓰다듬어 입을 놀려보지만 그 입에서 구린내만 나지 시 한 줄 나오지 않는다. 시를 모르면 선비랄 수 없다. 공자는 '시 삼백 편이면 사무사'라 하여 시가 사특함을 없앤다 하였다. 이 삿됨이 없어야 인간다운 인간이다. 글공부를 하는 까닭이 여기에 있다. 공부로 사악함을 이겨내자는 것이다. 당연히 선비가 양반이 되어야 한다. 양반은 양반이니만큼 이 사회를 짊어질 책임이 있다. 책임감 없는 인물을 양반의 반열에 올려서는 안 된다. 따라서 이렇듯 사회가치를 뒤흔들수 있는 공명첩 발급은 옳지 않다. 언젠가는 소설을 쓰려고 귀담아 들어두었던 이야기다.

연암이 이러한 공명첩을 받아들일 리 없다.

"어떻게 벼슬을 사고팔 수 있단 말인가?"

부자들의 창고에 재여 있는 곡식을 끌어내기 위해 빈 첩(帖)을 돌리는 일은 우선은 약이 될 수 있겠지만 조금만 앞을 내다본다면 나라 망치는 지름길이다. 쌀을 받고 벼슬을 내준다면 그동안 열심히 공부한 선비들은 뭐란 말인가? 하도 딱하니까 내린 극단적인 조처이긴 하겠지만 이는 용납될 수 없는 일이다. 그것이 아무리 기민정책이라 할지라도 그런 극단적인 조처를 받아들일 수 없는 연암이다. 그렇다면 거기 버금가는 무슨 대책이 있어야 한다. 우선은 굶어죽는 사람이 없어야 한다. 나라에서 하라는 공명첩제도를 못 받아들이겠다고 한다면, 나라에서 하지 못하는 그 어떤 기발한 일을 해내야 하는 게 연암이 할 일이다.

그러나 그런 기상천외한 일을 찾아내지 못하고 겨우 부황난 사람들을 데리고 개구리 잡는 일이 고작이었으니 스스로가 생각해도 답답하고 한심한 노릇이 아닐 수 없었다.

이날 답답한 마음을 누를 길 없는 연암은 내친 김에 황석산에 올랐다. 언제부터 한번 가보고 싶었던 곳이었다. 산성은 이미 허물어져 겨우 그 흔적만 남기고 있었지만 피바위만큼은 엊그제 일인 듯 아직도 선명한 핏빛이었다. 온 조선 팔도가 핏빛으로 물들지 않은 곳이 없을 만큼 참담한 전쟁이었겠지만 자신이 다스리고 있는 이 고장에서, 그리고 지금 발을 디디고 선 이 자리에서 그런 격렬한 전투가 벌어졌다는 것을 생각하니 소름이 오싹 돋았다. 그

때는 전쟁으로 사람들이 죽어갔지만 지금은 가난과 기아로 목숨을 잃을 판이다.

이를 구하는 방법은 무엇인가? 문제는 달라도 해답은 하나다. 그때는 쳐들어온 왜구를 물리치는 일이 과제였다면 지금은 쳐들어온 가난을 물리치는 일이 그 과제다. 들과 산을 다 헤집어내서라도 먹을 것을 찾아내야 한다.

"겨우 한다는 일이 개구리 잡이야?"

양반들은 노골적으로 연암을 비웃고 있었다. 벌써 고리장리를 얻으러 와야 할 때가 아닌가? 해마다 춘궁기가 오기를 은근히 기다리는 염소수염양반들이다. 지난해에는 그래도 수세감면이라는 명목을 내세워 창고 문을 열게 했었다. 그렇지만 올해는 어림도 없다는 지방 재력가들이다. 이제는 시냇가 버들강아지조차도 다 따먹어버린 지경이니 바가지를 들고 나타날 때도 되었다.

연암은 한두 해 살아보니 안의 사람들이 말하는 안의 정서라는 것을 알 것 같았다. 남이야 어떻든 나만 잘 먹고 배부르면 되고 남의 집이야 어떻게 되건 우리 집안만 잘 살면 그만이다. 그러니 이 잘난 양반님네들 코를 꺾자면 어떻게든 이번 춘궁기만큼은 고리빚으로부터 해방되어야 한다. 일단 고리대금에 코 꿰놓으면 한평생 거기 끌려 다닐 수밖에 없다. 이 고질적 가난의 굴레를 벗게 해야 한다. 그렇지 않고 하기 쉬운 대로 공명첩을 팔아 구휼미를 끌어 모아 배급을 준다든가 고리채를 얻어 밥을 먹게 한다든지 하면 일이야 쉽겠지만 서민들의 목줄을 더욱 조이는 결과가 될 것이 뻔하다. 이는 몇몇 토호들의 치부를 위해 굶주린 백성들을 저당 잡히는 결과밖에 안 된다. 이걸 뻔히 알면서도 그런 짓을 할 수는 없다. 아직까지 부잣집 곳간에는 먹을 양식이 있으니까, 이는 최후의 보루로 남겨놓아도 된다. 이 봄만 지나면 보리가 익을 테고 보리이삭만 영글면 더 이상 부황난 얼굴을 안 봐도 될 것이다. 그렇다고 마냥 앉아서 감나무에서 홍시 떨어지기를 기다릴 수만은 없는 노릇이라 그 사이 할 수 있는 일을 찾는 중이다.

"아직 기별이 없는가?"

"예. 아직…."

춘궁기가 빨리 지나가버리는 계절의 순환 이외에도 연암은 한 가지 희망을 갖고 기다리는 것이 있다. 약령시장으로 보낸 상단 패들이 돌아오는 일이다. 약초를 캐 말려 모아 악령시장으로 팔러 보낸 상단이 있다. 아직 해보지 않아서 모를 일이긴 하지만 감영이 있는 대구엔 큰 약령시장이 열렸고 사방에서 약재를 모아 한양으로 올려 보내는 걸 본 일이 있어 경상감사에게 이 중재를 부탁하는 서찰을 써 행상을 보냈다. 이 일만 성공한다면 약초는 산에 가면 얼마든지 캘 수 있어 안의 사람들 일거리로는 그만일 터였다.

그렇게만 된다면 안의는 자급자족이 된다. 전체 소득 면에서 본다면 안의의 수확량으로 안의 사람들이 먹고사는 데에는 지장이 없다. 다만 소득이 골고루 분배가 안 된다는 점이 있긴 하다. 그렇다고 가진 자들의 것을 무조건 빼앗을 수는 없는 일이다. 저들에게서 가진 것을 내놓게 하는 방법은 단 하나, 외지에서 돈을 벌어오는 일이다. 돈이 있으면 얼마든지 먹을 걸 살 수 있다. 평평한 배분을 위해서는 돈이 있어야 한다. 아니면 언제까지나 몸 바쳐 저들의 종이 되는 수밖에 없다. 대물림 가난이 그래서 생기는 것이다. 배고플 때 편하게 얻어먹고 또 다시 일해 갚으면 된다. 그렇게 살면 된다는 것이 가난을 대물림하게 되는 근원이다.

이런 작은 고을 하나 다스리는 데에도 이런 어려움이 따르는데 나라를 경영하자면 얼마나 큰 고충이 따를 것인지, 새삼 임금의 노고가 헤아려진다. 사방에서 이래 달라, 저래 달라 요청만 들어오지 한 가지도 해결해 주겠다는 사람 없는 것이 책임자의 눈으로 본 세상이다.

그런 연암은 책임자로서의 몸가짐에 늘 조심한다. 그런데도 책잡힐 일이 많다. 이날 아침에도 하 진사로부터 한 말을 들었다.

"사또, 어찌 일을 그리 처리하십니까?"

"무슨 말씀이신지요?"

"제가 그리도 모질고 나쁜 사람입니까?"

길가에 사람을 세워놓고 이렇듯 나무랄 일을 한 짓이 없는 연암으로서는 그 의중을 짐작할 길이 없었다.

"하 진사 그리 모진 사람 아닙니다."

그리고는 횡하니 발길을 돌려버린 터였다.

연암은 그 아들인 호장에게 물었다.

"아버님이 왜 저러시는지 혹시 예방은 짐작 가는 게 있소?"

"아니, 없습니다."

한 지붕 아래 사는 그 아들도 모르는 일이라면 도대체 무슨 까닭으로 여러 사람 앞에서 저리 불쾌함을 드러낸 것일까? 그 역정의 까닭을 모르겠다. 연암은 일을 끝내고 저녁에는 한번 찾아가 봐야 한다고 생각했다.

바쁜 하루를 보내고 공작관 옆 연못에서 손을 씻고 있는데 통인이 와 전한다.

"하 진사 나리께서 저녁이나 함께 드시자고 전하랍니다."

"알았네. 그러잖아도 저녁 때 한번 찾아뵈려던 참이었다고 가서 전하게."

통인을 보내며 연암이 묻는다.

"함양으로 출가한 조카 딸애는 잘 있는가?"

"예."

"이름이 …."

"부뜰이년 아니었습니까?"

왜 갑자기 부들이가 떠올랐는지 모르겠다. 연암은 천방지축 뛰놀던 그 아이의 이름을 듣자 막내아들 종채가 떠오른다. 이제 식솔들을 불러 얼굴을 한번 보아야겠다는 생각이 문득 드는 것이었다. 지금은 춘궁기이지만 저들을 불러 내려올 때쯤이면 여름이 될 것이다.

연암은 백척오동각에 들러 자미를 불러 이른다.

"오늘은 내 하 진사댁에서 저녁을 먹을 걸세."

"예. 다녀오세요."

자미는 갈아입을 옷을 내오겠다며 잠시 기다리라 한다. 남의 집에 가면서 관복을 입고 갈 수야 없지 않겠느냔 말이다. 그전 같았으면 이런 구분도 못하고 살았던 연암이다. 구분은 고사하고 한번

겨입으면 벗을 줄 몰랐던 옷이었다. 철 따라 가는 곳 따라 옷을 갈
아입을 수 있는 것은 순전히 자미의 덕분이다. 비로소 가정을 가
진 듯한 넉넉함이다. 남자란 아무리 혼자 살림을 할 수 있다 해도
여자가 없으면 칠칠맞기 그지없는 법이다. 그러니 자미 있음에 감
사해야 한다.

연암은 이러한 고마움을 어떻게 표시해야 할지 어색하다. 그런
데 문득 떠오르는 것이 있다. 낮에 산에 갔다가 소매끝자락에 따
넣었던 진달래다.

"이거….."

연암은 문종이에 똘똘 말아 싸 넣은 한소끔 진달래 꽃잎을 꺼내
자미의 손에 쥐어준다. 진보랏빛 물이 종이에 배어 나와 물이 들
었다.

"황석산에서 따온 진달래라네."

"나리."

자미는 이 덩치 큰 남자의 어디에서 이런 섬세함이 숨어 있었을
까 싶어 감탄한다. 남자 이상의 남자다. 자미가 이렇게 감동하고
있는데 연암이 엉뚱한 소리를 꺼낸다.

"자네도 같이 가지."

"저는….."

초대받지 않은 사람이라는 말을 하려는데 연암이 얼른 말을 막
는다. 그런 남존여비 사상은 깨뜨려버려야 한다는 연암의 평소 지
론이 아니더라도, 당신은 가서 월림댁한테 보리순 나물 무치는 법
을 배우면 되지 않겠느냐 한다.

월림댁은 전라도식 음식에 달통했다. 특히 보릿겨를 가지고 담는 시금장 맛은 일품이라 연암도 배운 일이 있다.

"눈치 하지 않을까요?"

"사랑방에 있는 사람들이 안방 일을 알 수 있나. 왔다 간 줄도 모를 걸?"

이렇게 해서 연암은 자미를 데리고 하 진사댁으로 향한다. 남녀가 유별한 세상에서 골목길을 함께 걸어간다는 자체가 입소문 날 일이었지만 연암은 그런 일에는 개의치 않는다. 이렇게 해서라도 자미의 위상을, 단순한 집안일 돕는 여자에서 동반자로, 드높여 줄 수만 있다면 그렇게 하고 싶은 연암이다. 이제 더 이상 숨겨두고 볼 필요가 없을 여자다.

하 진사댁 상차림은 언제나 한결같다. 울 밖에서 초근목피를 벗기건 개구리를 잡건 상관없이 소반이 비좁도록 많은 반찬과 밥주발 위로 소복하게 올라온 쌀밥이 구수한 냄새를 풍긴다. 같은 하늘 아랜데 어찌하여 동청 마당에서는 초근목피 냄새가 나는 꿀꿀 이죽을 끓이고 이런 집에서는 밥 익는 냄새가 나는가? 그렇다고 가진 것을 무조건 탓할 수만은 없다. 통쾌한 응징을 궁구하는 연암이다. 스스로 곳간 문을 열 무슨 기회를 잡아야 한다. 염소는 뿔을 건드리거나 수염을 당기는 것보다는 일단 풀을 갖다 들이대는 것이 상책이다. 회유책이다. 연암의 머리는 돌고 돌아 대책 마련에 나선다.

"낮에 그렇게 산야를 누비고 다니자면 시장도 하실 게요."

"예. 그러잖아도 밥 생각이 났습니다."

하 진사는 아예 밥술을 뜨지 않은 채로 자기 말만 계속한다. 이 야기의 요지는 왜 장리쌀을 못 내먹게 하느냐, 누구 망하는 꼴 보 고 싶어서냐? 라는 게 첫째였고, 왜 약초를 팔러가면서 자기를 배 제하고 다른 상인들을 끌어들였느냐? 이 역시 나를 못 믿어서 한 짓이 아니냐는 공세였다.

연암의 대답은 간단했다.

"어르신은 혼자서도 잘 하시지 않습니까? 안의현 사람들을 다 모아도 한 사람 힘만 미치지 못한데 어떻게 그런 소리를 하십니 까? 오죽하면 그런 일이 일어났겠습니까?"

또 그리고 설사 그런 일이 일어났다 하더라도 그건 백성들을 살 리기 위한 관의 일이니까 상관 말라는 연암이다.

"현감이 아예 내 목줄을 조르기로 작정을 한 게로구먼?"

"목을 조르다니요?"

"내 현감이 별난 사람이란 걸 들어 알기는 하지만 이렇게까지 할 줄은 몰랐소."

"제가 뭘 잘못했습니까? 말이 났으니 말인데 안의 사람들이 전 부 어르신 한 집안에 의지해 살지 않습니까? 일 년 내내 농사 지어 전부 이 댁 창고를 채우지 않습니까? 그렇다면 이제 좀 베풀 때도 되지 않았습니까?"

"내가 베풀지 않았다는 말이오?"

"베풀기야 하지요. 그렇지만 그 열 배로 거둬가지 않습니까? 그 러니 결국 다 오다쥐는 셈이지요?"

천석꾼 만석꾼의 재산이라도 이웃과 함께 나눌 줄 모르면 무슨 재미인가? 입에서 불을 내뿜는 재주를 가진 화룡이라 할지라도 혼자 동굴 속에서 숨어 산다면 그게 무슨 재미일 것인가? 내친김에 열불을 토하는 연암이었고 연암의 괴변에 입을 다물 줄 모르는 하 진사다.

"내가 화룡 같단 말이오?"

"안의 재물을 다 쥐고 있으면서 이웃이 굶주릴 때 선뜻 풀어놓지 못한다면 그와 별반 다를 게 없지요."

연암은 아무렇지도 않게 먹던 수저를 놓으며, 이렇듯 산해진미를 차려놓고 혼자 먹는 밥알이 맛이 있느냐 반문한다.

화를 낼 줄 알았던 하 진사가 나지막한 소리로 이렇게 말한다.

"그래서 내 영감을 보자 한 것 아니겠습니까?"

눈치를 보며 하 진사가 말꼬리를 내린다.

"나도 나 혼자 잘 먹고 잘 살려고 이러는 건 아니오."

하 진사는 이번 춘궁기를 넘길 수 있도록 구휼미를 풀 테니 특별히 공명첩 하나만 내려달라고 슬쩍 운을 뗀다.

"내가 필요해서 그런 건 아니오."

자신은 그래도 죽어 묘비에 '진사'라는 두 글자라도 올릴 수 있어 여한이 없는데 이미 돌아가신 아버님 묘소의 비문에 새겨 넣을 관작이 없다는 것이다.

"이번에 선산을 하나 장만해 대대적으로 가족 묘소를 정비할 생각입니다. 거기 석물을 해 세울 작정인데 윗대 대대로 관작이 없는데 아랫놈이 그 관작을 내세울 수 있겠소? 나도 이제 갈 때가 다 됐는지 이번 기회에 가묘라도 하나 표해두고 살아 두 눈으로 볼 수 있을 때 묘갈명이라도 하나 써서 세워두고 싶소."

그러니 공명첩을 내려달라 부탁한다는 하 진사다. 차마 남의 이목이 있어 신도비는 못해 세울망정 비석에 '학생'이라는 말만 바꿔 쓸 수 있는 벼슬이면 된단다. 이 솔직한 부탁에 연암은 갈등이 생기기 시작한다. 산 자의 권력을 위해서도 아니고 이미 죽은 자의 영광을 위해, 그것도 자기 아비의 묘비에 관작 하나 얻어 새기고자 함인데 그 효를 나무랄 수가 없다. 그로 인해 안의가 굶주림으로부터 벗어난다면 그게 바로 보시이리라. 나라에서도 이미 국법으로 공명첩이라는 제도를 만들어 시행하고 있는 마당이다.

"그래서 하는 말인데 우리 둘만 아는 일로 하고 내 묘갈명과 윗대 선조들의 비석에 새길 관작 하나 얻을 공명첩을 파소."

그 대가로 창고를 헐어 구휼에 앞장서겠다는 하 진사다.

"생각해 보겠습니다."

그러나 연암은 죽은 자의 이름에 소급해서 관작을 내리는 일은 특별한 일로 조정의 윤허를 기다리는 절차가 필요하다며 일단의 여유를 둔다. 모든 일을 합법적으로 하고 싶은 연암이다. 그렇지만 하 진사의 묘비에 써 새길 묘갈문은 자기 손으로 쓰는 글이니만큼 얼마든지 지어줄 수 있으니 그리 알라 했다.

"오늘 무슨 이야기를 나누었는데 그렇게 기분이 좋아요?"

집으로 돌아온 연암은 자미를 옆에 앉혀두고 먹을 갈게 한다. 자미는 그 까닭이 궁금하다. 쇠뿔은 단김에 빼라고 생각난 김에 하 진사의 묘갈명을 쓸 작정인 연암이었는데 아무리 붓을 잡고 종이를 노려보아도 이 역시 한 자, 한 획도 나아가지지 않는다. 그저 검은 것은 먹물이요 흰 것은 종이다. 문득 과거시험을 치르던 때가 떠오른다. 그는 쓰라는 답 대신 머리에 뿔이 달린 뱀을 그려놓곤 과장을 빠져나온 일이 있었다. 답안지를 거두던 시험관이 신성한 과거시험장에서 이런 장난을 친 놈이 대체 어떤 놈이냐고 노발대발했던 적이 있었다. 왜 갑자기 그 일이 또 생각났는지 모르겠다. 화양리 산소에 갔을 때도 떠올랐던 장면이다. 벼슬이고 부귀공명이고 다 덧없어 보였던 때가 있었다. 그런데 지금 이건 무언가? 벼슬이랍시고 얻어 하는 짓이 고작 이건가 싶은 자괴감이 다시 솟는 연암이다.

그러한 그를 자미가 안타까운 듯 바라만 보고 있다.

"영감…."

자미가 붓을 빼앗아 놓을 때까지 연암은 한동안 멍하니 앉아 있었다.

"마음에 내키지 않은 일이라면 그만 두세요."

자미는 연암의 가슴 깊은 곳에서 일고 있는 소용돌이를 짐작하는지 하고 싶지 않은 일이라면 군이 그렇게 애쓸 필요가 뭐 있겠느냐고 말린다. 그래도 연암은 춘궁기에 허덕이는 안의 사람들 전부의 목숨이 걸린 일이라며 붓과 종이를 노려보고 있다. 그런데도 글은 한 줄도 나오지 않는다. 글 쓰기가 이렇게 어려운 일인가? 옆에서 보고 있는 자미가 더 애가 탄다. 허문(虛文)이나 매문(賣文)은 선비가 할 일이 아니다. 그건 죽기보다 힘든 고역이다. 이 고역을 감내하면서까지 하 진사의 곳간 문을 열어보려던 연암은 이쯤에서 포기하고 만다. 내일 다시 산에 올라 풀뿌리를 캐고 개구리를 잡는 한이 있더라도 실없는 글은 쓸 수가 없다. 글이 안 되면 곳간을 여는 일도 바랄 수 없다. 정승을 시켜주겠으니 반성문을 지어 올리라는 임금의 청도 선뜻 받아주지 못한 연암이다.

"이게 무슨 큰 자존심이라고…."

드디어 붓을 던져버리는 연암이다.

"너무 자책하지 마세요."

무슨 일이 있어도 산 사람은 산다. 산 입에 거미줄 칠 일 있겠어요? 자미는 마음이 시키는 대로 하면 아무 탈이 없을 테니 마음 내키는 대로 하란다.

연암은 여자도 이 정도 되면 군자라 생각한다. 군자는 좋은 친구가 될 수 있지만 간사한 친구는 사람을 망친다.

"자네는 좋은 친구야."

드디어 자미에게 기대는 연암이다.

"과찬이세요."

"아니야. 내 오늘은 자네와 한껏 이야기를 나누고 싶으이."

"그러세요. 좋은 친구라면 이야기를 들을 줄도 알아야겠지요?"

"내가 요새 무슨 글을 쓰려고 하는지 아나?"

"말씀을 하셔야 알지요."

"그랬나? 내 자네한테 내 글 이야기를 하지 않았군."

연암은 앞으로 쓸 글에 대한 구상을 말한다. 여기 내려와 보니 임진왜란이 한눈에 보인다. 그중에서도 이날 보고 온 황석산 전투가 눈에 삼삼해 견딜 수가 없는 연암이다.

"정유년에 왜구가 다시 쳐들어왔어요."

선조 30년에 왜군 11만 명이 남원과 황석산성을 공격하였다. 당시 체찰사로 있던 이원익은 안의, 거창, 함양 등 3개 읍의 백성들과 군사를 모아 황석산성을 지키도록 하였다.

"함양군수 조종도, 안의현감 곽준 등이 그 식솔들을 더불어 성을 지키는 데 마침 김해부사 백사림이 합세해 사기가 한층 드높아졌다지? 왜장으로는 고니시 유기나가, 구로다 나가사마, 나베지마 마사시게를 선봉장으로 성을 에워싸고 혈전이 벌어졌다네. 그런데 백사림이 북문을 열고 도망치는 바람에 이 열린 문을 통하여 적군이 물밀듯 쳐들어왔다는 게야."

이에 성중에 남은 아녀자들은 모두 높은 성벽의 절벽에서 뛰어내려 산산이 부서져 죽었으니 그 피가 바위에 배어 지금도 붉은 빛을 띠고 있다.

"이곳 사람들이 그 바위를 피바위라 부르는데 내 오늘 그곳을 다녀왔다네."

개구리를 잡으러 가는 동네 사람들을 따라 황석산을 올라가 보고 들은 사실로 지금까지 읽은 그 어느 서책에도 없던 생생한 이야기들이란다.

"저 혼자 살자고 성문을 열어둔 채 달아나는 놈이 있는가 하면 적군에게 능욕을 당하기 전에 제 손으로 아내를 벤 후 적진에 뛰어들어 장렬히 전사한 사람도 있어. 그러니 역사에 남을 사람이 있고 남지 말아야 될 자가 있는 게야."

글 쓰는 사람이라면 마땅히 이런 시시비비를 가려 만대 천추에 알려야 할 의무가 있다. 어찌 인간으로 태어나 짐승만도 못한 짓을 저지른 자들의 후손이 버젓이 살아 행세를 하고 다니느냔 것이다. 정치하는 자들이 그렇게 한다고 해서 글 쓰는 사람조차도 그렇게 해서는 안 된다는 연암이다.

"옳은 말씀이십니다."

자미는 조금이라도 힘이 될까 하고 연암을 위로한다. 안의현감으로 내려와 비로소 할 만한 일을 찾았다는 연암이다. 지금까지 막연하게 이 나라 이 땅의 역사서를 만들겠다는 생각은 하였지만 이처럼 구체적이고도 사실적인 현장을 본 것은 처음이다. 그중에서도 안의현감 곽준이 두 아들과 함께 벌인 무용담은 한 편의 전(傳)이 아닐 수 없다. 시대는 달라도 다 같은 안의현감이면서 자신이 할 일이 무엇인가를 깨닫게 하는 하루였다.

"나는 교육이란 자존심이 뭔지를 가르치는 일이라 생각해."

인간이 짐승과 다른 점은 체면이 있기 때문이다. 양반이 갓을 쓰는 것은 그 체면을 살리기 위해서다. 양반이 찬물을 먹고도 이빨을 쑤시는 흉내를 내는 것 역시 양반으로서의 체통을 세워보이고자 함이다. 인간은 인간이기 때문에 배가 고파도 남의 집을 함부로 털지 않는다. 체면이 있기 때문이다. 굶주린 자가 체면을 내세워 도적질을 하지 않는다면 가진 자들은 이들의 체면을 봐서라도 먹을 것을 내줄 줄 알아야 한다. 이 역시 가진 자들이 취해야 될 체통과 체면인 것이다. 그런데 못 가진 자들은 체면을 차리는데 가진 자들은 그 체면조차 안면몰수다. 이럴 수가 있는가 말이다.

연암은 서로 간의 체면을 유지하기 위해 날 잡아 가면을 쓰고 탈놀음을 하는 곳들을 안다. 안동의 하회탈놀음이나 합천 초계의 밤마리 탈놀음, 고성의 오광대놀음이 대개 이러한 소통의 장을 열어둔 곳이다. 이들은 서로 간의 체면 유지를 위해 탈을 쓴 채 불만을 토로하는 장을 열어 이날만큼은 그 어떠한 욕을 해도 그게 통용이 되도록 허용을 했다. 이처럼 어느 하루만이라도 서로가 가진 것을 나누는 날을 만들면 어떨까?

"이보게나."

연암은 새로운 세상을 만난 듯 기뻐 소리친다.

"그런 날을 만드는 거야."

어느 하루 날을 잡아 가진 자들은 없는 자들에게 먹을 것을 나누어주고 그걸 얻어먹는 자들은 저들을 위해 가진 재주를 하나씩 보여주는 탈놀음을 하는 것이다.

"좋은 생각이에요."

허리띠를 좀 더 졸라매다 보면 살 길이 열릴 날도 올 것이다. 그 날을 기다려 더욱 모진 결심을 해야 한다. 자미는 눈앞의 현실과 이상의 세계를 헤매는 연암에게 보다 멀고 높은 곳을 바라보라 한다. 그게 작가의 길이라는 것이다.

"작가가 할 일이 무엇이겠어요?"

"목전의 현실보다 꿈이 우위라는 말인가?"

"우선순위의 문제가 아니라 참의 문제이지요."

연암은 문득 무참한 살육전에서 몸을 날려 피바위를 물들인 그 때 그 여인들이 눈에 삼삼해 견딜 수가 없다. 조선 여인들은 그 힘이 위대하다 못해 거룩하기까지 하다. 왜장을 끌어안고 남강으로 뛰어든 논개가 그렇고 황석산 피바위를 물들인 아낙네들이 그렇다. 반드시 이 여인들을 소재로 한 소설을 쓰리라. 이렇듯 할 일을 산더미처럼 쌓아 두고 어찌 공명첩의 빈자리를 메울 묘갈명이나 쓰고 있을 것인가?

연암은 할 일 안 할 일을 가려 살아야 한다고 말한다.

그 첫째 할 일로 사람들을 모아 황석산성에 얽힌 이야기를 탈춤 추듯 극으로 꾸며 공연을 한다는 것이다. 그리고 이날 부자들에게서 공연자들과 구경꾼들에게 음식을 제공하도록 한다는 계획이다.

"어때, 근사하지 않은가?"

"좋아요. 그렇게만 된다면…."

"어째 대답이 시원찮네?"

"그렇게만 된다면야 더 바랄 것이 없겠지만 가진 자들이 그 비용을 내놓으려 할까가 문제지요."

"일장춘몽이란 말이지?"

연암은 금시 또 샐쭉해진다.

"저런 똥덩어리들을 놓고 일을 벌이느니 차라리 소설을 쓰지."

혼자 자조하는 연암이다.

"나는 내가 생각해도 우스운 인간이야."

"왜 그렇게만 생각하세요? 그런 자각도 못하고 사는 게 보통 사람들인데."

자미는 연암의 고독한 심정을 어루만져 달랜다. 여성은 여성이기 이전에 어머니의 품성을 가진다. 어머니는 무조건적인 사랑의 화신이다. 때문에 남성이 그 안에 녹아드는 것이다.

"내 언제 한번 아이들을 내려오라 하였소."

연암은 이러한 어머니로서의 여성을 아들들에게 보여줘야 한다고 생각하는 것이다. 그냥 집안일을 하는 여자로서의 자미가 아닌 어머니로서의 자미를 자식들 앞에 보여주고 싶은 것이다. 정식 절차를 밟아 사는 것은 아니지만 이 정도 여인이라면 어디 내놔도 떳떳치 못할 일이 없는 자미다.

"내가 이렇게 사는 것을 보면 아이들도 놀라워 할 것이오."

"걱정을 든다는 말씀이신가요?"

자미는 위에서 아래로 흐르는 물은 있어도 밑에서 위로 흐르는 물은 없다는 말을 덧붙인다. 내리사랑은 있어도 치사랑은 없다는 뜻이겠다. 어른들은 자식들 걱정을 해도 자식들은 어른 걱정을 안 한다. 게다가 아비가 새로운 여자를 데리고 사는 모습을 보면 오히려 달갑지 않게 생각할 것이라는 이야기다.

이 말에 연암은 효불효교 이야기를 한다.

"경주 남천에 가면 효불효교라는 다리가 있어요."

혼자된 어머니가 마음에 품은 남자를 찾아가기 위해 발을 벗고 개울을 건너는 것이 안타까워 그 자식들이 놓아준 징검다리다. 죽은 아비를 생각하면 불효자이지만 산 어미를 생각하면 효자라는 뜻에서 후세 사람들이 효불효교라는 이름을 붙여주었다. 삼국유사에 기록된 이야기다.

"자네는 어떻게 생각하는가?"

"마땅히 해야 할 일을 한 것 같은데요?"

"그렇지?"

그러니 지금 우리 일도 마땅히 할 수 있는 일이라는 연암이다. 사치스럽게 술 마시고 놀기 위해 소실을 둔 것도 아니질 않은가? 서로가 살아갈 방도를 찾기 위해 의지하고 있는 두 사람이다. 서로의 필요성에 따라 한 지붕 아래 사는 일을 두고 그 자식 된 자들이 무슨 불만을 가질 것인가? 그러니 한번 오라 해서 정식으로 인사를 시키자는 연암이다.

"우리 만남의 실상을 들으면 아마 웃을 걸요?"

"그게 무슨 상관이야. 그 시작이야 어떻든 나중만 좋으면 다 좋은 거야."

아무리 장난처럼 시작된 일이라 할지라도 결과가 이렇듯 좋지 않은가? 그러면 됐다는 연암이다. 부부란 서로의 뜻이 맞고 갈 길이 같으면 된다. 인생의 목표가 중요한 것이지 겉으로 드러난 조건이 중요한 게 아니다.

"제가 기생이었다는 걸 알면, 그리고 계약에 의해 왔다는 걸 알면 비웃음을 사지 않을까요?"

"그렇게 자신이 없나?"

"자신 없어요."

"걱정 마. 나는 자네가 권번교육을 받았기에 두루 넓은 식견을 가지고 세상 보는 안목을 길렀다고 생각해."

그러니 기생이었던 일을 부끄러워 할 필요가 없다 한다. 안방에만 틀어박혀 있는 여자보다는 바깥 세상에 대해 아는 여자가 훨씬 좋다는 연암의 말에 용기를 얻은 자미는 장난스럽게 묻는다.

"그러면 그때 절 뭐라 말씀하시겠어요?"

설마하니 애들 허락도 없이 애들의 어머니가 되라는 소리는 안
하시겠지요? 하는 자미다. 애 어미라니? 그런 건 아니지. 함께 가
는 도반이라 말하면 어떨까? 아니면 계약된 관계라면 안 될까?

"차라리 공명첩이라면 어떨까요?"

"공명첩이라?"

"애들이 적어 넣고 싶은 대로 적어 넣을 수 있게 그 자리를 비
워두는 거…."

"그거 참 명안이로세."

껄껄 웃는 연암은 새삼스럽게 자미가 예뻐 견딜 수가 없다. 이
정도의 재치꾼이라면 어디에 내놔도 부끄럽지 않겠다는 생각이
다. 이날 밤 연암은 오랜만에 악곡을 탔다. 이럴 때 한잔 술이 있
었으면 좋겠지만 술은 없다. 너무나도 가난한 집안 살림이라 숟가
락도 겨우 두 개뿐으로 손님이 오면 같은 밥상에서 함께 밥을 먹
을 수가 없다. 그런데 어쩐 일인지 밖으로 나간 자미가 술병을 들
고 들어온다.

"웬 술병인가?"

"월림댁이 주었어요. 이 장단지도요…."

"그렇다면 그거 전번에 나하고 같이 담은 시금장인지도 몰
라…."

연암은 그 고추장 단지는 아이들에게 보내야겠다고 한다. 아이
가 워낙 고추장을 좋아하는데 한번도 고추장을 담아 준 일이 없
다. 그러잖아도 고추장을 담으면 한 단지 보내줄 요량으로 있었던
참이다.

"마침 내일 경저리가 한양을 향한다 합니다."

"거 참 잘 된 일이야."

연암은 아이들에게 보낼 편지를 쓰고 자미는 장단지를 포장한다.

"아깝지 않지?"

"무슨 말씀을 그리 하세요. 자상한 아버지의 모습을 보는 것 같아 너무 보기 좋은데요."

〈작은 고추장 단지 하나를 보내니 사랑방에 놓고 먹으려무나. 내가 손수 담은 건데 아직 푹 익지는 않았다.〉

서찰을 쓴 연암은 철금을 꺼내든다. 홍대용이 죽은 후로 일체 손대지 않던 금을 요즘 와 다시 꺼내들기 시작한 것은 순전히 자미를 위한 연주였다. 음악은 사람의 심신을 안정시키고 사랑을 북돋운다. 한바탕 연주가 끝나자 운우지정이 쏟아진다. 구름과 비가 한데 춤추는 수면 위로 한 쌍의 원앙이 물살을 가르는 밤이다.

하늘은 스스로 돕는 자를 돕는다

처남 이재성과 친구 겸 제자였던 박제가(朴齋家)가 다녀간 후 연암은 현실감각이 되살아났다. 박제가는 이렇게 말했다.

"저라고 아무 생각 없이 「비옥희음송」을 써 바쳤겠습니까?"

자송문을 써 올리지 않을 수 없었던 이유는 단지 살기 위해서였다기보다는 작은 것을 주고 더 큰 것을 얻기 위함이라 했다. 작은 것은 지금 당장 체면을 구기는 일이고 큰 것은 앞으로 더 큰 일을 하기 위한 발판을 마련했다는 것이다. 그러면서 그는 또 이렇게 말했다.

"들으시면 웃을 일일 수도 있습니다. 그리고 핑계로 생각될 수도 있을 거고요."

그렇지만 그는 전설서(典設署) 별제(別提) 직에 있을 때 써 올렸던 「병오소회」에서 주장한 상공업 장려, 신분차별 타파, 해외통상, 서양인 선교사의 초청, 과학기술교육의 진흥 등에 관한 건수가 있어 어찌할 수가 없었다 했다. 그중에서도 서양인 선교사 초청 건은 정책에 정통으로 위배되는 사상이었으므로, 이번 문체반정은 일일이 그 사람의 사상을 되물어 검증하는 일종의 사상검열인 셈이라 했다. 남공철도 '골동' 이라는 패관문자를 썼다가 걸려 파직되었다가 반성문을 쓰게 한 뒤 복직시켰다. 패관 소설을 읽다 들킨 이상황과 김조순, 심상규 역시 육경고문체의 반성문을 쓰게 한 뒤 복직을 시키는 일이 일어났다.

"그런데 그 두목격인 연암 박지원이 이러고 있으니 얼마나 미우셨겠습니까?"

처남 이재성은 그래도 유쾌하게 웃었다. 그 웃음 뒤에는 현실에 타협하지 못하는 매형이 안타깝다는 뜻이 숨겨져 있기도 하였을 것이다.

"이렇듯 외직에 밀려나 있지 않고 한양에 있었으면 당장 물고를 냈겠지요?"

이 판국에 아부하는 글 하나만 근사하게 지어 올렸으면 따놓은 당상 자리인데 왜 그걸 마다했는지 알다가도 모를 일이라 했다.

"그놈의 성질이 어디 밥 먹여 준답니까?"

그러면서도 여자를 얻은 것은 참으로 다행한 일이라 하였다. 이럴 줄 알았으면 좀 어렵더라도 조카들을 다 데려올 걸 그랬다는 처남이었다.

"매형, 참으로 잘하셨어요. 누님, 누님도 참 고맙고요."

처남 이재성은 죽은 누님이 살아 돌아온 것 같다며 자미를 보고 반갑다 했다. 그러면서도 연신 눈시울을 적시며 이런 영화를 못

보고 간 억울한 누님에 대한 애석함을 달래려 술을 거푸 마셔 일찍 취했다.

"처남은 그만 들어가 자게."

"왜요? 내가 벌써 취했나요?"

박제가가 계속해서 혼탁한 정국을 논한다. 한양에서 조그만 물결이 하나 일면 시골에서는 큰 태풍으로 변하는 세상이어야 할 텐데 그 반대로 한양에서 태풍이 일어났는데도 시골 사는 그 주인공에게는 아무런 여파가 밀려들지 않았다는 것도 이상한 일이다. 그것은 필시 임금 자신이 그 일에 심취해 있었다기보다는 또 다른 고도의 정치적 기술이었을 가능성이 높다. 그걸 핑계로 다른 걸 노렸을 수도 있는 일이다. 그렇지 않다면 지탄의 대상인, '패관문'을 만들어낸 장본인을 이렇게 그냥 둘 리가 만무한 일 아닌가?

"주상의 속내가 궁금해요."

도대체 무엇 때문에 그런 조처를 내렸을 것인가? 그리고는 흐지부지하고 말았을 것인가? 정치란 일단 지나가 버리면 그만인 일들이 많다. 관심만 딴 데로 돌려버리면 언제 그런 일이 있었냐는 듯 잊어버리는 일이 어디 한두 가지인가. 자송문도 일단은 잊혀져 가는 일이 되고 있으니 이대로 가만히만 있으면 끝날지도 모른다.

"그렇게만 된다면 후세 사람들이 높이 살 거요."

"뭘 높이 사? 그 고집을?"

박제가가 볼멘소리를 한다. 자송문을 써 바친 사람은 고집도 없는 사람이고 버티고 앉아 있는 사람만 그 고집을 칭송 받는다면 그게 무슨 쥐뿔같은 경우냐는 박제가의 볼멘소리다.

"그래도 난 직각 남공철한테 내 소견을 피력한 글을 써 올렸어야."

"그 글은 나도 읽어봤는데 잘못을 인정하는 글은 아닙디다."

연암은 자송문을 써 올리라는 남공철의 서찰에 대해 '임금의 문책을 받은 처지로 새로 글을 지어 잘못을 덮으려 한다면 그게 오히려 누가 되는 일이 아니겠느냐' 라는 답을 써 보낸 적이 있었다.

남공철이 직접 그 글을 임금에게 보여주었는지 말로만 잘못을 뉘우치는 글을 써 올렸다 했는지 모르겠지만 사사건건 연암을 물고 늘어지던 유한준의 모함은 또 다른 사건으로 비화돼 문체반정 같은 일은 그것으로 덮였는지도 모를 일이다.

유한준은 연암이 녹봉을 털고 하 진사를 설득해 구휼한 일을 들어 '백성들의 고혈을 짜 치부를 하지 않았다면 어찌 그 같은 일이 가능하겠느냐?' 하고 상소를 올리는가 하면 다른 지방은 다 흉년이 들어 창고가 텅텅 비었는데 안의에서만 유독 공진설치를 안 하고 곳간을 채우고 있다는 것은 무언가 꿍꿍이속이 있을 것이라는 트집을 잡았다. 당연히 이에 대한 감찰을 받았다. 그러나 연암은 그 어떠한 감사에도 걸리지 않았다. 사리사욕을 채운 일이 없기 때문이기도 하였지만 안의에 내려와 본 관찰사들은 한결같이 연암의 덕목에 놀랐고 그가 백성들의 생활 편의를 위해 하고 있는 일들이 너무나 마음에 들었다. 그는 이웃 고을 수령들과도 굶주린 백성들을 구하는 방법을 논하는 서찰들을 주고받았으며, 위로는 삼종질 박종악이 우의정에 올랐을 때 '천하 사람의 근심을 앞질러 근심하라' 는 축하 편지를 줄 정도로 정치가의 덕목을 알고 있었으며, 그 스스로도 깨우쳐 실천하려 했다는 것을 알았다. 또 벗 김이소가 우의정에 올랐을 때는 '화폐가 흔한가, 귀한가?' 묻는 편지를 써 은이 나라 밖으로 새나가는 것을 막지 않으면 안 된다는 확고한 경제관을 펼 만큼 풍부한 학식을 아래위로 펼치고 있었던 것도 발견했다. 그러한 그가 뭐 잘못한 게 있다고 억지로 엎드려 사죄하는 글을 쓸 것인가? 연암은 아직도 그 점에 대해선 명확하다.

"그야, 잘못이 있어야 잘못을 빌지."

"잘했어요. 그래도 요식행위는 갖추었으니 그걸로 잘못을 뉘우치는 글을 써 바쳤다고 해석하는 사람들도 있겠지요."

그러면서 화제를 바꾸자며 물레방아 이야기를 끄집어낸다.

"물레방아를 만들어 정미소를 차렸다고요?"

박제가는 실제로 물레방아로 곡식을 찧는 방앗간을 들러보고 이를 전국에 보급하도록 상주해 올리겠다고 하였다.

"이게 바로 실사구시인 게야."

정조는 사회개혁의 수단으로 이러한 실사구시의 실학파를 옹호하여 젊은 인재들을 곁에 두고자 하였다. 그러나 뿌리 깊은 사색당파에 물든 노론벽파들은 이러한 새로운 사상을 배격하여 온갖 트집을 잡았다. 그중 하나가 신진세력들의 콧대를 납작하게 꺾은 듯 보이는 문체반정이었을 터인데 또 다시 이러한 해괴한 물건을 들고 올라가 전국에 물레방아를 만들어 돌리자고 하면 어떤 반대가 나올까? 틀림없이 반대를 위한 반대가 나올 게 뻔한 이치다. 이게 아무리 실생활을 편리하게 해주는 이로운 발명품일지라도 일단은 반대를 위한 반대가 나올 것이다. 그 이유인즉 아녀자들이 방아를 찧지 않고 한가한 시간을 갖게 된다면 엉뚱하게도 샷된 생각만 하게 될 뿐이다. 그러니 아녀자들에게 틈을 주어서는 안 된다, 라고 할 것이다. 지금까지 항상 이러한 식의 반대를 위한 반대로 탁상공론을 일삼던 정치현실을 직접 두 눈으로 본 연암이다. 조정이란 곳은 늘 그런 식이다.

그런데도 세상은 돌아간다. 물레방아처럼 빙글거리며 돌아가는 게 세상이다. 세상을 돌리는 건 조정 대신들이 아니라 백성들이다. 개미집을 보면 안다. 일은 언제나 일개미들이 한다. 그렇다고 일개미만 있어서 되는 개미 집단이 아니다. 거긴 여왕개미도 있어야 하고 일개미들을 지키는 경비개미도 있어야 한다. 모두가 서로의 역할이 다를 뿐인 것이지 어느 누구 하나 필요치 않은 건 없다. 그런 세상에 둥글둥글 살지는 못할망정 허구한 날 근심걱정으로 보낼 필요야 있겠는가? 지인들이 온 요 며칠 동안 연암은 허허롭게 마시고 취하고 즐기기로 한다. 그래도 예까지 믿고 찾아온 오랜 지기들이 아닌가?

그는 용추계곡은 물론 오도재 너머 등구 마천에 이르는 고불 길을 넘기도 했다. 재 너머 칠선계곡 꺾지회가 특히 일품이라는 한양 사람들의 식품 평이었다.

이제 이들도 돌아가고 혼자 남은 연암은 현안에 부닥쳐 골머리를 앓고 있다.

"무얼 그리 고민하십니까?"

물레방아를 만들어 톡톡히 재미를 보고 있는 공방이다.

"물레방아는 잘 돌아간다던가?"

"예. 그런데…."

"그런데 뭔가?"

"동네 아녀자들이 할 일이 없어졌다 안 하던가?"

"그것 참, 할 일이 없어진 것도 탈입니까?"

이번에는 연암이 다시 묻는다.

"그래 그 동네 아녀자들은 남는 시간에 무얼 한다던가?"

매일같이 때꺼리를 장만하기 위해 디딜방아와 씨름을 하던 아녀자들이 도대체 뭘할까가 궁금한 연암이다. 여기서 중대한 답을 얻을지도 모른다는 생각이다.

"길쌈이 늘어났지요. 산촌 여자들이 어디 한시라도 손 놓을 여가가 있겠습니까?"

"그 참, 다행한 일일세."

"그런데 말입니다. 그 물레방아를 돌리듯 길쌈 물레를 돌릴 수는 없을까, 하는 뎁쇼? 공방이 기발한 소리를 한다. 물레를 돌려가며 실을 잣자면 여간 힘든 일이 아니란 것이다. 물레방아를 돌리듯 물레를 돌릴 수 있다면 일거리가 한결 수월해질 거란다.

그야 어렵지 않을 일이다. 작은 물레방아를 만들면 될 일이다. 그런데 그 실 잣는 물레가 그렇게 힘든 일인가? 연암은 우선 길쌈하는 과정을 보고 싶다. 그리고 뭐가 어떻게 필요한 것인지를 구체적으로 알고 싶다.

사람 사는 기본은 자고 먹고 입는 일이다. 자는 일은 이미 벽돌 굽는 일을 가르쳐 보다 쉽게 집을 짓는 방법을 익히게 하고 있는 중이었고, 먹는 일은 아직 다 해결은 못했지만 치산치수에 대한 기본적인 해결방법을 보여주었다. 이제 남은 일은 따뜻하게 입는 일이다.

면화가 들어온 지 3백여 년, 명색은 고려 말에 들여온 씨앗이라지만 아직도 보급이 다 되진 않았다. 여름철이야 삼베옷이나 갈옷을 입어 살만 가리면 그만이지만 겨울철엔 보온을 해야 한다. 그러자면 솜을 타고 면포를 짜는 게 필수적이다. 당연히 면화 재배를 해야 하고 길쌈을 해야 한다. 이 공정이 너무 힘들고 까다로워 보급이 더디다는 것이다.

면화를 처음 들여온 이는 산청 사람 문익점이다. 산청이라면 바로 이웃한 고을이라 관심이 더 깊은 연암이라 면화를 처음 시배했다는 단성을 직접 가 눈으로 보고 오기까지 한 연암이다. 그리고 면화 재배를 적극적으로 권장해 입성을 좋게 하고 싶어 면화 경작을 적극 권장하기로 했다.

"물레가 저절로 돌아만 가면 길쌈이 한결 쉬워지는가?"

"그렇지요."

"그거야 어렵지 않네."

연암은 지금 당장 길쌈하는 곳으로 가보자 한다.

길쌈은 누에고치, 삼, 모시, 목화 등의 섬유를 가공하여 명주, 삼베, 모시, 무명 등의 피륙을 짜는 일을 말한다. 여기서 할 수 있는 일은 삼베나 무명을 뜻한다. 삼베는 오랜 세월 동안 해오던 일이라 그래도 손에 익었는데 무명은 아직도 낯설다.

그러나 연구를 해보면 지금보다는 더 효과적인 방법이 분명 있

하늘은 스스로 돕는 자를 돕는다

을 거라 믿는 연암이다.

"하면 하는 것이여."

연암이 갑자기 소리를 쳤다.

"하면 되는 것이 아니고요?"

공방이 연암의 뒤를 따른다. 물을 이용한 자동 물레가 생긴다면 이 역시 공방의 가업이 될 것이 뻔한 이치다. 물레방아를 만들어 놓고도 그 이문 하나 안 챙겨가는 연암을 보고 동네 사람들은 바보등신이라 하였고 공방은 그저 하늘같은 분이라고 말했지만 이번 일에도 분명 그런 기적이 일어나기를 바라는 공방이라 신이 나 장단을 맞춘다.

"그 말을 뭐라 하지요? 하늘은 스스로 돕는 자를 돕는다 했던가요?"

"굳이 그런 어려운 문자 쓸 필요 없네. 그냥 '하면 하는 것이여' 그러면 될 것 아닌가."

"하면 하는 것이여. 히히히."

공방이 다시금 맞장구를 치며 지금 길쌈을 하고 있다는 곳으로 안내를 해 가는데 결국 데리고 간 곳은 자기 처갓집이었다.

"무엇이든지 물어보시는 데에는 여가 기중 만만할 낍니다."

물산장려에는 제일 선두로 실천하는 집이라는 말도 빼놓지 않는다. 게다가 오늘은 그냥이라도 모시고 와 약초 술 한잔 대접하고 싶었다고도 한다. 그간의 은공을 생각하면 아무리 해도 다 갚을 수 없는 보살핌이라는 너스레부터 뜨는 공방의 장모가 드디어 베 짜기에 대한 이야기를 하기 시작한다.

"목화를 따면 일단 씨앗 틀에 넣어 씨를 앗아냅니다. 그리고 활로 솜을 타는 것이지요."

그 다음 말판에다가 솜을 놓고 말대로 비벼 말아 면 통을 만들어주는 고치말기, 물레에 자아서 실을 만드는 실잣기, 피륙의 길이와 같은 길이로 정리하여 날실을 준비하는 무명날기, 무명을 바디에 꿰어 도투마리에 고정시킨 다음 풀칠을 하는 무명매기. 이러한 일련의 과정을 거쳐 베를 짜게 된다는 설명이다. 그렇지만 하나도 실제로 보지 않고서는 이해할 수 없는 공정이다.

공방의 장모는 그 과정 하나하나를 실제로 해 보인다.

"옳아, 옳아, 이제 알겠어."

씨앗을 뺄 때의 그 씨앗기와 물레를 자아 실을 만들 때 물레가 저절로 돌아가게만 하면 사람의 힘을 덜 들여도 된다는 이야기겠다. 기계를 저절로 돌게 하는 이치는 물레방아나 다를 바 없다.

"씨아와 물레만 절로 돌게 만들면 된다."

다른 건 다 사람의 손으로 하지 않으면 안 된다. 물레 돌리는 일만 기계의 힘을 빌리면 된다. 그거라면 문제없다는 연암이다.

"그렇게만 된다면 한꺼번에 많은 일도 가능하다는 말씀이지요?"

지금까지는 팔도명산물로 한산·진안·곡산·광주의 모시, 영천의 황저포, 성천·영동·명천의 명주, 곡산의 마, 팔금도의 면화를 꼽고 있다. 어째서 면화 시배지라는 산청이 거기서 빠져 있으며 이웃 고을인 안의 함양에 면포가 특산물에 들어 있지 않았단 말인가? 이제부터 시작이다.

253

하늘은 스스로 돕는 자를 돕는다

"하면 하는 것이여. 결국 그게 자네들 것이 아닌가?"

연암이 신명이 나 외친다.

"하면 하는 것이여."

공방이 따라한다.

현감이야 떠나면 그만이다. 배운 기술은 결국 그 고장 사람들 것이 된다. 기술이 있어야 잘 산다. 연암은 공방의 자긍심을 높여 주기 위해 여러 가지 이야기를 한다. 그리고 길쌈에 필요한 편리한 기구들을 만들어 보자 한다. 정치란 결국 보다 원만한 의 · 식 · 주를 해결해내는 일일 터다. 연암은 다시 한 번 부임인사 차 들렀을 때 했던 칠사(七事)를 떠올린다. 그 일곱 가지 해야 할 일 중 가장 중요한 옷의 문제를 해결하기 위해 사람의 힘을 빌리지 않아도 될 씨아와 물레를 만들어내는 것이다.

"지금까지 이런 기계들이 만들어지지 않았던 것은 모두 자기 것만 생각하고 공동작업을 생각하지 않아서인 게야."

연암은 씨아와 물레를 보고 또 보고 그걸 인력으로 돌리지 않고 물의 힘을 빌려 돌릴 때 무슨 이득이 있을 것인가를 시험해 보고 또 시험해 본다. 씨앗을 골라낼 때는 대량작업이 가능하겠는데 물레를 차려놓고 가락에 걸린 실을 뽑아낼 때는 속도가 너무 빨라도 소용이 없을 것 같다.

"워낙이 꼼꼼한 잔손질을 필요로 하는 작업이라 기계화가 어렵겠어. 그렇지만 씨아는 물레방아를 이용하면 훨씬 수월하겠어."

"그거라도 된다면야."

일손이 크게 줄어들 것이라는 공방이다.

"씨아를 지금보다 열 배 더 크게 만들어. 거기다가 물레방아를 연결시키는 거야."

일단 솜을 타는 과정까지는 자동화를 시키고 솜을 탈 때의 그 활도 수차를 이용하면 될 것 같다는 연암이다.

"그것만 해도 어딥니까?"

"솜을 타서 일단 고치를 지어놓은 다음 물레에 걸어 실을 뽑아내는 과정에 가서는…."

연암은 혼자 중얼중얼 무언가를 골똘히 생각하고, 또 실제로 손동작을 해보곤 한다.

"만약에 가락을 여러 사람이 한꺼번에 잡고 실을 뽑아낸다면? 그렇다면 물레가 여러 대 한꺼번에 돌아야겠지? 그거야 문제없지, 물레를 여러 대 한꺼번에 돌리면 되니까. 그렇다면 사람이 쉴 수가 없잖아. 그럴 때 실이 끊어지기라도 한다면…."

거기까지는 생각해낼 수가 없는 연암이다.

"물레야 자세야 어리빙빙 돌아라."

연암은 노랫가락을 흥얼거리며 주야장장 기나긴 시간을 길쌈으로 보내는 아낙네들의 노고를 떠올리며, 보다 손쉬운 방법을 찾아내야 한다고 생각한다. 길쌈을 안의 특산품으로 장려할 수만 있다면 그리고 대량생산을 해낼 수만 있다면 안의는 부자가 된다.

"고용 창출인 게야."

"예?"

가끔씩 헛소리 같은 말을 잘 중얼거리는 연암이었지만 그저 잠자코 보고만 지나치던 공방이 이건 처음 듣는 말이다 싶어 묻는다.

"일거리를 만들어내야 한다는 말일세."

"일거리를요?"

"방직공장을 차려야 한다 이 말이야."

"공장을요?"

연암은 청나라에는 이미 공동으로 피륙을 짜내는 공방이 있다고 한다. 이제야 비로소 생각이 났다. 연암도 말을 하면서 그 생각이 난 것이다. 청나라에는 비단공장이 있어 온 세상 여러 나라에 이미 비단 장사를 하고 있다. 일찍이 서방세계까지 비단길을 열어 돈을 벌어들이고 그 문물을 받아들여 드높은 황금궁궐을 지었다. 왜 진작 그 생각을 하지 못했을까?

연암의 머릿속에는 온통 베 짜는 베틀 소리만 들려온다. 이 베틀을 기계화시킬 수만 있다면 얼마든지 많은 베를 짜낼 수 있을 것이다. 이미 물레방아를 돌려 디딜방아보다 수십 배 이상 도정을 하는 데 성공한 전력이 있다.

그럭저럭 추석이 다가왔다. 추석명절이 되면 그동안 농사를 지은 곡식과 과일들로 푸짐한 상이 올라야 할 터인데도 별반 새로울 것이 없는, 늘 그날이 그날인 연암의 밥상이다.

"나리 죄송해요."

자미가 미안해한다.

"허어, 별말씀을 다 하시네."

"햇곡도 차리고 과일도 놓고 해야 하는데….."

농사를 짓지 않았으니 수확할 것도 없다. 가족이 없으니 명절상을 차려봤자 즐겨 먹고 자시고 할 식구가 없다. 그런데도 뭘 못 차려내어 미안해하는 자미를 보며 이럴 땐 차라리 자미를 집으로 돌려보냈어야 했다고 생각하는 연암이다.

"자네라도 집에 가 즐거운 명절을 보냈어야 하는데 그랬네."

"별말씀을 다 하십니다. 저야 어디 갈 곳이라도 있나요?"

"그런 소리 말게."

그러나 온갖 집안 대소가 사람들이 다 모여 웃고 떠드는 명절이 오니 사람 냄새가 그리워지는 것은 어쩔 수 없다. 이 점에 있어서는 연암도 마찬가지다. 자식들이 있되 함께하지 못하고 이렇듯 홀로 떨어져 있으니 조상 제사에도 참여치 못한다. 추석명절은 집안이 다 모여 성묘를 드려야 하는데 그것도 참여할 수가 없는 신세가 되고 말았다.

"자네나 나나 꿩 떨어진 매 신세네 그려."

"왜 그리 자조하십니까? 저는 아무렇지도 않습니다."

자미가 오히려 더 대범하다.

"자고로 가족은 한 지붕 아래 살아야 하는 법인데."

"그렇지 않을 수도 있잖습니까? 나리야 이번 임기가 끝나면 더 좋은 자리로 영전해 갈 것이고 그날이 오면 모두가 함께 모여 살 식구들이 있지 않아요?"

그렇지 못한 사람도 이렇게 아무런 마음의 동요 없이 명절을 맞이하는데 무슨 쓸데없는 걱정을 그렇게 하느냐는 자미다. 이럴 땐 꼭 어머니 같다. 남자란 아무리 나이 먹고 늙어도 어머니의 품이 그리운 법이다. 더구나 외롭고 서러울 땐 누군가 있어 기댈 언덕이 돼주었으면 하는 바람이다.

"자네는 어디 그런 아들이 없는가?"

"있지만 무슨 소용이에요?"

"지금 당장 내 곁에 없다고 해서 그게 없는 것은 아니라네. 그걸 낳았다는 그 자체만으로 할 일을 다 한 것이네."

"영감도 남자인 것은 못 속이시는군요?"

남자들은 다 그렇게 말한다는 것이다. 말은 그렇게 하면서도 결국 여자를 구속하고 윽박지르는 게 남자다.

"허어, 이러니 내 자네를 못 당하지."

연암은 은근히 자미를 품어 안는다. 세상사 시달리다 보면 부드럽고 따스한 기운이 그리울 때가 있다. 지금이 그러한 때다. 자미는 그러한 남성을 이끌어 들이는 데 이력이 난 여성이지만 연암에게만은 어렵다. 이 남자는 연인 같다가도 아이 같고 그렇다가도 어버이 같기도 한 묘한 감정을 불러일으킨다. 그렇게 되면 방사는 잘 이루어지지 않는다. 방사는 무조건적인 열정이 필요하다. 아무 생각 없이 치러져야지, 거기 이것저것 생각이 개입되면 안 된다. 그런데도 연암은 잠시 헐떡거리더니, 예의 그 말, '고마우이'를 연발하고는 부끄러운 듯 나가버린다.

궁합이 맞단 말은 여성이 실패를 해도 남성이 만족하는 경우다. 이 말은 남성우위의 사상에서 생긴 말이기 때문이다. 남성만 만족하면 그만이다. 그러나 찰떡궁합이란 따로 있어 양쪽이 다 만족할 경우를 말한다. 자미는 아직 한번도 이 영감과 찰떡궁합을 맞춰본 일이 없다. 그런데도 만족하는 이유는 그가 꼭 일을 마치고 하는 고맙단 인사 때문이다. 모자라는 자기를 안아주었으니 고맙단 것이다. 방사만 치르고 휑하니 나가버리거나 잠에 곯아떨어지는 남정네들만 보다가 만난 이 영감은 참으로 예의바르다. 그러니 모자라는 불만이 확 날아가 버리는 것이다.

연암은 부실한 방사를 허허롭게 뒤돌아보며 건강에 적신호가 왔다고 생각한다. 밖으로 나와 청사를 한 바퀴 돈다.

다음날이었다.

"나리, 오늘은 잠시 청사를 떠나 계셨으면 합니다."

"그게 무슨 소린가?"

육방관속들이 다 모여 오늘은 자기네들끼리 할 일이 있으니 잠깐 어디를 다녀왔으면 좋겠단다.

"오늘은 소인들끼리 할 일이 있어서…."

"왜? 나는 보면 안 되는 일인가?"

"안 될 것까지는 없지만 영감께서는 외지인이라 참석 안 하셔도 무방하겠기에…."

"무슨 일인데 외지인 찾고 내지인 찾는 겐가?"

호장이 할 수 없다는 듯 아뢴다.

"임란 때 황석산 전투에서 돌아가신 원혼들에 대한 조촐한 제의식이 있습니다. 안의현감 곽준은 장렬한 전사를 하였는데도 그 제를 올려줄 후손이 없어 매년 한번 우리가 제향을 올리고 있습니다."

곽준은 그 가족들이 모두 죽어 제를 지낼 사람이 없다. 그 딸은 유문호에게 시집을 갔는데 남편마저도 적에게 붙잡혔다는 소식을 전해 듣고는 '아버지가 돌아가셨을 때 죽지 않은 것은 남편이 있었기 때문인데 그 남편마저도 적에게 사로잡혔으니 내가 어찌 홀로 살아남기를 바라겠는가?' 하고 스스로 목숨을 던졌다. 하여 후손이 하나도 없으니 마땅히 거두어 줄 사람이 없다.

"황석산 피바위 이야기인가?"

"전쟁이 끝나고 다른 사람들은 다 그 공적에 따른 보상을 받았는데 곽준은 후손이 없으니 무주공산이 되었습니다."

그러나 이는 어디까지나 향리의 일이니 외지에서 온 현감은 크게 괘념치 않아도 된다는 이야기다.

"그렇다면 나는 구경만 함세."

공식적인 행사가 아니니 마음 쓸 일 없다는 바람에 연암은 그냥 구경만 하겠다며 자리에 남는다. 제의식은 조촐하게 거행되었지만 보는 이의 심중을 들끓게 한다. 이미 죽어 대가 끊긴 집안의 인물을 만인이 제사 지내는 것은 그 죽음이 의로웠기 때문이리라. 사람이란 죽은 뒤 후세 사람들이 어떻게 인정하느냐에 따라 잘 살았는지 못 살았는지 그 삶의 가치가 결정된다. 사람의 일생은 돈과 권력이 결정하는 것이 아니라 그 행적이 공의롭고 아름다워야 한다.

"그런 일이라면 공의롭게 제를 올려도 괜찮을 텐데 왜 이러는가?"

제가 끝나고 음복을 하는 자리에서 연암이 묻는다.

"나라에서 지원도 없지만 그날이 언제인지도 확실치 않으니…."

어림으로 팔월 한가위 후로 날을 잡아 이렇게 슬픈 마음만 전한
다 했다. 정유년 팔월 열엿새부터 황석산 전투가 시작되었으나 그
생몰일시는 정확히 알 수가 없다는 것이다.

"이런 일이라면 진즉 계장을 올렸어야 하지 않는가?"

"그게 그렇게 마음대로 됩니까?"

이렇듯 고군분투하다가 장렬히 전사를 했는데도 그 일을 담당
했던 유성룡은 『만기요람』 군정편 「산성론」에서 이렇게 기록하고
있다. ─『기효신서』에 이르기를 성 밖에 흙무더기나 돌담이나 집
따위가 있는데 곧 헐어버리지 않으면 적이 와서 그 사이에 몸을
숨겨 화살이나 돌이 소용없게 되어 성의 구실을 못하게 된다. 성
이란 우뚝하고 밋밋하여 사면에 아무것도 없어야 적이 와 붙을 곳
이 없게 된다. 세상 사람들은 산림이 빽빽하고 바위가 입을 벌리
고 있으면 '이는 참으로 험한 요새로구나' 하여 성을 쌓게 되는데
이는 스스로를 은폐할 수는 있지만 적병이 어디 있는지 알 수 없
기에 성이라 할 수 없다. 곽준이 황석산성을 지키다 바로 이런 환
을 당한 것이니 애석하다 할 것이다─ 고 하여 저 곽준의 어리석
음을 오히려 힐난을 하였다 한다.

"서애는 십만양병설을 일축했던 이가 아닙니까요?"

그러니 그런 이들의 눈으로 볼 때 무슨 공적이 인정되었을 것인
가? 게다가 이미 패한 전투를 두고 누가 장하다 할 것인가? 때문에
이러저러한 억울함을 하늘에 대고 고하고 원혼을 달래자는 것이
이 제사다. 그러니 나라 일을 주관하는 현감은 이 자리에 설 수 없
다는, 아니 설 필요가 없다는 게 이들의 주장이요 오랜 관행이다.

"이미 세월이 얼마나 흘렀는데….."

연암은 이제라도 늦지 않았으니 무주공산을 떠도는 원혼들을 제향할 수 있는 사당을 마련해 보자는 계획을 세운다.

"내 금상께 계청을 올려보겠네. 이런 인물들을 제향할 제단 하나 없다니 말이 되는가?"

"그렇게만 된다면야 안의 사람들이야 더 바랄 것이 없지요."

"세상 일이 꼭 공정하게만 받아들여지지는 않는다네."

세상에는 공의와 정의만 이기는 건 아니다. 누군가 뒷받침을 해줄 힘이 없으면 사라지는 게 역사다. 그렇지만 또 그 역사를 바로잡아 세우는 게 후세 사람들의 할 일이다. 이날 연암은 많은 것을 생각하게 되었다. 결국 역사도, 가지고 쥔 자들이 만들어 나가는 것이다. 때문에 후손을 잘 두어야 한다. 교육을 시키고 가문을 잇게 하는 까닭이 여기에 있다. 가문의 영광을 위해서는 그 후손을 잘 교육시켜야 한다.

연암은 문득 이방을 부른다.

"전에 합천의 박소 묘를 지난 적이 있지 않나?"

"화양동 말씀이지요?"

"그래, 거기 벌초를 좀 해야겠는데 누구 보낼 만한 사람이 없겠는가?"

이참에, 아예 그 묘소를 돌볼 사람을 구해주면 많지는 않겠지만 품삯 정도는 주겠다고 관리를 부탁하는 연암이다.

"거창에 일가들이 있긴 한데 그 일을 모두 나한테 미루는 것 같아서….."

"그렇습죠. 그런 일이라면 당연히 제가 도맡아 해야지요."

이방은 염려 말라 한다. 마침 합천에 일가붙이가 있어 그를 불러 시키거나 합천 관아의 누구라도 불러 시킬 테니 그런 걱정일랑 말고 다른 일이나 보라는 것이다. 그도 저도 안 되면 안의현 이청에 소속시켜 관리를 해도 된단다.

그런데 이 일이 어찌 와전되었든지 나중에 엉뚱한 사단이 벌어졌다. 연암이 자기 선조 묘를 관속들에게 관리케 하고 호장에게 그 제문까지를 지어 바치게 하였다는 것이다. 이러한 이야기는 문중 어른들 귀에까지 들어가는 동안 부풀리고 부풀어져 이제는 아예 타성바지 아전들을 시켜 벌초와 성묘를 하게 하여 죽은 조상들을 욕되게 하였다는 이야기까지 나돌았다.

연암은 이러한 내용의 비방 서찰을 받고 난감하지 않을 수 없었다. 무어라 변명할 수도 안 할 수도 없는 노릇이 되었다. 그는 아들 보기에 부끄러웠다. 설사 그런 일이 사실이 아니라 치더라도 아들이 헛소문을 듣고 무어라 생각할 것인가? 기껏 교육해 정의롭게 살기를 가르친 사람이 조상을 팔아먹은 놈으로 알려져 비방을 받고 있다면, 그런 소문을 들었다면, 그 사실의 진위와 관계없이 아비 알기를 어떻게 할진 뻔한 이치다.

이런 고민에 빠져 있는 어느 날 한양에서 내려온 경저리가 선물보따리를 가져왔다. 새아기가 지어 보낸 도포와 버선이 들어 있었다. 서찰에는 곧 해산을 할 것이라는 출산 소식까지 곁들여져 있다.

"허어, 내 이러다가 할아버지가 되겠구나?"

하늘은 스스로 돕는 자를 돕는다

이날 연암은 광풍루에 올라 여러 사람들 앞에 새로 입은 도포와 버선을 자랑한다.

"이거 우리 며느리가 보내준 거여."

새로 들어온 며느리가 시아버지의 옷을 지어 보냈다. 역병으로 제 아내를 잃은 장남 종의가 수년 만에 새로 아내를 맞았다는데 가보지도 못했다. 비록 후사가 없는 형에게 양자를 보내긴 했지만 자식은 자식이 아닌가. 그 며느리가 지어 보낸 옷이니 반갑고 자랑스러울 수밖에 없다.

"바느질 솜씨가 제법이여. 게다가 곧 해산을 한다네, 그래."

사람들 앞에 빙그르 돌며 입고 있는 옷을 자랑하던 연암이 갑자기,

"그 사람이 언제 한양으로 올라간다던가?"

하고 묻는다.

"왜요? 심부름 시킬 일이라도 있으신지요?"

"고맙단 서찰은 써 보내야 하지 않겠는가? 그리고 선물이라도 하나 보내야지."

"가기 전에 한번 들르라 일러놓겠습니다."

연암은 광풍루를 내려가 한통의 서찰을 쓴다.

큰 아이에게

관아의 하인이 초닷새 낮때에 돌아왔다. 편지를 보고 다들 별일 없다는 걸 알고 몹시 기쁘고 위로가 된다.

뿔뱀

거창의 형제들이 글과 떡을 가지고 와 지고 돌아갔다. 그 래서 음식을 차려 대접하지 않을 수 없었다. 작년 이날 에 너희가 왔었기 때문에 기억하고 있었던 모양인데 너희가 안 온 것을 알고는 나의 고적함을 위로해 주러 온 것이다.

멀리서 너희들을 생각하니 서글플 뿐이다. 새아기가 보내 준 도포와 버선은 즉시 광풍루에서 몸에 걸쳐 여러 사람에게 자랑해 보였다. 조만간 답장을 보내마……

병진년 2월 보름 중부

통인을 시켜 서찰을 전하고 나니 속이 좀 후련하다.

"나으리, 손님이 찾아오셨습니다."

연암의 고요와 적막을 깨는 소리가 들려온다. 시동이 미처 고할 사이도 없이,

"그동안 어찌 지내셨습니까?"

불쑥 머리를 디밀고 나타나는 사람은 다름 아닌 경윤이다. 그러면서 그는 다짜고짜 이것부터 마시고 함께 갈 곳이 있다며, 이끈다.

"이게 무엇이오?"

"감식초라는 것인데…."

그걸 미리 마셔두면 아무리 술을 마셔도 술이 취하지 않는다 한다.

"듣자하니 술병이 나셨다길래…."

하늘은 스스로 돕는 자를 돕는다

오늘 술 마실 일이 있는데 술을 못 마시겠다면 어쩌나 하고 미리 방책을 세웠단다. 술은 술에 술 탄 듯 물에 물 탄 듯 해 마시면 절대 술병이 날 리 없단다. 초는 산이고, 산은 술이 발효해 된 것이니 결국 그게 그거라는 이야기이니 얼른 약부터 마시고 독을 마시러 가자는 경윤이다.

"오늘 누가 오는지 아십니까?"

경윤은 언제 봐도 유쾌하다.

"누가 또 오기로 돼 있습니까?"

"가보면 좋아할 사람일 겁니다."

그렇다면 이래가지고는 안 되겠다, 헌옷을 갈아입으려는데 헌옷이면 어떻고 새 옷이면 어떤가, 언제 우리가 옷 따위에 신경 썼느냐면서 그냥 나가자고 잡아끄는 경윤이다. 경윤은 아무런 형식도 절차도 없다.

이미 저들은 광풍루에 앉아 술을 마시고 있었다.

"올해는 대풍은 아니지만 그래도 흉작은 면했으니 여기 올라 술을 마신다 한들 흉볼 사람들은 없겠지요?"

한가위라 추석명절 끝이니 저 건너 들판을 바라보며 풍류를 즐기는 것도 그리 욕된 일은 아닐 것이란 자가 바로 경암이다. 그러잖아도 한번 보고 싶던 사람이다. 경암은 미간에 주름살 하나 없는 동안으로 마치 신선풍의 얼굴이다. 어린 듯하면서도 백 살도 더 넘었을 것 같은 연륜이 느껴진다. 하얗게 굼실대는 머릿결 하며 길고 곧게 뻗은 손가락이 더욱 신선을 연상시킨다.

"등구 마천 오입쟁이한테서 이야기 들었습니다."

"그자가 뭐라 하시던가요?"

"화타라 했습니다."

"내 일찍이 출가해 양반도 도사도 못 되었지만 술병 낫게 하는 재주는 확실하오."

경암은 이렇게 은근히 연암의 『양반전』과 『김신선전』 이야기를 흉내 내고 있다. 거기 나오는 인물들을 이미 잘 알고 있다는 뜻일 테다. 그리고 그 주제 역시 꿰고 있다는 암시였을 테다. 그러니 중간 격식 따위는 차리지 말자는 이야기다. 이를 못 알아듣는 연암이 아니다.

"술병이 만병의 근원이 아닌가요?"

"그렇겠지요. 하나는 곪아터지고 또 하나는 그 위에 꽃을 피우는 부운화 같은 거겠지요."

"부운화라? 구름은 바람이 부는 대로 흐르다가 산이 막으면 산을 넘고 물을 만나면 내려와 물이 되고…."

경윤이 두 사람 사이에 끼어 흥을 돋운다.

"…마음은 한껏 구름 되어 흐르는데 그 곪아터진, 또 하나의 내 것이로되 내 것이 아닌 것을 이 어찌 하리오?"

그야말로 물 흐르듯 흥얼흥얼 풍월을 읊던 경암이 넌지시 연암의 눈 밑에 도드라진 와잠을 두고 한마디 한다.

"속엣 것은 겉으로 드러나는 법, 눈 아래 와잠을 보면 그대 천(天)도 지(地)도 아닌 인(人)이 많이도 내상을 당했소."

속이 옹그려드는 일을 너무 많이 겪어 담보가 상해 있다는 것이다.

"그런 말은 이미 많이 들었습니다. 그런데 처방을 내려주는 사람은 없더군요."

"처방이 있을 리 있겠습니까? 그저 술에 술 탄 듯 물에 물 탄 듯 살면 될 일을."

옆에서 이 말들을 듣고 있는 사람들은 두 사람이 선문답을 하는 것 같아 도저히 그 깊은 뜻을 가늠할 수가 없다.

"그렇다고 식초를 먹이고 술을 또 먹입니까? 병 주고 약 주는 격이지요."

경윤이 또 비실비실 두 사람을 놀린다.

"신선들은 본시 그렇게들 노는 겁니까?"

잠자코 보고만 있던 호장이 한마디 거든다. 도저히 비위가 상해 못 참겠다. 이날 호장은 처갓집을 가려다가 길가에서 경윤에게 붙들려 볼 일도 중도폐하고 여기까지 따라왔다. 경윤이 다짜고짜 '말에 실은 것이 그 뭐요. 먹거지거든 날 따라오시오.' 하며 하인들이 싣고 가던 술과 음식상을 송두리째 빼앗아 이리로 데려왔다. 그것까지는 또 남아들의 호기라 생각하고 봐줄 수 있겠는데 하필이면 속병 난 현감에게 술을 퍼 먹이려 드느냐, 그게 문제였다. 그것도 옳은 처방을 하려거든 진맥을 짚어보고 처방을 내리든지 할 일이지 이 무슨 선문답 같은 농짓거리들인가.

"안의 사람들이 다 현감의 건강을 걱정하는 것은 나도 다 알고 있소. 그만큼 선정을 베풀고 있다는 증거이겠지요."

그러니, 그런 사람이니, 자기도 걱정을 안 해 줄 수 없다는 경암이다. 식초는 술을 중화시킨다. 식초를 마시고 술을 마시면 술 역시 초로 변해버린다. 그런데 그 해독작용을 하는 것이 담이다. 담 보가 제 기능을 상실했다면 식초를 마시고 술을 마셔도 술이 취한다.

"아시겠어요? 지금 그 실험을 해보고 있는 겁니다."

아까 식초를 마시고 지금 술을 마셨으니 조금 있으면 그 반응이 보인다는 것이다. 호오, 그런 비법이 있었나? 연암은 말로만 듣던 경암에 대한 경외심이 절로 우러나 이렇게 엉뚱한 질문을 던진다.

"쓸개즙이란 그 쓰기가 소태 같다는데 여자의 담즙도 쓰기가 똑같을까요?"

"곰은 쓸개가 손바닥만 하고 야돈은 발바닥만 하지요."

이 무슨 뚱딴지같은 소리들인가? 손바닥이나 발바닥이나? 그런데 곰의 쓸개는 뭐고 또 멧돼지의 쓸개는 뭐란 말인지 도통 알 수가 없다.

"곰의 쓸개는 웅담으로 진약으로 쓰지만 야돈의 쓸개는 가짜약 취급을 받질 않겠습니까?"

"그렇다면 여자는 쓸개가 없다는 뜻입니까?"

"왜 없기야 하겠습니까만 있으나마나한 존재지요."

"그렇다면 가(假)가 진(眞)을 먹나요?"

"그렇다고 너무 자주 하면 빼앗길 염려도 있지요. 맑은 물도 흙탕에 들면 오수가 되고 방구도 잦으면 싼다 하지 않습디까?"

이제야 두 사람 선문답의 진의를 어렴풋이 알 것 같은 주변 사람들이다. 여자를 가까이 해서는 안 된다는 말이겠다.

한참 후 얼굴이 불콰하게 달아오른 연암은 누대를 한 바퀴 돌더니 시를 읊어댄다. 그리고는 돌아와 앉아 자작으로 술을 따라 마시기 시작한다. 인생의 날은 참으로 덧없는 세월이어서 이제 뭔가 이룬다 싶으면 끝이 나는 법이다.

"그런 게 인생사다."

비감한 하루다. 몸에는 병이 깊어지고 술이 있으되 그 술맛을 모르겠다. 이미 술맛이 사라지면 온갖 감정이 사라지는 것이다. 감정이 없는 인간이 무슨 인간이랴. 연암은 살고 싶은 생각이 문득 치솟아 묻는다.

"웅담이 좋을까요?"

"담에는 담이라…. 그렇긴 하겠지요."

웅담이 좋다한들 어디서 그 비싼 물건을 구할 것이며 설사 구한다 하더라도 받는 삭료를 다 모아도 그 비싼 웅담을 살 돈이 안 된다. 만량군수나 된다면 또 모를까, 받은 삭료 쪼개서 자식들에게까지 보내야 하는 연암으로서는 언감생심 꿈도 꿀 수 없는 소리다. 그런데 이것 봐라, 경암이 바랑 속에서 끄집어내는 것이 있다. 파르스름한 병이다.

"이제 이걸 드세요."

좀 쓸 거라며 뱉지 말고 한숨에 들이켜라는 경암이다.

미리 다 준비해온 약이라며 조금도 이상하게 생각할 것 없이 쭉 마시라 한다.

"우리 경윤한테 상세한 이야긴 다 들었소."

그리고 등구 마천 오입쟁이에게서도 이야기를 들었다는 경암이다. 단지 만나는 시기가 좀 늦었다는 경암은 마침 지리산에서

빨뱀

곰을 한 마리 잡았기에 웅담을 먹기 좋게 짜 병에 담아 왔다 한다. 그런데 한 가지 금기사항이 있단다.

"아무리 반달 같은 여자가 있어도 당분간은 참아야 하오."

"그러잖아도 발기부전인 걸 뭐."

연암은 쑥스럽게 웃었다. 어찌 이런 좋은 친구들이 있는가? 간 곳마다 주변 친구들 덕분에 살 길이 열린다. 제비바위골에서도 그랬고 한양에서도 그랬다. 이제 다시 안의에서도 주변 사람들 덕분에 차츰 살 희망을 얻어가는 연암은 세상은 차디찬 것이 아니라 고마운 곳이라는 생각이 새삼스럽게 든다. 이제는 글을 써도 따뜻한 글을 써야겠다는 생각이 얼핏 스치고 지난다.

호장도 느닷없는 날강도들에게 술 단지를 빼앗겼다는 처음 생각과는 달리 신선들의 세계가 또 따로 있다는 생각을 하며 하인들을 집으로 보내 술과 음식을 더 내오라 시킨다.

"풍류다운 풍류를 배워보는 거야."

그는 혼자 취해 광풍루 기둥뿌리에다가 오줌을 갈기며 흥얼거린다.

이때 '너, 거기서 뭐하는 게냐?' 하며 다가서는 검은 그림자가 있었으니 바로 하 진사였다.

"아버님이 여기 어쩐 일로?"

"잘 하구들 있다. 지나가던 개가 웃겠다."

호장은 얼른 바지춤을 올려 여몄고, 하 진사는 고개를 돌려 못 본 체 광풍루로 오른다.

"여기들 계셨구만요?"

술을 마시던 풍류객들은 뜻밖에 나타난 하 진사의 출현에 자리들을 일어선다.

"허어, 냄새가 거기까지 풍기던 모양이지요?"

경암이 허물없이 하 진사를 맞는다.

"오랜만입니다. 오시면 오신다, 기별을 할 것이지."

"그저 떠다니는 구름 같은 것들이 언제 통별을 하겠습니까? 그저 오다가다 만나면 그것이 인연인 것을요."

"너무 그렇게 척들 마세요."

나도 왕년에는 그렇게 마시고 놀았다는 하 진사가 어깨를 으쓱거린다. 이제 나잇살이 들어 이런 자리 선뜻 나서기는 뭣하지만 그래도 아직까지는 벗할 자리 안 할 자리 안다는 하 진사다. 밑에서 이 이야기를 듣고 있던 호장은 슬그머니 꽁무니를 빼 달아나버린다. 아무래도 아버지가 있는 술자리에 함께 앉기는 거북살스러울 것이다. 그는 쌍과부가 있는 느티나무집을 찾아가기로 한다.

"영감께선 이번에 약초장사로 돈을 많이 벌었다 하더군요."

"그게 어디 제 돈이랍니까?"

"그러면 누구 돈입니까?"

약초와 산채를 팔아 번 돈은 이미 그 주인들 손에 다 들어갔다. 그렇지만 그 돈들은 결국 그동안 빚을 얻어 쓴 하 진사 수중으로 들어가게 돼 있다. 그것도 고리채 이자 붙여서. 돈의 흐름이란 결국 그렇게 돌고 돈다. 그 소통이라도 만들어준 것만 해도 다행이라는 게 연암의 생각이다. 빚을 얻어 쓰고 갚지 못해 일어나는 불상사가 어디 한 둘인가. 농한기를 이용해 약초를 캐고 산채를 말려 팔아 가용에 보태 쓸 돈을 마련할 수 있게 된 것은 그 판로를 개척할 줄 아는 이가 있기 때문이다.

그런데 지금 하 진사는 그걸 탓하고 있는지 칭찬하고 있는지 모르겠다.

"진사 어른께서는 받을 돈을 거둬들여 신명이 나지 않습니까?"

"신명이요?"

하 진사는 저들이 빚을 못 갚아 이자에 이자가 또 붙기를 기다리고 있었던지 별로 달가운 기색이 없다. 가진 자의 욕심인가? '나는 말이외다. 그 따위 이자가 문제 아니라 통째로 그 상권을 획득하고 싶어 안달이 난 사람이오.' 이렇게 말하는 것 같았다.

"그, 그…그 많은 돈들은 다 엇다 쓸라고 그러시오? 이제 돈 이야긴 그만하고 술이나 듭시다."

경윤이 짐짓 바보처럼 굴자 경암이 나무란다.

"술은 그 마셔서 뭣할라 그러시오? 시나 한 수 읊어보시게나."

"돈보다 술이 위고 술보다 시가 위다?"

"그런 건 왜 자꾸 따지나. 인생사 한바탕 바람 불면 다 그만인 것을. 오죽하면 광풍루이겠나?"

연암은 언젠가 한번 이 광풍루의 '풍' 자에 대한 해석을 해본 적이 있다는 생각을 하며 이들의 해석을 들어본다. 바람에 대한 해석은 구구각각이 있을 수 있겠기 때문이다.

"그러면 무슨 광풍루인데?"

"미친 바람."

"뭐에 미친 바람?"

"돈에 미친 바람."

"무슨 돈에 미친 바람?"

"눈먼 돈에 미친 바람."

두 사람은 끊임없이 말 잇기를 해가며 술을 마시고 있다. 이들을 보고 '에이 미친놈들 또 지랄발광이라'며 하 진사는 그 상권을 자기한테 넘겨달라는 말을 단도직입적으로 한다.

"관에서 주도하는 것보단 민간에서 주도하는 것이 훨씬 산술이 빠를 겝니다."

자기는 이제 큰 상단을 조직해 안의에서 생산되는 모든 품목의 진상품들을 한양으로 올려 보내는 일을 사업으로 삼겠다고 한다.

"그거 좋은 생각이십니다."

연암은 찬성이다. 그렇게 할 사람이 없어 그렇지, 그걸 붙잡고 있을 이유가 없잖은가? 대의적인 명분에서 본다면 마땅히 할 만한 사람이 그 일을 하는 것이 옳다. 굳이 그걸 막을 필요가 없을 일이다.

"그렇게 하시지요."

"정말이지요?"

"정말이고 말고가 어디 있습니까?"

하 진사는 연암이 자기가 개척한 상권을 순순히 양도한다는 말을 반신반의하면서도, 순순히 내놓겠다는 말에 야릇한 여운을 남긴다.

"나도 그냥이야 있겠소?"

하 진사는 그래도 자식 대까지는 그렁저렁 글을 읽혀 호장이라도 해먹고 있지만 손자 대에 이르러서는 공부에는 통 취미가 없고 노는 꼬락서니가 꼭 장사치밖에는 안 될 푼수라 일찌감치 그 녀석에게 이 일을 시키고 싶다는 이야기를 한다.

"생긴 대로 놀아야지 않겠소?"

"암 암, 그렇고말고요."

술에 취한 듯 맞장구를 쳐대던 경암이 갑자기 누대를 내려가 두 다리를 둥둥 걷어 올리고는 강물 속으로 들어간다. 그리고는 물속을 이리저리 휘젓고 다닌다.

"뭘 찾는가?

"양반 뼈다귀 찾네."

"그건 찾아서 뭐할라고?"

"술국이나 끓이게."

"예끼 이 사람, 개뼈다귀라면 또 모를까 양반 뼈다귀라면 구린 내가 나서 아무도 안 먹네."

두 사람 수작을 보고 있던 연암이,

"안의 사람들 노는 수준이 보통 이 정도인가?"

하며 두 다리를 둥둥 걷어 올리고 강물로 들어간다. 시원하다. 세상 모든 오욕이 씻겨 나가는 것 같다. 산다는 것은 이리도 복잡하게 얽혀 있다. 사사건건 이해득실에 얽혀 마음 편히 한 자리 앉을 곳이 없는 현실이다.

"고얀 놈들 같으니라고. 양반을 앞에 두고 양반 낯에 똥칠을 하려 하다니?"

하 진사도 두루마기를 벗어둔 채 강물로 들어선다.

"그 양반 뼈다귄지 개뼈다귄지 나도 한번 찾아보자. 허허허."

세 사람은 물속을 허우적거리다가 못내는 서로 흥에 겨워 물을 퍼 안기다가 숨을 허우적거리며 바위에 걸터앉는다.

"이보게 사또 영감."

"네, 하 진사 어른."

"사또를 보면 꼭 내 젊은 날을 떠올려요."

연암은 술이 퍼뜩 깨는 것을 느낀다. 하 진사에게서 이런 면을 발견하다니? 그에게서 이런 말을 듣다니? 지금까지 속물로만 느꼈던 한 인간에게서 또 다른 일면을 발견하는 순간이다.

"나도 한때는 공의롭게만 살려고 했던 때가 있었소."

연암은 거래를 위해서는 물구덩이도 불사하는 이 영감을 어떻게 봐야 할지 모르겠다. 한 가지 분명한 사실은 무슨 일이건 저 정도 열정과 수완이면 되지 않겠느냔 생각이다. 장사는 저렇듯 물불을 가리지 않고 뛰어들어야 한다. 나중에 혼자서 독식하는 독과점 품목이 될지라도 전체적으로 본다면 안의 재산인 것만은 틀림없을 일이다. 안의가 잘 사는 일은 나라가 잘 사는 일이기도 하다. 그렇다면 상권은 누가 쥐나 마찬가지다.

연암은 쾌히 하 진사에게 상권을 맡기기로 작정을 한다.

"그런데 이 뭣하는 짓들인고?"

손발이 저절로 오그라드는 찬물 속에서 물장난이라니? 참으로 해괴한 짓들이다. 그런데 경암은 이 냉찜질이 연암의 상한 심보를 가라앉히는 역할을 한다 했다. 심장을 덥히는 술과 발바닥을 적시는 찬물이 서로 상극하는 회오리를 일으키면서 기맥을 상승시킨다. 그래서 그랬던지 이날 밤 연암은 편안한 잠을 잤다. 술을 그렇게 마셨는데도 욕지기가 나지 않았다.

만인산(万人傘)

연암이 안의에 온 지도 벌써 4년이 지났다.

벼슬이 내려진 날로부터 9백일이 지나면 다른 곳으로 전임시키는 관리제도인 사만구백천관(仕滿九百遷官)으로 본다면 벌써 임기가 끝나 전보 발령을 받고도 남았을 세월이다. 그런데도 아무런 조처가 내려지지 않는 것은 이상한 일이 아닐 수 없다. 그렇다고 당장 벗어치우고 한양으로 올라갈 수도 없다.

고민스럽기는 연암을 안의로 내려 보낸 정조 임금도 마찬가지다. 억지로 써서 보낸 반성문 아닌 반성문 「답남직각공철서」 덕분에 문체반정을 들고 일어선 노론의 원성을 잠재우긴 했지만 아직도 노론벽파들 중에는 연암의 일거일동을 주시하는 터라 선뜻 그를 불러올리는 일을 단행할 수가 없다. 이 판국에 연암을 불러올려 자리를 내준다면 오히려 그의 목에 칼을 씌우는 결과를 초래할수도 있다. 호시탐탐 노리느니 임금의 핵심 측근들의 동태다.

정조는 남몰래 연암에게 화성천도 계획을 이른 바 있고 정약용에게는 그 터전을 직접 닦게 하였다. 이제 수원성이 완공되고 행궁이 마무리돼 어머니 혜경궁 홍씨의 진찬연을 베풀기까지 하였다. 그때 연암은 불려 올라가 어가를 따라 한강주교를 건너는 영광도 누렸다. 음사로서는 유일한 청객이었다.

"나는 연암을 믿소."

정조는 연암을 몰래 불러 화성천도의 언질을 주었다. 정조가 손수 모아 만든 규장각 젊은 일꾼들이 전부 연암의 제자들이라는 것을 알았기 때문이다. 비록 외직 말단으로 겨우 살길을 터주긴 했지만, 그러면서 주위 시선을 피하게는 했지만, 그가 어디에 있든지 영향력을 가진 인물이라는 것을 잘 알고 있는 금상이었다.

그러나 일이 어디서 어떻게 잘못되었든지 간에 이를 눈치 챈 노론 일파들은 정약용을 천주학쟁이로 몰아 내쳤다. 이제 사실상 규장각의 실세인 연암을 노려 촉각을 곤두세우고 무언가 걸려들기만을 기다리는 판국이다. 그러니 전보 발령을 쉽게 결정할 수 없는 금상이다.

임금으로서도 어쩔 수 없는 일이 있다. 그게 정치다. 정치는 시국을 읽어야 하고 민심을 잡아야 한다. 엊그제같이 천주교 때문에 일어난 진산사건을 겨우 잠재우고 나니 문체반정이 일어났고 이제 겨우 진정국면에 접어들었나 했더니 또 천도 준비에 대한 반대의 물결이 일기 시작했다. 아직은 물밑작업이긴 하지만 잠룡을 잡아내는 데에는 도가 튼 조정대신들이다.

연암은 숨 가쁘게 돌아가는 한양의 일을 전혀 모르고 지내긴 하였지만 그래도 대충 듣는 바가 있어 자신의 입지가 불투명하다는 것 정도는 느끼고 있다. 어쨌거나 임기가 훨씬 지났으니 이곳 생활을 정리는 해두어야겠다고 생각한다. 사람은 어디를 가나 그 머문 뒷자리가 깨끗해야 한다.

연암은 창고를 돌며 재고조사를 다시 하고 창고를 다시 보수한다. 한 치 모자람 없이 인수인계 해줄 생각이다. 자신은 텅 빈 창고를 인수인계도 받지 못한 상태에서 떠맡아 생고생을 했다. 이제 서창(西倉)과 고창(古倉)을 둘 다 가득 채웠으니 후임으로 누가 오더라도 트집 잡힐 일은 없으리라.

이날 연암은 자미와 겸상을 차리게 해 밥을 먹으며 묻는다.

"우리가 만난 지 얼마나 되었소?"

자미는 벌써 별리를 예감했는지 숟갈을 들다말고 고개를 숙인다. 그전 같았으면 초롱초롱한 눈빛으로 '천 날이 넘었지요'라고 장난스레 말했을 텐데, 이날만큼은 그 느낌이 다른 것 같다. 언제라도 임기가 끝나 돌아갈 때가 되면 자기도 자기 갈 길을 가겠노라고 했던 자미였다. 자신은 어디까지나 계약에 의해 온 사람이니 아무런 부담감 갖지 말고 함께 지내는 동안만이라도 잘 보살펴 달라던 여자였다. 그런데 벌써 눈에 눈물이 그렁한 것을 보면 그동안 정이 들어도 많이 들었던 모양이다.

"왜 수저는 놓고 그러오?"

"많이 드시어요."

"허어 참."

연암은 그저 물어본 말일 뿐이니 밥술을 들라 한다. 자미는 눈물이 글썽한 눈을 들어 연암을 바라보며,

"이젠 영감 품을 떠날 때도 된 것 같아서…."

"왜 떠난다고만 생각해. 함께 같이 있을 생각은 못하고?"

"그건 안 되지요."

언감생심 그런 생각은 꿈에도 해본 적이 없다는 자미는 사람 사는 곳에는 엄연한 법도가 있고 신분의 차가 있다고 늘 말해오곤 했는데 그 생각에는 변함이 없는 것 같다.

"사람 성미하고는…."

밥술을 뜨는 둥 마는 둥 식사가 끝났다.

겨우 할 말이 이 정도 뿐인가. 무언가 말이 이어질 듯하다가 끝났다. 참으로 무람한 일이다. 연암은 자기 자신이 참 범상치 못한 남자라는 생각을 한다. 여자 마음 하나를 어루만져 줄 재주가 없으니 이러고도 어떻게 남자 구실을 했단 말인가. 아직 닥치지도 않은 일을 미리 끄집어낸 자체가 잘못이다.

"내가 왜 이러지?"

오늘밤에는 자미를 안아주어야겠다고 생각하는 연암이다. 저토록 착한 여인이 또 있을까? 하늘이 내린 여인이라는 생각이 들었지만 연암은 지금 현실을 생각해 본다. 지금까지 받은 녹봉은 이전에 진 빚을 갚는데 다 써버렸고 간간히 자식들한테 올려 보내던 생활비조차도 줄인지 오래다. 게다가 임기가 얼마 남지 않았기 때문인지 신임감사가 며칠 동안이나 와 머물며 까다롭게 구는 바람에 그 접대비용이 너무 많이 들어 퇴임 후 올라갈 여비조차 충분치 못한 형편이다.

뿐만이 아니다. 정국의 돌아가는 꼬락서니를 보면 올라가도 귀양살이 아니면 또 다시 백수건달 신세가 될 것이 뻔하다. 요행스럽게 임금이 정권을 확실히 장악해 자신을 믿고 따르던 신하들을 계속해서 보살펴 줄 수 있다면, 그래서 살길이 열린다면 그때 가서 다시 찾아 불러도 무방할 자미다. 그렇게 되기 전까진 한 치 앞도 내다볼 수 없는 안개 속이다.

연암은 착잡한 마음으로 광풍루를 오른다.

처음 왔을 때 여기서 무슨 일들이 일어났던가? 그때를 생각하니 저절로 웃음이 나온다. 그래도 그땐 약간의 치기라도 있었다. 양반 사림(士林)들을 후려잡고 사라진 양곡을 되찾아 채우고 관개 시설을 해 수확을 올리게 해 별 탈 없이 세금을 거둬들이고 남은 곡식으로 구휼미를 베풀고 물레방아를 만들어 일손을 돕고 이제 양잠과 면화재배를 권장하고 있는 중이다. 그래도 그동안 여러 가지 일들을 해냈다. 한편으로 생각하면 가슴 뿌듯한 일이고 또 한편으로 생각하면 빈손 들고 올라갈 일이 서글픈 현실이기도 하다.

"영감 왜 여기 계십니까?"

공방이 뒷머리를 긁적거리며 누대로 오른다.

"바람 좀 쐬고 있다네."

"바람이 차갑지 않습니까?"

공방은 자미에게 무슨 말을 들었는지,

"무슨 기별이라도 들으신 겁니까?"

하고 묻는다. 연암은 아니라 한다. 관속들도 이미 임기가 찼는데도 아무런 전보 발령이 없으니 궁금하고 답답했던 모양이다.

"기한이 되면 갈 분은 가야 하지만 남은 사람은 또 남은 사람대로의 도리가 있지 않겠습니까요?"

공방은 선정비라도 하나 세울까 하는데 그 내용과 글씨를 부탁하면 어떻겠느냐고 조심스럽게 물어 온다. 이왕이면 명문 자필을 얻어 새기고 싶다는 공방이다.

"다 부질없는 짓이야."

가고 나서 선정비가 무슨 소용인가? 또 무슨 선정을 베풀었다고 요란스럽게 비를 세울 것인가? 연암은 그런 짓은 하지 말라 이른다. 그러나 공방은 앞서 수장들도 다 그렇게 해서 스스로 쓴 글들로 불망비나 선정비를 세웠다 한다.

"저 비석거리 돌들이 다 그렇게 세워졌는걸요?"

"그런 낯간지러운 일이 어디 있겠나?"

"영감은 특별히 만인산도 만들 작정인데요?"

공방은 연암의 만류에는 아랑곳없이 만인산(万人傘)을 만들 작정이란다. 만인산이 무언가? 고을 백성들이 선정을 베푼 고을 수령에게 만들어 바치는 비단 양산이다. 가장자리에 수령과 유지들의 이름 만 개를 새겨 넣어 기념으로 삼도록 하는 물건이다. 이 작은 고을에 수령? 유지가 어찌 만 명이나 되랴마는 그만큼 응원하는 이가 많다는 뜻이겠다. 불망비나 선정비는 자신이 스스로 만들어 세우게 할 수도 있지만 이 만인산에 새겨진 이름은 강요할 수 없어 그 적힌 이름의 숫자에 따라 받는 사람의 됨됨이가 평가된다.

"꼭 만 명을 채울 것입니다요."

부임해 올 때는 몰래 혼자 왔으나 가실 때는 결코 그렇듯 홀홀히 보내지 않겠다는 공방이다.

"그런 소란 떨 필요 없네. 아직 결정된 건 하나도 없으니."

아직 전보 발령도 나지 않았고 해임 통보도 없으니 잠자코 있으란 연암이다. 설사 해임 발령이 났더라도 아무것도 원하지 않는다는 말을 분명히 한다.

"조용히 왔다가 조용히 가게 내버려두게. 그게 날 생각하는 길일세."

그러나 공방은 안의 사람들이 그냥 있질 않을 것이라 한다.

"영감께서 아무리 사양을 하신들 안의 사람들이 그냥 있질 않을 것입니다요."

"대체 내가 무슨 일을 했다고?"

"온 나라가 기근이 들어 굶는데 안의 사람들 중 배곯아 죽은 이 있습니까? 상권 확립해 돈 잘 벌게 해주고서도 소개비 한 푼 뗀 일이 있습니까? 물레방아 돌게 했지, 추운 겨울 따듯한 솜옷 입게 만들었지…."

이보다 더한 선정은 없다는 것이다. 역대로 많은 현감을 모셔봤지만 제 욕심 차리지 않은 사람은 없었다. 게다가 감탄스러운 것은 그렇게 돈 벌게 해주고서도 이권개입은 하나도 안 하니 그게 어디 아무나 하는 일이냔 것이었다. 듣고 보니 기분 좋은 소리이긴 하다. 그렇지만 그건 당연한 일이다. 다른 사람들이 워낙 그렇게 하지 않았기 때문에 당연지사가 특별한 일처럼 보인 것뿐이었다.

"어쨌거나 영감께서는 가만히 두고만 보시기 바랍니다."

연암은 집으로 돌아와 책을 읽었다.

그러나 글이 눈에 들어올 리 없다. 마음이 심란하다. 요즘 들어 자주 이런 마음의 소요가 일었지만 잠을 설칠 만큼은 아니었는데 이날은 밤이 이슥토록 잠이 오지 않는다. 안방으로 가 자미를 품을까 하다가 머잖아 헤어져야 할 사람에 대한 예의가 아니다 싶어 그도 그만 둔다.

밤이 깊도록 뒤척거리고 있는데 바깥에 수런수런 무슨 소리가 난다.

"무슨 일인가?"

연암이 문을 열고 묻는다.

밖에 있던 사람들이 통인 박상효의 딸이 죽었다고 한다. 통인 박상효의 딸이라면 부들이가 아닌가? 안의 와서 처음 만난 인물이다.

"얼마 전에 시집을 갔는데 개가 왜 죽었단 말이냐?"

"약을 먹었다 합니다."

"약을 먹어?"

연암은 웅성대고 있는 사람들이 있는 곳으로 나가 다시 묻는다.

"그 애가 왜 약을 먹었단 말이냐?"

"그건 잘 모르겠습니다만….'

아무튼 남편이 죽자 따라 죽었다 한다. 친정 피붙이라고는 그 삼촌밖에 없는 지경인데 지금 번(番)을 들고 있기 때문에 가봐야 하는데도 못 가고 있어 그 재가를 받으러 왔다는 이야기다.

"차마 잠을 깨울 수도 없고 하여….'

"사람이 죽었다는데 번이 문제냐? 지금 당장 가보라 일러라."

연암은 가는 길에 조의를 전하라며 쌈짓돈을 꺼내주기까지 한다. 통인 박상인의 딸을 보살피던 박상효 역시 부임 첫날부터 마주친 아전이라 연암은 특별히 잘 기억하고 있다. 어린 질녀를 어떻게 할까봐 늘 먼빛으로 감시 아닌 감시를 하던 작자가 아니던가. 비록 생기긴 우락부락하였지만 그 심성은 무던했었다.

"그래 어떻게 된 사연이라던가?"

"아직 잘은 모르겠습니다만 그 신랑 되는 자가 병약했던 모양입니다. 애당초부터 그런 병든 남자한테 왜 시집을 가려하느냐 말렸다 하더이다."

그런데도 부들이 부득부득 우겨 시집을 갔다 한다. 갔으나 이름만 신랑이지 빈 바지저고리에 지나지 않았다 한다.

그렇다면 이유는 한 가지 뿐이다. 친정을 먹여 살리기 위해서 일신을 던졌다는 이야기다. 그런데 먹여 살릴 친정식구도 없는 아이가 아닌가? 여기서 의문이 가시지 않는 연암이다. 굳이 병든 줄 알면서 시집을 간 까닭이 무얼까? 한번 혼담이 오갔다 해서 그 책임감 때문에? 병든 남자를 동정해서? 아무리 생각해도 합당한 답이 나오지 않는 문제다. 일부러 섶을 지고 불 속으로 뛰어들 까닭이 없다. 그 어떤 경우라 해도 부들이 남편을 따라 죽어야 할 이유가 없다. 그런데도 부들이 스스로 명을 끊었다 하니 도대체가 알수가 없는 노릇이다.

"왜 그런 어리석은 짓을 저질렀는지 알 수가 없구나."

연암은 사람들을 보내놓고 들어와 탄식을 늘어놓는다.

이 소리를 들은 자미가 한마디 거든다.

"다른 이유가 있었겠습니까? 후일이 겁나서겠지요."

"후일이 겁나다니?"

젊은 계집이 혼자 살면 주변 사람들의 시선이 오죽할까? 그 욕을 당하고 사느니 일찌감치 이 몸이 없어져 그런 오욕의 세월을 줄이는 편이 나을 것이라 생각했을 것이라는 자미의 말이다.

"듣고 보니 그럴 것도 같은 이야기야. 그런데 정말 그랬을까?"

"남자들이 오죽해야지요."

그건 안 당해본 사람은 모른다 한다. 이 세상은 남자들 세상이지 여자가 살만한 세상이 아니란다.

"자네 생각에도 일리는 있네. 그렇지만 그게 목숨과 맞바꿀만한 일이었을까?"

"그래서 남자는 여자를 모른단 말씀입니다."

이 사회는 오로지 남자 위주로 돼 있어 여자의 목숨 같은 건 안중에도 없다는 자미다, 만약 부들이 살아 그 예쁘장한 얼굴로 바깥출입을 할라치면 어느 사내가 그냥 둘 것이며, 요행히 먹고살만한 재산이 있어 집안에 틀어박혀 산다손 치더라도 들락거리며 집적대는 그 유혹을 어떻게 다 뿌리칠 것이며, 그 집안에서 바라는 정절생활을 어떻게 다 감당할 수 있을 것인가?

"정려문이 그래서 무섭다는 거 아니겠습니까?"

그걸 강요하는 현실이 무서워 제 스스로 남편을 따라 갔을 것이라는 자미다.

"듣고 보니 자네 생각이 옳으이."

그러구러 며칠이 지났는데 장사를 치르고 온 통인이 이상한 물건을 하나 갖다 주었다. 부들이한테서 나온 물건이란다. 일전에 혼수에 보태 쓰라고 준 그 엽전인 것 같았다. 아무래도 영감이 준 물건 같아서 되돌려준다는 통인의 말이다. 얼마나 만지고 또 만졌는지 귀퉁이가 다 닳아빠진 엽전이다. 남편 죽고 기나긴 외로운 밤을 이렇게 보냈단 말인가?

연암은 갑자기 세상에 대한 울분이 끓어오르기 시작한다. 왜 남녀의 차이가 이리 유별난가? 왜 여자에게만 정절을 강요하는가? 이 문제는 비단 여기서만 일어나는 문제가 아니다. 이 부적절한 제도를 바로 잡자는 것, 남녀평등 사상을 부르짖던 서학은 탄핵을 받고 있다. 임금은 이를 받아들이는 척했지만 워낙 반발이 거세지자 이를 철회했다. 철회했을 뿐더러 이의 신봉자들을 희생양으로 삼았다.

"임금의 힘보다 더 센 힘이 있는 게야."

그게 무언가? 사림의 힘이다. 이 땅에 깊이 뿌리박은 양반네들의 오래된 관습이다. 이 관행을 이길 힘은 죽음밖에 없다. 그래서 힘없는 부들은 스스로 그 관행에 맞서 싸우다 목숨을 끊은 것이다.

"그러면서도 이런 경우를 순절이라 부르지 않아요?"

자미는 순절이 여자들 목을 조른다 한다. 이런 사회 모순에 대해 감히 이렇게 말하는 여자도 드물다. 볼수록 대단한 여자라 생각을 하는데 한마디 결정적 말을 쏜다.

"영감께서 진정한 작가라면 이런 문제를 글로 써야하지 않아요?"

뒤통수를 얻어맞은 기분이다.

자미는 이런 사회문제를 쓰지 않으면서 무슨 소설을 쓰느냐, 아무리 순정한 글을 쓰기로 맹서하는 자송문을 써 바쳤다 하더라도 이런 억울한 일을 쓰지 않으면 작가로서의 할 일을 저버리는 처사라 한다.

"자네 언제 그러한 용기가 생겼는가?"

"이걸 용기라 할 수 있겠습니까?"

"그저 해보는 소리만은 아닌 것 같은데."

"그러 하오면 용기를 북돋아주는 소청이라 여겨 주세요."

연암은 배시시 웃는 자미가 사랑스러워 죽겠다는 듯 껴안는다. 품안에서 팔딱거리는 숨소리가 들린다. 어째서 이런 여인네가 이런 곳에서 이렇게 지내야 할까?

"황진이가 환생했나?"

"십년면벽을 깨뜨렸다는 그 진이를 말씀하신다면 전 싫사옵니다. 전 혼을 불사르는 자미로서 만족하니까요."

"그래, 혼을 불러일으키는 자미….."

연암은 한동안 팽개쳤던 소설이 쓰고 싶어 견딜 수가 없다. 그깟 순정한 글이 다 무언가? 이토록 절실한 이야기를 두고 무슨 또다른 글을 쓴단 말인가? 절실하다는 건 하루속히 없어져야 할 사회 모순과 이를 타파하기 위한 방안을 모색하는 일이다. 글을 통하여 사회개혁을 하고 싶은 연암이었다. 문체반정의 물결이 휩쓸었다고 해서 소설을 포기할 수는 없다. 작가가 이러한 소재를 두고 그냥 나 몰라라 지나칠 수 있는가?

연암은 먼저 핵심이 될 이야기에 비견되는 고사를 먼저 끌어들이기로 한다. 이게 문체반정 이후 새로이 도입한 그의 소설이다.

일찍이 제나라 사람이 말하기를 '열녀는 남편을 갈지 않는다.'고 하니 『시경』의 백주장도 바로 그런 뜻이다.

…박씨의 심경을 처음부터 끝까지 추측해 본다면 나이 어린 과부로서 세상을 오래 살다보면 두고두고 이웃 간의 뒷공론을 받게 되는 것보다는 차라리 이 몸이 없어져 버리는 것이 낫다고 생각한 것이 아니겠는가.…

『열녀 함양 박씨전』은 날이 새기 전에 끝을 맺었다. 중간 중간에 마치 보고 들은 것처럼 꾸며놓은 말들이 있었지만 그건 그저 이야기를 만드는 장치에 불과했다. 이게 바로 소설인 게다. 실제와 상상이 혼재된 이런 글을 다시는 쓰지 않겠다고 하였지만 쓰고 싶은 걸 어찌할 수 없는 연암은 차마 이 글을 발표하기는 아직 시기상조라 생각한다.

그러면서도 이 이야기가 소설이 아니라 사실인 것처럼 보이게 하기 위해 이웃 고을 여러 사람들이 이에 대한 열녀전을 지었다고 덧붙이기까지 한다. 얼른 보기에는 사실의 기록인 것 같지만 고도로 발전한 소설 기법임을 보통 눈으로는 알아챌 리 없다. 그런데 옆에 앉아 먹을 갈아 대령하던 자미가 그걸 꼬집는다.

"꼭 그런 거짓까지 넣어야 합니까?"

자미의 날카로운 물음에 연암은,

"자네가 소설에 통달을 했네, 그려."

하고 넘어가려 한다. 이 또한 나중에 화근이 될 수도 있는 일이었기 때문이다. 누구나 자기로 인해 좋지 않은 일에 연루되는 것은 원치 않는 연암이다. 시국은 그 속내를 알 수 없는 흙탕물처럼 흐른다. 또 언제 이런 글이 빌미가 돼 여러 사람을 죽음의 구렁텅이로 몰아넣을지도 모를 일이다.

"저한테까지 감추려 할 필요는 없습니다. 영감."

"감출 게 뭐가 있다고?"

그러나 자미는 사회 모순이니 제도 타파니 하는 말을 입에 올려 말하지 않는다. 그러면서도 글 속에 담긴 형식 이야기를 한다. 왜 지금까지 안 하던 방식을 택하느냐는 것이다. 연암은 고도로 암호화된 기술력을 발휘해서라도 이게 검열에 걸리지 않기를 바란다 한다.

"그렇다면 말로 하지 왜 하필이면 글로 해야 해요?"

"말은 제한돼 있지만 글은 무한정이잖아?"

말은 시간과 장소에 구애를 받지만 글은 시간과 장소에 구애 받지 않는다. 다 같은 이야기라도 그 효과 면에서는 천량지차가 난다. 그리고 사실적으로 기록만 하면 그 사실만 전달되지만 소설은 행간 속에 든 느낌까지 파급된다.

"그런 깊은 뜻이 있었군요?"

자미는 그 말을 알아듣는다. 알아들을 뿐더러 이야기의 재미를 더해준다.

"자네를 만난 건 내 일생에 행운이야."

"말로 만요?"

"그럼 어찌해야 하나?"

자미의 청이라면 다 들어줄 것처럼 호기를 부리는 연암이다. 그러나 아무것도 청하지 않는 자미다.

이런 일이 있고 난 며칠 후 파발 편으로 날아온 서찰이 있었다.

해임통보서였다. 임기가 다 지나 받은 통보서였지만 다음 발령지가 적히지 않은 통보인지라 억측들이 구구하게 나돌았다. 이걸로 끝이라느니 드높은 자리가 주어질 것이라느니 억측만 나돌게할 뿐인, 발령서가 아닌 해임통보서였다.

연암은 일단 집으로 돌아가지 않을 수 없었다. 허나 돌아갈 집이 번듯이 남아 있는 것이 아니었으니 올 때와 마찬가지로 초라한 행색 그대로 혼자 길을 나설 수밖에 없을 일이다. 단지 다른 사람들보다 낯선 풍광 둘러보는 것을 즐겨하는 취미이니 추풍령을 넘어 청주―진천―광주로 가는 길을 택해 유람 삼아 천천히 올라가겠다는 생각을 하며 돌아갈 지도를 그려본다.

이제는 이 골짜기를 떠난다. 올 때 빈손으로 왔듯 갈 때도 빈손 그대로인 홀가분한 걸음이다. 떠날 때는 말없이 보낼 때도 말없이 보내는 것이 좋으련만 안의 사람들의 정서가 그렇지를 못하다. 여기저기서 대접을 하겠다고 나선다.

"안의는 들어오며 울고 떠나가며 운답니다. 그 말이 맞지요?"

하 진사는 그동안 여러 가지로 고마웠다 한다. 그중에서도 한양에 내다팔 진상품의 상권을 확립해준 게 무엇보다 감사하단다. 상단을 조직해 물건을 팔고 이윤을 남기는 일이라면 이권개입이 있어야 할 터인데 연암은 전혀 그런 일에 개의치 않았다. 순수하게 안의의 상권을 개척해 주었다. 그게 못내 고마운 하 진사다.

"이 은혜를 어찌 잊겠습니까?"

당연히 해야 할 일을 했을 뿐이라며 연암은 겸손해했지만 만인산을 내미는 하 진사다.

"그만 두라 했건만 기어이 이걸 만들었습니까?"

"우리 정성인 걸요."

올 때는 이런 골짜기에서 어떻게 살까, 서글퍼 울고 갈 때는 가기 싫어 아쉬워 우는 곳이 안의란다. 그렇긴 하다. 연암도 정말 여기 이대로 눌러 살까 싶기도 한 안의다. 안의 사람들은 며칠 이렇게 부산을 떨었다. 그러면서도 상대적으로 혜택을 못 받은 사람들은 돌아서 쑤군거렸다.

"제가 뭘 했다고?"

돌아서 쑤군거리는 사람들은 주로 부탁을 했다가 거절당한 사람들인데 사적인 청탁을 했던 패들이다. 그렇지만 연암은 그러한 부탁들까지도 상주하여 그 사업이 먼 후일 그 어느 날인가라도 이루어질 수 있도록 조처들을 취해 놓았다. 다만 그 승인 시기가 언제일지 모르는 일이라 미리 생색내 허풍을 떨지 않았을 뿐인 것이다. 그러니 안의에 대한 미련은 추호도 없다. 할 만큼 했고 모자람도 남음도 없는 직책수행이었다.

전별식을 마친 연암은 호종하는 사람 하나 없이 거창으로 향한다.

마침 거창에 백일장이 있어 심사를 청하는 기별이 있었고 원근

각지 수령들이 온다기에 거기서 또 그들과 송별을 할 작정이었다.

"무슨 언질이라도 있었습니까?"

"언질이라니요?"

연암은 거창현감의 질문이 무엇인지 뻔히 알면서도 딴청을 부린다. 모두들 연암의 다음 벼슬자리가 무엇인지를 궁금해하고 있다. 해임 통보만 받고 후임 발령을 받지 못했다는 것은 여러 가지 억측을 자아내게 만든다. 아주 큰 자리라도 하나 내준다는 밀지를 받았다면 아주 납작 엎드려 절을 하고, 이걸로 벼슬길이 끝이라면 아예 거들떠보지도 않을 작정들을 하고 묻는 질문들이다. 강자에 약하고 약자에겐 강한 게 출세한 인간들의 속성이겠지만 지금 이들은 연암을 보내는 마당에서도 그 속성을 마음껏 발휘할 수 없어 안달을 하고 있다.

이들도 연암이 임금의 총애를 받고 있는 줄을 알고 있다. 그러나 시국이 하 어수선하여 정국이 어느 방향으로 튈지는 아무도 모른다며 지금이야말로 몸조심을 할 때라 생각하는 것이다.

"이번에도 심환지가 끼었다던가?"

심환지라면 지난번 흉년이 들었을 때 유독 안의에서만 양곡이 남아돌아 구휼미를 풀었던 연암의 공적을 까뭉개 트집 잡은 인물이다. 여기에 유안준까지 끼었다면 그야말로 속수무책이다. 유안준은 법고창신(法古創新)을 주장하던 연암과는 대립관계에 놓여 있던 인물이고 심환지는 연암을 자파로 끌어들이려다가 실패한 인물이다. 이 두 사람은 사사건건 연암을 물고 늘어져 연암의 앞길을 막고 있다.

누군가 갑자기 엉뚱한 소리를 외친다.

"여러분 잠룡을 본 일이 있소?"

"잠룡이라? 본 일은 없습니다만 들어보긴 했습니다."

황하강 상류에 물살이 거센 용문이란 곳이 있다. 이 용문을 통과해 오르면 용이 된다. 그래서 등용문이란 말이 생겼다. 어려운 관문을 통과한다는 뜻이겠다. 그러나 수많은 잠룡들 중 이 문을 통과해 승천할 수 있는 용은 단 한 마리뿐. 나머지는 전부 이무기가 되고 만다. 때로 심술궂은 이무기는 화룡으로 변신하여 마른하늘에 번개를 내리고 곡식밭에다 불을 지른다. 강철이라고도 한다. 그러나 눈에서 빛을 뿜는 이무기도 있어 화관 같은 뿔을 달았다.

여의주를 얻으면 용이 되지만, 시대를 잘못 타면 뿔뱀이 된다.

사람은 때를 잘 타고나야 한다. 백번 지당한 말이다. 여의주를 문 정조 임금 자신도 아직 튼튼한 반석에 앉질 못했으니, 여기 모인 사람들 중 누가 먼저 용문을 거슬러 올라 드높은 자리로 치고 들어갈 수 있을 것인지 가늠할 수 없는 일이다. 한 치 앞도 알 수 없는 황하 같은 정국이다. 그러니 여기 모인 지방 수령들은 모두 잠룡들이다. 일단 지방을 돌고나야 중앙관직에 오를 수 있으니 누가 어느 줄을 잡고 등용문을 뚫고 들어갈지 아무도 모른다. 그렇지만 한 가지 확실한 것은 이미 해임 통보를 받을 때 전보 발령을 받아야 마땅한 후임지를 연암은 받지 못했다는 사실이다.

"그렇다면 영감 등용문도 순탄치는 않겠소."

노골적으로 걱정하는 사람이 있는가 하면,

"그게 무슨 소리? 따놓은 당상 자린데."

만인산(萬人傘)

편드는 사람도 있다.

"그렇다면 왜 사령장이 없을까?"

빈정거리는 사람도 있다. 연암은 또 다시 엉덩이에 뿔 난 뱀을 그려 넣었던 과장에서의 그 치기가 떠올라 혼자 고소를 금치 못한다. 어쩔 수 없는 이단아에게 내려지는 형벌이라는 생각이다. 그 때부터 벼슬자리에 큰 뜻이 없었으니 별반 아쉬울 건 없다. 사필귀정인 게다. 어쨌거나, 저들 잠룡들의 한결같은 목소리는 아직까지 정조의 힘이 세상을 이길 만큼 세지 못하다는 이야기다. 그건 연암도 아는 사실이다. 때문에 왕이면서도 왕 노릇을 떳떳이 할 수 없는 금상이다. 그러한 금상의 실세를 위하여 연암은 비밀한 밀명까지 받고 있는 중이다. 그렇지만 그 명을 내린 장본인조차도 마땅히 설 자리가 없어 흔들리고 있다면 무얼 믿고 기다릴 것인가.

"왕도 왕 노릇을 제대로 할 수 없는 세상이니…"

연암은 속으로 역지사지라는 말을 되새겨본다. 내가 만약 임금이라면? 임금의 입장이라면? 곁에 있던 정약용도 유배를 보내는 판국에 외직에 있던 연암을 단박에 불러올려 거둬들일 수 있겠는가? 없다. 임금도 어찌할 수 없는 때다. 임금이 때를 기다리자는 데에야 무슨 군소리를 하랴. 지금 이 시대의 목소리는, 이 나라의 주인은 왕이나 조정 대신들이 아니라 이 나라 곳곳에 뿌리 깊게 내린 사림(士林)들이다. 그러한 양반님네들을 폄하하는 소설을 써 양반 얼굴에 똥칠을 한 연암이었으니 걸려도 단단히 걸린 셈이다. 그러한 인물에게 자신의 속맘을 터놓고 개혁정치를 부탁한 왕이니 그 마음인들 오죽할까. 오히려 연민의 정이 가는 임금이다.

연암은 임금의 속마음과 그 뜻은 결코 변하지 않았다고 생각한다. 그 뜻이란 무엇인가? 화성천도다. 비밀리에 진행하고 있는 화성천도에 대해서는 아직 아무도 모른다. 규장각 인물들과 그 공사를 직접 맡은 다산과 연암 정도다. 소위 말하는 연암결사대다. 규장각 젊은 인물들이 대부분 연암의 제자들이고 보면 그렇게 불릴 만도 한 이름이다. 그러한 핵심인물인 다산을 떠나보내야 할 정도라면 그 소용돌이가 얼마나 심각한지 짐작이 가고도 남음이 있다. 이 판국에 다음 벼슬자리를 논급할 수는 없는 일이다.

연암은 착잡한 심정으로 술잔을 들이켠다. 어린 왕을 등극시키는 데 한몫을 했던 홍대용이 그렇게 비명에 갔고 이덕무 역시 억지 자송문을 썼지만 세상을 떴다. 이 모든 일이 때를 잘못 탄 때문이다. 그러니 지금은 이렇게 살아 있는 것만으로도 행운이다. 자신을 살려두기 위해 시선을 다른 곳으로 집중시켜 놓은 것인지도 모른다. 멀찌감치 외직으로 밀어내 그 직격탄으로부터 피신할 수 있도록 만들었을 수도 있다. 그리고 그 후임지를 결정하지 않음으로써 행여 있을지 모르는 귀가 길의 불상사를 막으려 했는지도 모를 일이다. 홍대용이 그렇듯 귀가 길에서 비명횡사하게 된 것은 미리 조심하지 않았던 탓이라 했던 말이 생각난다.

생각이 여기까지 미치자 술이 슬슬 술을 부르기 시작한다.

"거창 술맛이 이리 좋을 줄 몰랐소."

"그렇습니까. 술은 얼마든지 있습니다."

국사를 책임지고 지방 수령이 되었다고 다 같은 수령은 아니다.

만인산(万人傘)

사람의 얼굴이 각기 다르듯 사람 됨됨이도 각기 다르기 마련이다.

"거창에는 천주학쟁이들이 없어 다행입니다."

단성현감이 넌지시 현안문제를 언급한다. 지금 정국의 핵심과 제는 천주교 신자들을 잡아들이는 일에 있다. 지금은 천주학쟁이 들의 움직임이 충청도 지경에 머무르고 있지만 머잖아 경상도 땅 에도 퍼져 내려올 것이라는 예단이다. 유교를 국시로 하는 조선에 천주교가 당할 소리냐, 남김없이 잡아들여 처단을 해야 한다는 한 목소리들이다. 이는 분명 연암의 답을 기다려 하는 소리들인 것 같다.

"물은 아래로 흐르는 법입니다."

흐르는 물을 어찌 막을 수 있으리? 저 신라가 불교를 받아 들였 듯이 고려가 그대로 불교를 이어받아야 했고 이씨조선이 유교를 숭상했듯이 시대가 변천하면 또 새로운 문물이 들어오는 것을 막 을 길이 없을 것이라는 연암이다.

"불어오는 바람을 어찌 손으로 막을 수 있겠습니까?"

이제 분명히 새로운 물결이 움직이게 돼 있으니 시기를 늦출 수 는 있어도 그걸 인위적으로 막을 도리는 없을 것이란다.

"영감께서는 아직도 두 손을 든 게 아니신 모양이신 게로군 요?"

문체반정에 비록 자송문을 써 바치긴 하였지만 실속은 그렇지 않은 게 아니냔 질문이다. 그거하고 이거하고는 전혀 별개 문제라 는 연암이지만 다른 사람들의 의견들은 또 다르다. 법고창신은 결 국 서학을 두둔하는 것과 같은 이치라는 것이다.

"자 자, 그런 이야기는 이제 그만 둡시다. 술맛만 떨어지질 않소?"

연암이 될 수 있으면 정치적 이야기를 피하려 했지만 벌떼같이 달려들어 이 나라의 주인은 양반이며 서학은 발본색원하여 축출해야 한다고 성토한다. 살기 위해 이렇듯 발버둥쳐야 하는 게 현실이다. 마치 용문에 모여 소용돌이를 일으키고 있는 잠룡들 같다는 생각이다. 이들이 과연 잠룡이라도 될까? 엉덩이에 뿔을 단 뱀들 같다. 혓바닥을 날름대며 서로 못 집어삼켜 안달이다.

'이제 정말이지 조용히 글만 쓰며 살고 싶어.'

이전투구 같은 현세에서 벗어나고 싶은 연암이다.

연암은 차라리 이대로 지리산 골짜기로 들어가고 싶은 심정이다. 어디 아무도 모르는 골짜기에 숨어버리고 싶다. 이 자리가 고을 수장들의 모임이 아니라 경윤이나 경암 같은 자들과 함께하는 자리였다면 얼마나 좋았을까. 바람처럼 구름처럼 떠도는 인생들이라 정처 없는 저들에게는 떠난다는 말 한마디 하지 못하고 말았다. 다시 저들 같은 방외인들이 그립다.

숙소로 돌아온 연암은 큰아이에게 서찰을 써 파발 편에 먼저 보내었다. 그래도 아비의 귀경을 자식이 기다릴까 봐 걱정이 돼서다. 안의에 내려와서 쓰는 마지막 서찰이다.

큰아이에게.

19일 네 곳 창고의 곡물을 다 조사했으며 20일 거창에 가. 이틀을 머물며 단성현감과 함께 백일장을 지켜보았다.

23일 아침 지금 바야흐로 출발하려고 하면서 잠시 먼저 편지를 보내 잘 있음을 알린다. 광주 선영에 차례로 성묘 드리고 갈까 하며 추풍령 쪽 길로 올라간다. 행로가 험하니 언제 서울에 도착할지 모르겠다. 이만 줄인다.

병진년 3월 23일 아침. 중부

안의에서의 4년.

연암이 가장 꿈처럼 살았던 시절이었다. 이제 올라가며 세상 구경을 더하겠다는 뜻이다. 가서 할 일이 있든 없든 서두르지 않겠다는 뜻이다. 이왕 나서는 길, 발길 닿는 대로 유람을 하겠다는 것이다. 올 때 그렇게 왔듯 갈 때 또한 천천히 여유를 즐겨가며 가겠다는 연암이다.

우두령 고개에 이르니 연암의 어깨 위로 눈송이가 하나씩 떨어진다. 고개 마루에 오르자 차츰 거세지기 시작하는 눈발이 사방에서 휘몰아친다. 마치 세찬 몽고말의 말울음 소리 같은 바람소리다. 휘몰아친 눈이 금세 어깨에 쌓인다. 연암은 괴나리봇짐에서 휘양을 꺼내 쓰고 풍차까지 두른다. 그래도 눈앞을 가로막는 눈발을 막기 위해 만인산을 펼쳐든다. 이제 어디로 갈 것인가? 이럴 때 자미라도 곁에 있었다면 좋으련만…. 그래도 이젠 혼자 걸어갈 수밖에 없는 길이다.

안의에서의 4년, 물레방아를 만들고 『열녀 함양 박씨전』 같은 글을 남긴 연암은 이후 몇 년 동안 외직(外職)으로 돌다가 세상에서 물러났다. 젊어 한때 꿈꾸었던 소원대로 화관을 쓴 뿔뱀으로 남은 셈이다.

뿔뱀을 그리며

엉덩이에 뿔난 뱀을 하나 그렸다.

연암 박지원의 삶이 그렇다. 순탄한 길을 마다하고 굳이 세상과 맞서 시대의 아웃사이드가 된 인물. 그게 반드시 지식인이라서 그랬다고 말할 순 없겠지만 '작가라서'라고 말할 순 있을 것 같다. 작가는 당대의 지식인임에 틀림없고 어떤 의미로 지식인은 국외자가 될 수밖에 없다. 현실과 맞물려 사는 것 같지만 머릿속은 늘 하늘의 별을 따기 때문이다.

그러한 인물 하나를 만들며 혼자 기뻤다.

자화상을 그리는 것 같아서였다. 책을 백 권이나 넘도록 써 밥 벌어먹고 살던 전업 작가로서 마지막 작품이 아닐까 하는 생각도 들었다. 아니면 그 반대로 정말 이제부터 시작이 될 수 있겠다는 생각도 했다. 그만큼 내 할 말을 다 쏟아 부어 남은 이야기가 없다는 뜻이다. 작가로서의 할 말을 이 작품에 다 했다.

작가가 할 말이 없으면 무얼 쓸 것인가?

또 다른 바람이 생길까?

다시 산에 올라가 물어봐야겠다.

2011년 2월 〈풀과나무의집〉에서
저자 씀